Sur l'auteur

Paul Doherty est né à Middlesbrough, dans le Yorkshire. Il est l'auteur de plusieurs séries historico-policières, dont notamment : les enquêtes de frère Athelstan, un dominicain du XIIIe siècle ; les enquêtes de Hugh Corbett, espion du roi Édouard Ier ; et celles d'Amerotkê, juge dans l'Égypte du XVe siècle avant J.-C. Il est aujourd'hui professeur d'histoire médiévale.

Site de l'auteur : www.paulcdoherty.com

PAUL DOHERTY

LE MASQUE D'ORIFLAMME

Traduit de l'anglais
par Nelly Markovic
en collaboration avec
Christiane Poussier

INÉDIT

10
18

Grands détectives

créé par Jean-Claude Zylberstein

Titre original :
Godless

ISBN 978-2-264-07526-0
Dépôt légal : novembre 2020

En mémoire de nos bien-aimés parents et grands-parents contraints de fuir la Pologne en 1939, afin que nous puissions vivre libres.

Remerciements à Marek, Ela, Alexandra, Tomek Kubiakowski.

NOTE HISTORIQUE

À l'automne de 1381, l'Angleterre s'était remise de la Révolte des paysans qui avait éclaté à la fin du printemps de la même année. Les chefs rebelles étaient morts ou bien se cachaient. La Couronne, sous la régence de Jean de Gand, l'oncle du jeune roi Richard II, avait exercé son autorité. Londres était maintenant pacifié, du moins en surface, bien que, dans la cité, la vie eût retrouvé son rythme frénétique. La richesse de l'Angleterre dépendait de l'exportation de la laine, mais on avait aussi fait fortune durant la longue et sanglante guerre avec la France. Les jours de pillage avaient maintenant pris fin. Les soldats, revenus, avaient, pour maints d'entre eux, revêtu le masque de la respectabilité. Toutefois, comme le soulignent les chroniqueurs, des péchés anciens se dissimulaient sous la surface, toujours prêts à resurgir. Les violences des armées anglaises, particulièrement en Normandie, n'avaient pas été oubliées. Il y avait des comptes à régler, des blessures à reconnaître et des dettes de sang à payer.

PROLOGUE

Normandie, fin de l'été 1363
Canes Belli *: les chiens de guerre*

Madeline de Clisson, dame du château fortifié qui portait le nom de sa famille, frémit en entendant de nouveau le hululement de la chouette cachée dans les arbres.

— C'est la deuxième fois, se dit-elle.

Elle attendit, tendue, la funeste répétition du cri de l'oiseau nocturne. Madeline était étendue de tout son long sur le large lit à colonnes de sa chambre, au premier étage du château. Ayant écarté les lourds rideaux, elle se leva et ouvrit les volets de la fenêtre. L'interminable été était extrêmement chaud. La nuit était tombée, mais l'obscurité n'apportait aucun soulagement. Elle aurait voulu que ce fût le matin. Elle désirait entendre la note flûtée de la grive et sentir la fraîcheur de la brise avant qu'elle retombe. Peut-être, quand poindrait l'aube, sortirait-elle du logis pour se rendre, en passant devant le moulin, là où le cours d'eau s'élargissait. Qu'il serait plaisant de s'allonger au milieu des primevères jaune pâle sur la rive ou encore de s'asseoir dans le creux parmi l'oseille sauvage. Hélas ! il faudrait attendre des heures avant l'arrivée de l'aube et la nuit, tel un sentier sombre et solitaire, s'étirait devant elle. Madeline retint son souffle en entendant la chouette hululer derechef.

— C'est la quatrième fois, ô Seigneur ! murmura-t-elle.

Revêtue de sa seule chemise de nuit, elle se pencha et scruta les ténèbres. Le vieux Joachim, le chef des serviteurs, assurait que l'orage allait éclater et chasserait la moiteur. Madeline, penchée au-dessus du rebord de la fenêtre, l'espérait bien. Ce hululement cependant ne lui disait rien de bon, il la troublait profondément. Certes, l'air était lourd, chargé d'humidité, mais elle éprouvait un malaise qu'elle ne s'expliquait pas, qui lui tordait les entrailles et lui agitait l'esprit. Il y avait quelque chose d'inquiétant sans qu'elle pût dire quoi.

Elle leva les yeux vers le ciel étoilé. Peut-être n'était-ce que le temps, le matin libérerait son âme de toute anxiété, apaiserait ses nerfs et la préparerait à affronter un jour nouveau. Mais ce hululement ! Elle se rappela la vieille Gertrude, qui s'asseyait au coin du feu dans la grande cuisine en bas. La vieille femme, tassée sur son tabouret, mâchonnait, de sa bouche édentée, des ordres aux autres serviteurs. Elle se considérait comme une autorité en matière de chouettes. Elle affirmait que ce sombre oiseau nocturne au vol silencieux était un prophète de malheur, ajoutant que, si l'on entendait le hululement plus de deux fois en moins d'une heure, alors quelque terrible messager de l'enfer s'approcherait du seuil de votre maison. Pourtant comment cela se pourrait-il ? Le château de Clisson était bien protégé, tout au fond de la forêt dense qui couvrait l'est de la Normandie, loin du désastre qui, maintenant, s'étendait, véritable mer de sang, à travers la France du Nord-Est. Les Anglais, ces goddams porteurs de queue, battaient en retraite désormais : Du Guesclin, maître d'armes laid mais brillant, avait uni les forces de France. Elles étaient en train de repousser les Anglais vers la côte et, espérait-on, les forceraient à franchir le Détroit pour retrouver leur propre royaume où ils iraient se cacher pour lécher les graves plaies infligées par les Français victorieux. « Rentrez chez vous dans vos bateaux, sinon nous vous y renverrons dans vos cercueils », avait menacé Du Guesclin.

Madeline ferma les yeux et dit une prière pour son père. Messire Pierre avait levé tous les hommes valides sur ses terres pour qu'ils rejoignent les Lys d'or du roi de France. Dans une missive, il lui avait narré à quel point les combats étaient devenus âpres sur la Seine et sur les deux rives. Les troupes de Du Guesclin, formant un mur de leurs écus, brandissant lances et épées comme autant de langues de dragon, fonçaient. Certains chefs français rêvaient même de reprendre la grande forteresse de Calais.

Madeline se contentait de souhaiter le retour de son père. À Clisson, on était relativement peu affecté par la guerre. Cependant, même ici, il arrivait que les effets de la lutte impitoyable se fissent sentir. Il ne restait plus, pour l'essentiel, que des femmes et des hommes âgés. Quelle protection représentaient-ils contre les abominations que recelaient, parfois, les fins fonds des forêts de Normandie ?

Madeline prit une profonde inspiration, goûtant les senteurs montant des bosquets fournis qui entouraient le château. Elle était heureuse que son père ait dépêché des messagers. Trois mercenaires écossais, qui avaient servi dans l'ost du roi de France, avaient surgi des bois, juste au moment où le soleil déclinait, au crépuscule, l'heure de la chauve-souris. Tous trois étaient vêtus de brun et de vert, justaucorps et chausses, et dans de grands sacs portés en bandoulière on entendait cliqueter leurs biens. Ils avaient franchi le portail d'un pas désinvolte, mais s'étaient arrêtés courtoisement devant le grand porche en attendant que Madeline et sa chambrière viennent les accueillir. Ils avaient accepté avec gratitude les cruches de bière légère et le pain croustillant que leur avait servi le vieux Joachim entouré des autres serviteurs.

— Vous êtes les bienvenus, avait dit Madeline qui était descendue afin de saluer les trois visiteurs.

Ces derniers avaient aussitôt mis genou à terre comme si elle était de sang royal. Courbant la tête, ils avaient posé gobelets et écuelles près d'eux sur les cailloux du sentier.

— Je vous en prie, avait plaisanté Madeline, je ne suis qu'une simple damoiselle, pas une *grande dame** [1] de la cour. De grâce, levez-vous.

Elle avait parlé lentement, ayant remarqué que les trois hommes avaient du mal à la comprendre tout comme elle avait, elle, du mal à comprendre la voix grasse et rauque de leur chef.

— De grâce, relevez-vous, messires, avait-elle répété en levant les mains. Qui êtes-vous ? D'où venez-vous ? Que voulez-vous en ces lieux ?

— Madame, nous sommes venus vous saluer, dit celui qui se tenait au milieu, ses lèvres esquissant un sourire.

Madeline l'avait observé de près. Tout comme ses compagnons, son interlocuteur avait la tête couverte

1. Les mots en italique suivis d'un astérisque à la première occurence sont en français dans le texte. *(Toutes les notes sont des traductrices.)*

d'un capuchon et le visage dissimulé sous une barbe et une moustache fournies. Elle remarqua qu'ils avaient tous un ceinturon, une épée et une dague au fourreau et que celui qui semblait être le chef était armé d'une petite arbalète accrochée à sa ceinture. L'homme, s'inclinant de nouveau, avait plongé la main dans son escarcelle.

— Madame, vous êtes fort aimable. Nous vous apportons des nouvelles de votre père, messire Pierre.

Madeline avait battu des mains de joie, gratifiant ces messagers venus du ciel d'un sourire radieux.

— Je suis navré, madame (le français hésitant de l'homme était quasiment incompréhensible), mais, comme je vous l'ai dit, nous sommes des mercenaires écossais. Notre royaume et celui de France sont de fermes alliés contre les goddams. Nous arrivons du camp royal près de Rouen et nous rendons dans le Sud-Ouest dans l'espoir de rejoindre la grande chevauchée en Gascogne. Nous avons demandé la permission de partir ainsi que des renseignements sur les routes. Votre père, qui travaille à la chancellerie royale, a entendu parler de nous et vous envoie ce message.

L'homme avait fait un pas en avant et tendu à Madeline un rôlet de parchemin, que le voyage n'avait pas souillé, soigneusement lié avec un ruban rouge sang. Madeline s'était empressée de le dérouler, avait lu le texte rédigé d'une main experte disant que son père était en bonne santé et confiant en l'avenir. Il faisait maintenant partie de l'élite des conseillers du roi. Il ne savait quand il reviendrait mais adressait ce message à sa seule et unique fille en l'assurant de toute son affection. Dans un post-scriptum visiblement rédigé à la hâte, il ajoutait que les trois messagers, des Écossais, Samuel Moleskin, Matthew Hornsby et John Falaise étaient dignes de confiance. La lettre, comme le voulait la coutume, ne portait pas de signature mais était scellée de cire verte aux armes des Clisson, un palmier rappelant le rôle joué par la famille des centaines d'années plus tôt en Outremer.

Madeline, ravie de recevoir de telles nouvelles, avait fait entrer ses visiteurs dans la grand-salle. Joachim, Béatrice et Gertrude leur avaient servi un épais potage de faisan relevé d'épices et d'herbes des plus fraîches et accompagné du meilleur vin d'Alsace. La jeune châtelaine avait partagé le repas avec ses hôtes. Moleskin, le chef, était affable mais les deux autres, l'air morose, ne pipaient mot. Madeline se demandait si l'un d'eux, Hornsby, n'était pas un peu fol. On s'était mis à parler de choses et d'autres, les messagers assurant à maintes reprises que messire Pierre était, comme il l'affirmait, en excellente santé. À dire vrai, quelque chose, dans cette lettre, mettait Madeline mal à l'aise, quelque chose d'insolite qu'elle n'arrivait pas à définir. Toutefois, ses visiteurs étaient plutôt d'un commerce agréable. On en était venu à parler de la guerre. Béatrice rappelait des histoires qu'elle avait entendues au sujet d'une libre compagnie anglaise : un équipage de mercenaires à bord de la barge de guerre *Le Sans Dieu**, sous le commandement d'un abominable capitaine, qui se faisait appeler « Oriflamme », par dérision envers la bannière sacrée des Français pieusement conservée à Saint-Denis, derrière le maître-autel. Béatrice avait raconté, d'une seule traite, ce qu'elle avait appris des villageois ainsi que du vieux curé, le père Ricard, qui avait exercé son ministère dans la petite chapelle Saint-Hubert, isolée au fond des bois. Béatrice, à grands gestes, avait décrit les horreurs : la perruque rouge feu que portait ce démon incarné, son visage couvert d'un masque blanc, la robe grise de femme dont il était revêtu. Les acolytes d'Oriflamme ne valaient guère mieux : maudits pour leurs embuscades, attaques et raids tout au long des rives de la Seine, ils étaient surnommés les « Flammes de l'Enfer ». Béatrice pensait que ces méchants devaient faire partie de la grande retraite des forces anglaises et priait pour qu'ils soient capturés et châtiés comme ils le méritaient.

Les visiteurs, tout occupés à boire et à manger, s'étaient contentés d'approuver du chef ou d'un murmure les dires de Béatrice. Le malaise de Madeline n'avait fait que s'accroître. Elle ne parvenait pas à se l'expliquer. Le repas s'était enfin terminé. La jeune châtelaine avait d'abord envisagé de loger ses hôtes inattendus au château mais, le souper parvenu à son terme, elle avait décidé de leur allouer des paillasses confortables dans l'une des dépendances situées dans la cour intérieure. Les trois hommes avaient paru satisfaits.

Madeline sortit de ses réflexions en entendant ce qu'elle crut être un cri, puis d'autres bruits sourds insolites. Elle ferma les volets, contente de la venue de certains parents très tôt le lendemain matin. Elle se sentirait sans aucun doute plus à l'aise quand ils arriveraient. Ses yeux furent attirés par la lueur d'une lanterne de corne posée sur la petite table d'écriture. Elle y vit un morceau de parchemin qui faisait partie d'un contrat au sujet de bétail paissant dans la grande prairie. La pièce portait le sceau de son père. En dépit de la chaleur, elle fut saisie d'une sueur froide. Elle comprenait maintenant ce qui était anormal dans le message apporté par Moleskin. La lettre était scellée de cire verte aux armes de la famille, mais on n'en faisait usage qu'ici même, au château, pour certifier des documents. Toute lettre émanant de son père porterait l'empreinte de son cachet sur cire rouge. La gorge de Madeline se serra. Pierre était un clerc très éminent, un officier haut placé à la chancellerie secrète du roi, au Louvre. Cette erreur serait-elle le fait de la guerre ou de l'isolement du camp ?

Madeline perçut un cri étouffé venu d'en bas, puis un grincement, et un frottement comme si l'on déplaçait des meubles.

Elle prit un vêtement dont elle s'enveloppa, sortit de la chambre et, à petits pas feutrés, descendit l'escalier de chêne dont les marches luisaient à la lumière dorée qu'émettaient les lumignons du fond de leurs niches. La porte de la grand-salle était fermée, mais de minces rais de lumière filtraient par les interstices tout autour. Une fois en bas, elle poussa l'huis, qui s'ouvrit, et se figea d'horreur. Béatrice, sa femme de chambre, entièrement nue, pendait à une poutre, attachée par les poignets, un bâillon enfoncé dans la bouche. Le beau corps blanc de la jeune femme se balançait en tous sens dans la lumière tremblotante des chandelles. Elle était vivante, mais la terreur qui se lisait dans ses yeux vitreux implorait sa maîtresse. Derrière elle, tels des morceaux de viande sur l'étal d'un boucher, gisaient les corps sans vie de Joachim, Gertrude et d'autres encore, la gorge tranchée, couvrant le sol de leur sang qui commençait à sécher.

Madeline suffoquait presque. Elle bondit, se retourna en même temps que la porte se refermait derrière elle. Elle voulut crier, mais l'abominable spectacle qu'elle avait sous les yeux était plus qu'elle n'en pouvait supporter. Toutes les ignominies étaient remontées de l'enfer pour s'emparer d'elle. La porte était maintenant gardée par trois figures grotesques, chacune vêtue d'une tunique grise de femme, le visage couvert d'un masque blanc et la tête d'une épaisse perruque d'un rouge flamboyant. C'en était trop pour la jeune châtelaine, elle bascula et, pâmée, s'effondra sur le sol…

Cinq jours plus tard, juste avant le coucher du soleil, Gaspard, tournebroche au *Héron*, une vieille taverne nichée dans la forêt, avait décidé de se cacher. Il savait qu'on lui reprocherait son absence, mais cela ne durerait pas, après tout, la clientèle était rare à cette époque. *Le Héron* était situé en bordure d'un sentier forestier qui rejoignait en sinuant la grande route menant à Calais, que tenaient les Anglais. Ne s'y arrêtait guère, de temps à autre, qu'un colporteur ou un marchand en quête d'un logement ou d'un repas chaud. Cependant, l'été ayant été long et très chaud, il arrivait que des clients de passage s'y arrêtent juste pour se rafraîchir avant de reprendre la route. Par conséquent, Gaspard avait peu à faire et ne souhaitait pas qu'on lui trouve d'autres tâches. Il aimait cette taverne. *Le Héron*, avec son solide toit de chaume, ses murs à colombage édifiés sur de la solide pierre, offrait des cachettes idéales où il pouvait trouver refuge, échapper à dame Agnès, qui dirigeait l'hostellerie quand son époux n'était pas là. Ce dernier était souvent absent pour aller vendre les produits de la taverne ou de la forêt environnante – lapins, cailles, poules et poulets – aux nombreux petits marchés que l'on trouvait sur la route de Calais. Gaspard aimait tout particulièrement les caves de la vieille maison, avec leurs plafonds bas et les étroits passages qui serpentaient entre les énormes futailles noires et les cuves.

En cet après-midi de fin d'été, Gaspard avait estimé qu'il avait travaillé assez dur et longtemps. Il était resté assis, des heures durant, au coin du feu à tourner la broche, à arroser les viandes de cuillerées de sauce aromatisée d'herbes. Les jambons étaient maintenant cuits et placés dans des filets blancs pour les suspendre au plafond et parachever leur conservation. Agnès et Lavalle, sa cuisinière, partiraient sans doute à sa recherche, mais en attendant il décida de se cacher et de se régaler de bribes de viande rôtie et du gros morceau de fromage crémeux qu'il avait dérobé dans la dépense. Gaspard s'installa à sa place favorite, au sommet d'une énorme futaille. Une fois là, par une grille rouillée située en haut du mur, juste sous le plancher, il avait vue sur toute la grand-salle avec ses tables, ses bancs et ses baquets. Mais surtout il pouvait garder un œil sur la longue table où dame Agnès et la cuisinière servaient boissons et nourriture aux clients. Gaspard, les yeux plissés, regardait. Les deux femmes bavardaient avec deux colporteurs entrés dans la taverne en se plaignant de la chaleur et en réclamant de la bière bien fraîche. Leur soif maintenant étanchée, ils étaient assis sur un banc placé contre le mur et entretenaient leur hôtesse du récit de leurs aventures sur la route. Gaspard prêtait une oreille attentive quand, soudain, il sursauta en entendant la porte s'ouvrir à toute volée. Trois religieux, vêtus de gris, la tête bien encapuchonnée, entrèrent d'un pas assuré dans la salle. Le chef, celui qui se tenait au milieu, esquissa une bénédiction à l'adresse de la table de service et alla s'asseoir dans l'embrasure de la fenêtre qui donnait sur le jardin d'herbes.

Agnès et Lavalle coururent servir ces nouveaux venus, avec un empressement renouvelé quand elles entendirent cliqueter les pièces dans la bourse que le chef déposait sur la table devant lui.

— Madame, déclara l'homme d'une voix basse et gutturale, nous sommes des frères mendiants avec pour mission de prêcher sur la grande route menant à Calais. Nous pouvons peut-être accélérer le départ des goddams, les forcer à reprendre la mer.

Bien que basse, la voix de l'homme portait, il parlait un anglo-normand hésitant, butait sur certains mots ;

ses deux compagnons, quant à eux, se taisaient. Tout comme leur chef, ils avaient repoussé leur capuchon, révélant une épaisse chevelure emmêlée, une barbe et une moustache fournies. Gaspard plissa les yeux, pour mieux voir à travers la grille. La plupart des religieux avaient la tête et la face rasées, mais il y avait tant d'ordres et de mendiants qui s'arrêtaient au *Héron* en route vers tel ou tel lieu de pèlerinage. Le chef but une gorgée au gobelet servi par Agnès :

— Madame ?

— Oui, mon père ?

— Nous avons laissé un cheval de bât dehors. Nous vous saurions gré de le loger à l'écurie.

Agnès requit d'un geste l'aide de l'un des colporteurs et sortit rapidement. Gaspard se sentit coupable, il devrait apporter son aide. Il allait descendre de son perchoir quand les trois frères se dressèrent soudain. L'un d'eux se précipita vers la porte, la ferma et abaissa la barre pour la verrouiller. Le second colporteur bondit, mais le chef des religieux brandit une petite arbalète à main bandée et prête à décocher. Il tira sur la corde et le trait barbelé déchira le visage de l'homme. La cuisinière restait figée, le visage dans ses mains tremblantes ; elle était sur le point de crier quand l'un de ces terribles visiteurs arriva derrière elle sans crier gare et lui passa un bras autour de la gorge, pointant le bout d'une dague juste sous son menton. Gaspard, le cœur battant, avait le souffle coupé. Le coup avait été si violent et abrupt que le colporteur s'était abattu dans la mare de sang qui coulait de son affreuse blessure. Lavalle ne pouvait que frapper le sol de ses pieds chaussés de sandales. Le chef alla à la porte, souleva la barre et fit un pas en arrière. La porte s'ouvrit, dame Agnès entra, suivie du colporteur.

— Mon père, il n'y a point de cheval.

— Bien sûr que non ! fit la voix grinçante du frère qui pointa l'arbalète, une flèche à nouveau encochée, vers le colporteur.

Ce dernier tenta de se retourner et de fuir, mais le carreau acéré lui fracassa la nuque. Il chancela contre le mur et s'effondra. L'un des assaillants, le poignard dégainé, attira Agnès à lui et la força à s'agenouiller. Lavalle fut poussée jusqu'au milieu de la salle où deux des agresseurs se mirent à lui arracher ses vêtements. Quand ils eurent fini, ils lui lièrent les mains avec une corde, prise dans les écuries, puis firent passer une des extrémités par-dessus une poutre du plafond et hissèrent la pauvre femme qui pendit comme une pièce de viande. Ce fut au tour d'Agnès de subir le même sort. Les deux victimes, suspendues côte à côte, étaient si choquées qu'elles ne pouvaient que pousser des gémissements indignés de se voir ainsi traitées. L'un des bourreaux s'absenta et revint avec un sac. Il en répandit le contenu sur le sol. Chacun des hommes ramassa une perruque de crin de cheval d'un rouge flamboyant, s'en couvrit la tête et se cacha le visage sous un masque blanc. Gaspard ne comprenait rien à ce qui se passait, tout en étant conscient que cette vieille taverne avait en son sein trois démons déterminés moins au pillage qu'au viol de ces deux femmes. Le chef, une fois revêtu de son grotesque costume, s'inclina avec dérision devant les deux captives.

— Je m'appelle frère Samuel, Samuel Moleskin et voici mes deux amis : Walter Desant et Alexander Cromer. Mesdames, vous êtes ici pour nous divertir.

C'en était trop pour Gaspard. Il descendit de la futaille, rampa jusqu'à un coin plongé dans les ténèbres, se boucha les oreilles de ses mains afin de ne pas entendre les cris effroyables qui venaient de la grand-salle.

PREMIÈRE PARTIE

La Tamise, novembre 1381
Tenebrae facta *: l'obscurité se fit*

Reginald Dorset, capitaine de la cogghe royale *Le Valet de cœur*, leva les yeux vers les nuages menaçants qui pesaient sur la Tamise. Il restait encore quelques lueurs de jour, mais il ne tarderait pas à faire nuit. Dorset espérait seulement que la brume, de plus en plus dense, et la rapidité du courant suffiraient à les protéger, lui et son précieux chargement, dans leur descente vers le Détroit. Il implorait le Ciel de leur donner bon vent et temps calme dans leur traversée en direction de Calais, tenu par les Anglais, sur la côte normande. Thibault, le Maître des Secrets de Jean de Gand, l'avait généreusement payé pour cette expédition. Il avait, en même temps, exigé qu'il prête serment, en sa présence, sur une bible à la splendide reliure en la chapelle consacrée à St Edward the Confessor à Westminster. Dorset savait fort bien que si Jean de Gand s'était proclamé régent pendant la minorité de son neveu Richard, c'était Thibault qui détenait en fait le pouvoir.

Le Maître des Secrets avait bien fait comprendre

à Dorset l'intérêt vital de ce voyage et lui avait fait jurer de faire tout son possible pour protéger et sauvegarder l'or et la poudre à canon destinés à la garnison de Calais. Les deux précieux chargements devaient être livrés et mis en dépôt dans le grand coffre-fort tout au fond des entrailles du château de Hammes, une redoutable forteresse qui défendait les abords de Calais, cette enclave anglaise dont l'emplacement stratégique était comme un poignard pointé au cœur de la France et de son pouvoir. Le Valois et ses ministres, réunis en conclave dans la Chambre secrète au Louvre, à Paris, rêvaient de reprendre Calais, d'éradiquer cette menace de la côte. À leurs yeux, Calais aux mains de l'ennemi était une plaie ouverte sur le corps politique de la France, un chancre plein d'une pernicieuse purulence. Nul n'ignorait que tant que les Anglais tenaient Calais, ils avaient une porte d'entrée en France : les seigneurs de guerre pouvaient mener de rapides chevauchées au cœur de la campagne française, menacer les villes importantes et piller tout leur saoul. Dorset ne l'ignorait point. Après tout, il avait servi en Normandie et ne savait que trop ce que représentait Calais. Il avait fait partie d'une libre compagnie de mercenaires, « les Sans-Dieu », qui avait emprunté son nom à la barge de guerre sur laquelle ils avaient servi. Dorset réprima un frisson. Ce n'était pas le moment de penser à ces jours-là ! Il avait d'autres problèmes auxquels faire face. Il revint en pensée à ce rare joyau de chapelle où la voix rauque de Thibault avait murmuré combien il était important de payer la garnison de Calais, de donner à son capitaine les moyens de se procurer les munitions et l'approvisionnement indispensables au cas où une guerre éclaterait avec la France. La précieuse monnaie d'or que *Le Valet de cœur* avait à son bord remplirait cet office. On avait aussi informé Dorset que les barils de poudre destinés aux canons, couleuvrines et bombardes de la garnison devraient être entreposés au sec et à l'abri dans les caves du château de Hammes et autres lieux. Dorset avait prêté serment, ne connaissant que trop le prix à payer en cas d'échec. Il perdrait son bateau et ne bénéficierait plus d'aucun avantage, qu'il s'agisse du trésor royal ou de l'appui des seigneurs du Conseil.

— Doucement maintenant, beugla le timonier à l'arrière.

— Et vous, de votre côté ? lança Dorset aux guetteurs de la proue. Que voyez-vous ?

— Bancs de sable, nous approchons de bancs de sable ! crièrent-ils en réponse. Allez-y en douceur.

— Allez-y en douceur, répéta Dorset en écho tout en se dirigeant vers la lisse de couronnement à la poupe.

Il scruta les ténèbres grandissantes. Il sentait le mouvement du bateau sous ses pieds tandis que les marins tiraient sur les cordages pour que la grand-voile prenne le vent et que le navire puisse virer plus à bâbord, le tout dans un concert de cris et de craquements. Le vrai danger, c'étaient les bancs de sable, des îlots désolés dont la tête émergeait à la surface, bosses sombres et menaçantes qui faisaient penser à quelque monstre venu des profondeurs. Dorset plissa les yeux, les doigts sur la garde de son poignard. Ces bancs de sable étaient une véritable menace, même par un jour d'été, un vrai péril pour les imprudents ; des lieux ténébreux où des pirates à l'affût dissimulaient leurs étroits esquifs, prêts à fondre sur quelque navire marchand à la progression lente ou sur un bateau de pêche lourdement chargé de harengs, mais ce n'était pas le cas ce soir-là. *Le Valet de cœur* était une cogghe de guerre royale. Même le pirate le plus téméraire y regarderait à deux fois avant de l'attaquer. Dorset eut un sourire amer en apercevant les corps empalés sur des piquets le long des bancs de sable auprès desquels ils passaient. Il eut un haut-le-cœur en respirant la puanteur des cadavres en décomposition de cinq hors-la-loi. Ces malfaiteurs avaient été pris à piller sur les rives de la Tamise et, par conséquent, avaient enduré le châtiment pour piraterie dans toute sa rigueur : entièrement dévêtus, ils avaient été empalés par l'anus, sévère avertissement à tout autre maraudeur tenté de les imiter.

Le Valet de cœur frémit sous la poussée de la houle qui le propulsa en avant. La nuit se faisait plus noire. Il arrivait qu'une mouette, en quête d'une proie, lance son cri et plane au-dessus du bateau tel un fantôme. Des bruits mystérieux, inquiétants, retentissaient d'un bord à l'autre du fleuve. La cogghe semblait y faire écho avec le craquement des bois, le grincement des cordages et le vacarme de l'équipage à la barre et à la voile. Dorset quitta la lisse pour s'assurer que tout allait bien.

Ses yeux se posèrent sur l'entrée de la cale où le trésor, enfermé dans un coffret, était gardé par deux archers du Cheshire. Un cri venu de l'avant le fit se précipiter vers la proue. Les guetteurs montraient du doigt une grande barge à la haute poupe et à la dunette proéminente. Avec sa coque peinte en noir et la lueur des lanternes qui pendaient sur ses flancs, le vaisseau avait un air funèbre. Les rameurs, bien visibles, formes encapuchonnées, étaient penchés sur les rames qui montaient et descendaient à un rythme égal. Dorset scruta la brume. La barge soudain louvoya, s'éloignant pour laisser passer *Le Valet de cœur*. Une corne retentit, suivit la sonnerie d'une trompette, signal habituel des embarcations fluviales pour indiquer leur présence et, en même temps, échanger un salut fraternel avec un autre bateau. Dorset leva une main et, en réponse, l'un des guetteurs à la prouc fit entendre la plainte d'une corne de brume. La barge se rapprocha. Dorset identifia la silhouette sombre assise en majesté à l'arrière.

— Dieu vous bénisse, messire, lança le capitaine. Dieu vous bénisse, vous et vos œuvres.

La forme trônant à la poupe, encapuchonnée et emmitouflée, se contenta d'un geste de la main pour toute réponse.

— C'est le Pêcheur d'hommes[1], dit Dorset à l'oreille de Bramley, son second, qui le rejoignait au bastingage. Il ratisse le fleuve à la recherche de cadavres qu'il emporte ensuite à sa chapelle privée, la chapelle des Noyés, sur un quai désert près de La Réole[2]. C'est le Conseil de la ville qui le paye. Il fait la toilette des morts pour l'enterrement et les expose afin que la famille et les amis puissent les voir, les reconnaître et réclamer les restes d'un être que le fleuve a pris, qu'il s'agisse d'un accident, d'un suicide ou d'un meurtre.

Dorset regarda Bramley avec attention. Depuis qu'ils avaient mis à la voile, son second paraissait

1. Voir *La Pierre de sang*, 10/18, n° 4686.

2. La Réole, sur les bords de la Tamise, près de la chapelle des Noyés. (Peut-être un souvenir de la présence anglaise en Aquitaine ?)

agité, mal à l'aise. Est-ce que quelque chose l'inquiétait ? Avait-il quitté sa femme en bons termes ou, au contraire, y avait-il eu chez lui quelque dispute ? Bramley était visiblement nerveux, il ne cessait d'aller d'un bout à l'autre de la cogghe, descendant dans la cale pour vérifier que tout allait bien et… en était-il ainsi ? Le second n'avait pas encore remonté à bord le canot de sauvetage, un solide esquif attaché à l'arrière par une grosse corde de chanvre.

— J'ai entendu parler du Pêcheur, répondit Bramley brièvement, détournant les yeux comme pour éviter le regard de son supérieur, tendant le cou pour bien voir passer la barge de mort. Je me demande s'il a recueilli des corps ou s'ils ratisseront en vain ce soir. J'ai bien aperçu l'homme-poisson.

— Ichthus, murmura Dorset. Il ressemble en effet à un poisson : pas un poil, même pas de cils. Il a une bouche de morue et le plus petit nez que j'aie jamais vu. Il est laid, mais il nage comme un marsouin et semble ne redouter en rien le fleuve. Il est un des rares qui n'en ont pas peur. Quant à moi, je me suis toujours méfié de ces eaux, ajouta-t-il en regardant la barge disparaître dans la brume ; puis, dans un murmure, il reprit : C'est qu'elles sont traîtresses, même par une claire journée de juin.

Bramley acquiesça de la tête et se détourna pour crier que l'on allume davantage de lanternes et que l'on veille à ce qu'elles éclairent bien. Dorset soupira et s'éloigna pour aller se poster sous le mât. *Le Valet de cœur* allait maintenant bon train, tirant profit de la forte houle de la Tamise. Le vent de nord-est se faisait plus fort et la cogghe luttait de toute sa charpente, de ses cordages et de sa voile qui claquait. Le capitaine s'affermit contre le mouvement du navire qui tanguait et roulait. Il leva les yeux au ciel qui se dégageait maintenant, on apercevait la lune et les étoiles. Dorset eut un sourire à part lui. Ils seraient bientôt dans le Détroit. Il aperçut une lueur tremblotante et regarda à tribord. Des feux de joie flambaient joyeusement en haut de la rive, illuminant les gibets, quatre en tout, chacun exhibant un corps au bout de ses trois branches, sévère avertissement du danger que représentait le fleuve.

Il n'avait nul besoin qu'on le lui rappelle. La Tamise était bel et bien dangereuse, c'était la voie qui permettait d'atteindre le cœur de Londres et d'en revenir, mais elle pouvait se révéler capricieuse dans sa descente vers l'estuaire comme dans sa remontée. Une fois que l'on était sorti de la cité, ses rives d'un côté et de l'autre, avec leurs denses taillis de chênes, d'ormes et de saules pleureurs, semblaient enclore le fleuve immémorial d'une véritable tapisserie de verdure, dissimulant criques et anses qui s'étaient formées au fil des ans. Ces bois constituaient des cachettes idéales, un repaire pour ceux qui préparaient attaques soudaines et embuscades.

Dorset revint en esprit à un autre fleuve, la Seine, qui coulait à travers la Normandie. « L'affluent de la guerre », disaient certains de ses anciens compagnons : une appellation tout à fait appropriée, en effet, la maîtrise de la Seine et de ses rives avait fait l'objet de combats acharnés entre les adversaires. Comme s'il pouvait deviner ce qui se passait dans la tête de son capitaine, Bramley quitta la lisse et, aux prises avec les secousses du navire malmené par les flots, alla, chancelant, saisir un filin et se placer le plus près possible du capitaine.

– Des nuits pareilles, vous vous en souvenez, maître

Dorset, dit-il dans un souffle. Cette barge de guerre, nos masques blancs, nos perruques flamboyantes, la terreur que nous provoquions chez les Français qui nous appelaient les « Flammes de l'Enfer ».

— Et c'est bien ce que nous étions, répliqua le capitaine en serrant plus fort le cordage du mât alors que la cogghe se débattait contre la furie de la houle, nous étions bien les Flammes de l'Enfer. Nous répandions la peur comme une traînée de poudre sur les bords de la Seine. Ce que nous avons pu faire…

Il ne put en dire plus.

— Vous le regrettez ?

La réponse cingla :

— Bien sûr que oui ! Pas vous ? J'ai essayé de réparer. Je demande la bénédiction d'un prêtre à chaque voyage que j'entreprends, y compris celui-ci. Vous le savez bien, c'est vous qui l'avez amené à bord. (Dorset se signa avant de poursuivre :) Je suis allé en pèlerinage, en suivant la voie sacrée, à Compostelle, Jérusalem, Rome, ainsi qu'aux sanctuaires de Walsingham et Cantorbéry. Et malgré tout, les fantômes de ceux que j'ai massacrés m'environnent toujours de leurs terribles gémissements et horribles blessures.

Le frôlement d'une mouette passant au ras du navire avant de disparaître dans la nuit grandissante fit sursauter Dorset. Il prit une profonde inspiration :

— Vous avez appris la nouvelle ? demanda-t-il à son second, qui se contenta de le fixer du regard. Les Français sont arrivés à Londres. En fait, ils y sont depuis des semaines. Ils sont chargés d'une tâche qui devrait nous concerner.

— Maître ?

— Ils veulent à tout prix l'arrestation d'Oriflamme

et de ses acolytes. Les années ont passé, la paix règne maintenant entre les royaumes d'Angleterre et de France, mais les gens du Louvre n'en ont pas fini. Ce ne sont pas des gens comme nous qu'ils recherchent mais notre ancien chef, son lieutenant et le patron de la taverne, *Le Bouc qui danse**... Des crimes ont été commis par les deux parties. Toutefois, à en croire maître Thibault, les Français exigent que l'on mette la main sur Oriflamme pour une agression des plus atroce sur la personne d'une jeune dame de la noblesse perpétrée peu avant la fin de la guerre. Vous vous souvenez quand nous avons dû nous replier sur la côte ? Quel choix avions-nous ? Soit reprendre la mer dans nos bateaux, soit être renvoyés chez nous dans nos cercueils. Quoi qu'il en soit, cette dame française avait des parents puissants, proches du pouvoir au Louvre. Ils pensent qu'Oriflamme pourrait bien être encore caché en Angleterre et demandent qu'on se saisisse de lui. Je suis inquiet, bien sûr. Je me rappelle ces jours sanglants et je me tourmente. Que je dorme ou que je veille, le passé ne cesse de me hanter.

— Moi aussi, mais nous étions jeunes, maître, nous avions le sang chaud...

— C'était le sang des autres, du sang innocent, Bramley, des femmes et des enfants ! (La voix de Dorset n'était plus qu'un murmure.) Rappelez-vous les villages dévastés dans un embrasement et les nuages de fumée, les barges que nous avons pillées, les équipages que nous avons massacrés, les incendies que nous avons allumés.

Il fit une pause.

— Et notre chef, Oriflamme, du nom qu'il se donnait, poursuivit Bramley. Nous n'avons jamais découvert qui il était en fait. Nous nous contentions de répondre à l'appel et notre ost s'assemblait.

— C'était l'envoyé de Satan en personne.

Dorset changea la main qui tenait le cordage et regarda autour de lui. La nuit était tombée. Le niveau de l'eau était monté, le courant était rapide, on aurait dit que le fleuve avait hâte d'atteindre l'estuaire et de se jeter dans les bras de la mer. Dorset s'assura que les lanternes à la poupe et à la proue éclairaient bien et que les mousses debout à l'avant ou tout en haut du grand mât, à la hune, étaient éveillés et vigilants. Ces veilleurs étaient choisis pour l'excellence de leur vue, toujours prêts à signaler d'un cri l'approche du danger. Ils étaient aussi munis de cornes et de cornets qui servaient à avertir les autres vaisseaux. Bramley marmonna qu'il allait vérifier si tout allait bien du côté du trésor et en même temps se préparer à amener les voiles en approchant de Sodome et Gomorrhe, deux énormes bancs de sable qui émergeaient à la surface, couronnés d'un enchevêtrement de ronciers, ajoncs et autres robustes plantes. Ils formaient deux énormes bosses d'autant plus dangereuses qu'elles dérivaient parfois en laissant tomber dans le cours sable, terre, limon et gravier. Un énorme risque pour les imprudents et les mariniers inexpérimentés.

Dorset, maintenant perdu dans le souvenir de ces jours de feu le long de la Seine, n'écoutait que d'une oreille les clameurs de l'équipage, les craquements et claquements de son bateau luttant contre le flux. *Le Valet de cœur* commença à ralentir l'allure, roulant et tanguant sur le tumulte des flots. Le capitaine se dirigea vers la lisse et, scrutant les ténèbres, aperçut les feux de signalement placés au bord des bancs de sable. Le bateau avançait un peu de guingois parmi les tourbillons. Il agrippa le bastingage. Il y eut des chocs sur le côté de la poupe, là où était accroché le canot. Il regarda par-dessus bord. Il sentait qu'il se passait quelque chose d'anormal mais ne parvenait pas à définir la cause de son inquiétude. Il perçut un bruit et se retourna : deux corps gisaient sur le pont et, surgissant de l'ombre, comme un cauchemar, apparaissait une forme qui le remplit d'horreur. Le messager de l'enfer était là !

Les souvenirs refirent surface. L'espace de quelques instants, Dorset se demanda s'il était la proie de quelque hideuse vision remontée du passé. La vengeance était-elle venue réclamer son dû ? Cette vision sortie de l'enfer ne pouvait être que le châtiment pour ses péchés passés…

Le Pêcheur d'hommes, avachi sur son siège majestueux à la proue de sa barge, dormait d'un sommeil profond. Ils avaient ratissé le courant sans y découvrir mort ou vivant. Le seul bateau qu'ils avaient croisé était la cogghe de guerre, *Le Valet de cœur*. Le Pêcheur d'hommes avait décidé qu'il était temps de se reposer, et une chaufferette posée sur un coussin blotti dans son giron, il s'était endormi, rêvant aux jours anciens quand, sous un soleil ardent, il combattait en Outremer pour la gloire de Dieu et au service de notre Sainte Mère l'Église. Tout en rêvant il pouvait presque sentir la chaleur étouffante du soleil et du désert. Le corps détendu, il plongeait plus profondément dans le sommeil quand il fut réveillé sans ménagement. Il ouvrit les yeux. Son lieutenant, Ichthus, l'ayant pris aux épaules, le secouait et, le doigt pointé vers l'aval, faisait des signes, à la lumière du scintillement du falot placé sur le pont à ses côtés. Le Pêcheur prit le temps de bien observer jusqu'à ce qu'il eût compris ce qu'Ichthus lui racontait.

— Mon ami, tu dis avoir entendu comme un coup de tonnerre et vu un éclair ?

Ichthus acquiesça de la tête, un sourire éclairant sa face de poisson. De ses longs doigts, il implora son maître de faire virer l'embarcation. Ce dernier scruta les ténèbres dans son dos. Il était tenté d'ignorer la requête de son second, mais Ichthus se trompait rarement. Le Pêcheur se leva, lançant à Hackum, le chef des Séraphins, nom dont on baptisait l'équipage, l'ordre de lever les avirons. La consigne fut transmise et la barge, cessant de combattre les éléments, s'immobilisa.

— Virez de bord, nous faisons demi-tour, ordonna le Pêcheur. Ichthus, veille à bâbord, je serai à tribord.

L'ordre exécuté, les Séraphins, penchés sur leurs avirons, firent demi-tour. Leur maître scrutait l'obscurité. De son côté, Ichthus observait les eaux, prêt à relever quelque indice insolite. Le Pêcheur était sur le point de conclure à une erreur de la part de son second quand il aperçut un morceau de bois encore fumant qui vint frapper contre la coque avant de repartir à la dérive. Ichthus émit ces étranges sons de gorge et son maître tourna la tête : l'homme poisson avait vu la même chose que lui. La barge poursuivit sa course, fendant la brume de sa proue. Soudain, le temps parut s'éclaircir : la brume se dissipa. Le Pêcheur, frappé d'étonnement, se trouva face à un amas de madriers enflammés ballottés par le courant. Il aperçut un morceau de voile, un mât brisé, des bouts de cordage et de planches, flottant sur l'eau froide et sur lesquels dansaient encore des flammes.

— Au nom du Ciel, murmura-t-il, *Le Valet de cœur*, ou du moins ce qu'il en reste.

Le Pêcheur, entendant appeler l'un des Séraphins, rejoignit Ichthus sur l'autre bord. Un homme dans l'eau dérivait vers la lumière de la lanterne sur le côté de la barge. Des ordres furent donnés. On apporta de longues perches armées de crochets et l'homme et la planche à laquelle il s'accrochait furent rapprochés jusqu'à ce l'on pût le tirer hors de l'eau. On le déposa en douceur sur le passage entre les bancs des rameurs. Hackum donna l'ordre de reprendre les rames et de veiller à stabiliser l'embarcation autant que possible. Le patron se baissa et dévisagea le survivant. Il nettoya le visage de l'homme, tourna avec douceur sa tête de côté, remarqua la grave blessure, une profonde entaille dans le crâne.

— Au nom du Ciel, dit-il dans un souffle, c'est Reginald Dorset, le capitaine du *Valet de cœur* !

Il demanda qu'on approche une lanterne, prit la petite outre qui pendait à sa ceinture et essaya de l'introduire entre les lèvres du blessé, mais il sentait bien qu'on ne pouvait plus rien pour Dorset, le sang coulant de son nez et de sa bouche. Dorset battit des paupières, alors qu'il s'étranglait avec le vin. Il tenta de parler mais fut pris de tremblements ; il était clair qu'il était en train de mourir. Le Pêcheur se pencha un peu plus et murmura à l'oreille du mourant :

— Que s'est-il passé ? Au nom du Ciel, dites-moi. Un accident ?

— Les pièges de l'enfer m'ont attrapé. Des fantômes du passé, haleta Dorset.

Il agita une main, saisit le poignet du Pêcheur, juste là où s'arrêtait le gantelet et marmonna :

— On ne peut échapper à ses péchés. Vous comprenez, jamais ! Le messager de l'enfer est apparu sur mon bateau, un démon aux cheveux rouges, habillé en femme, avec un visage peint en blanc. Il attendait son heure. Il est venu emporter mon âme, comme il l'a fait pour tous ceux qui ont navigué avec moi.

Le Pêcheur détacha la main qui agrippait son poignet.

— Ne dites plus rien maintenant, ami. On va vous conduire à Queenhithe. Un bon physicien…

Il s'efforça de ne pas regarder la profonde entaille dans le crâne en essayant de réconforter le mourant à qui il mentait.

— Un bon physicien soignera vos blessures, répéta-t-il.

— J'ai besoin d'un prêtre. Il me faut un prêtre pour m'absoudre de mes péchés, avant d'affronter le Jugement.

— S'il en est ainsi, alors récitons le psaume de miséricorde. « Ayez pitié de moi, ô Seigneur, dans Votre infinie miséricorde… »

Le Pêcheur poursuivit de verset en verset mais, quand il parvint à la ligne : « j'ai été conçu dans le péché, je suis né pécheur », Dorset se mit à trembler de tous ses membres, aux prises avec les affres de la mort. Le Pêcheur se hâta de tracer une croix sur la joue de l'homme puis lui tint la main jusqu'à ce que Reginald Dorset, capitaine de la cogghe royale, glisse dans la mort.

Une fois assuré que l'homme avait cessé de vivre, le Pêcheur se leva et demanda aux Séraphins de faire le tour de la misérable épave à la recherche d'autres survivants ou de quelque autre reste de l'infortunée cogghe. Ils y passèrent des heures mais sans résultat, à part des éclats de bois qui brûlaient encore avant que l'eau n'éteigne les flammes. Leur maître ne pouvait rien faire que rester à la proue à scruter les ténèbres et à s'étonner qu'un navire tel que *Le Valet de cœur* ait pu disparaître ainsi, comme si le feu était remonté des entrailles de l'enfer pour engouffrer tout le navire.

Le grotesque individu, connu sous le nom d'Oriflamme, avançait dans le passage sale et pestilentiel de la maison délabrée sise au coin de Slops Alley. Les premières lueurs de l'aube commençaient à poindre. Oriflamme marchait avec précaution. Il se sentait las après son retour de la Tamise, mais il avait besoin de réfléchir. Il s'efforçait de maîtriser la rage qui bouillait en lui. Il avait été floué mais, dans les méandres de son esprit, la partie n'était pas encore finie. Dans son terrifiant déguisement – perruque rouge enfoncée sur sa tête, masque blanc sur le visage et robe grise de femme dissimulant son corps –, il suivait l'étroit couloir pavé. Il portait une arbalète pour parer à toute éventualité bien qu'il sût que peu de gens se hasarderaient à venir dans cette maison en ruine qui, à juste titre, méritait bien la réputation d'être hantée par des esprits malveillants.

— Et on a raison, elle est bel et bien envahie de fantômes, approuva Oriflamme en entrant dans le piteux solar[1] et en regardant les poutres.

Il souleva la lanterne qu'il avait à la main et aperçut les bouts de corde qui étaient encore là où il avait attaché les nœuds coulants. Il se remémora ce jour, la jouissance éprouvée à voir ces deux chiennes mourir étouffées. Elles avaient tant à se faire pardonner ! Il s'accroupit, les yeux toujours fixés sur les chevrons,

1. Solar : salle où se tenait en général la famille.

l'oreille aux aguets. Il ferma les paupières et se rappela ces jours de gloire en Normandie. Il avait cru ces temps révolus, mais il n'en était rien. Il ouvrit les yeux, regarda autour de lui par les fentes de son masque et sentit la fureur l'envahir à nouveau. Les Français étaient à Londres. Leur présence, la raison de leur venue et la personne qu'ils recherchaient faisaient l'objet de rumeurs. Il regrettait son erreur : il aurait dû trancher la gorge de cette châtelaine d'un seul coup de lame et la réduire à jamais au silence. Mais que pouvait-il faire maintenant ? Il avait eu sa vengeance et recommencerait, mais il serait prudent. Clisson avait été une erreur, de même que *Le Valet de cœur*. On l'avait trompé.

Oriflamme perçut un bruit et se cabra. Y avait-il quelqu'un d'autre dans cette maison hantée ? Il n'avait demandé à personne de le rejoindre ici. Le bruit se répéta, venant de l'une des chambres du haut. Il se redressa. L'arbalète qu'il tenait était armée. Il sortit du solar, ignorant les rats et autres vermines qui détalaient en couinant. Il monta l'escalier à pas feutrés. Le bruit était distinct maintenant. La pièce était plongée dans l'ombre, mais il connaissait cette diabolique demeure dans ses moindres recoins. Parvenu en haut des marches il s'arrêta et tendit l'oreille. Il ne se trompait pas : des ronflements, des reniflements venaient de la chambre à droite dont la porte entrouverte était de guingois sur ses gonds endommagés. Oriflamme se glissa dans le couloir poussiéreux et entra dans la pièce. Il aperçut une forme, au fond, dans le coin, quelqu'un qui essayait avec peine de se lever. Souple comme un chat, il se précipita et se baissa. On n'y voyait guère, mais il distingua la face parcheminée d'une pauvresse.

— Qui êtes-vous ? s'enquit la vieille d'une voix enrouée.

Sans répondre, Oriflamme se redressa, alla ouvrir le volet délabré de l'une des méchantes fenêtres. Dans le demi-jour il observa la mégère, debout maintenant, dos voûté, mains pendantes.

— Je suis venue céans, dit-elle d'une voix plaintive, je suis venue parce que, autrefois, je faisais le ménage ici.

— Bien sûr, murmura Oriflamme. Tu es Brunhild, pas vrai ? La Flamande ? Tu travaillais pour les deux sorcières qui tenaient cette maison ? Tu avais la main leste. Tu frappais les pauvres gosses avec des brosses qui piquaient. Tu te rappelles, Brunhild ?

La vieille fit un pas en avant.

— C'est que j'avais froid, geignit-elle. J'ai toujours froid. Il ne vient pas grand monde ici, alors je me suis dit que j'aurais un peu chaud. Qui êtes-vous ? Pourquoi êtes-vous habillé comme ça ? Ça me dit quelque chose.

Elle recula d'un pas mal assuré en voyant Oriflamme lever l'arbalète.

— Je devrais te pendre, maugréa-t-il, mais le temps presse et le jour se lève. J'ai des choses importantes à régler. Quoi qu'il en soit, je vais t'expédier dans un endroit plus chaud.

Levant l'arbalète un peu plus haut, il la pointa directement sur elle et lâcha le carreau barbelé qui siffla en traversant l'air pour aller se planter dans la gorge de la vieille. Elle s'écroula dans un flot de sang. Il la regarda, secouée de tremblements, puis, du bout de sa botte, la retourna. Observant ses yeux vitreux, son regard sans vie, il murmura :

— Au moins, la nuit n'aura pas été totalement

sans bénéfice. Et maintenant il me reste cette autre affaire…

Oriflamme encocha une nouvelle flèche, sortit de la chambre et se précipita en bas. Il arpenta les couloirs, inspecta les autres pièces, la cuisine sordide, la dépense encombrée d'ordures, avant de retourner dans le solar et d'y retrouver le panier qu'il y avait caché. Il l'ouvrit et contempla les têtes des deux hommes qu'il avait occis la veille.

— L'heure est donc venue pour vous de partir, dit-il à voix basse.

Il ramassa le panier et retraversa la cuisine pour se rendre dans le jardin à l'abandon derrière la maison. Il y régnait une puanteur d'immondices, une odeur venue du grand égout à ciel ouvert qui traversait la venelle située au-delà du fond. Oriflamme vida le panier et, d'un coup de pied, jeta les têtes dans le canal de l'égout, comme s'il s'agissait de détritus, usant d'une perche qui traînait par là pour les pousser plus loin. La chose faite, il lança le panier dans le noir, s'essuya les mains à sa robe grise et leva les yeux vers le ciel qui s'éclaircissait.

— Ah bon ! c'est l'heure de rentrer, soupira-t-il.

Athelstan, dominicain, curé de la paroisse de St Erconwald, à Southwark, face au conseil paroissial, rassembla son courage pour affronter une nouvelle journée. Il lui arrivait de penser qu'il desservait cette paroisse pour prix de ses nombreux péchés, mais en fait il aimait ceux qui étaient assis face à lui. Un vrai paradoxe, avait-il confié à son grand ami et compagnon, Sir John Cranston, coroner principal à Londres. Athelstan était convaincu qu'un jour mémorable l'attendait. Il le sentait tout au fond de lui. Il avait lu des signes de malice sur la mine de ses ouailles et il s'interrogeait sur ce qui allait se découvrir. Il s'était levé tôt en ce matin, beau pour l'instant, mais frisquet. Il avait dit une prière, s'était signé, s'était lavé et rasé au lavarium avant de revêtir l'habit de son ordre. Il était sorti dans l'obscurité, avait ouvert l'église puis était revenu au presbytère se nourrir, en même temps que son chat, Bonaventure, le grand matou borgne qui avait fait du prêtre son compagnon à vie. Après avoir rompu le jeûne, Athelstan avait regagné l'église où, dans le chœur, le chat assis à côté de lui, il avait chanté, à voix basse, laudes et matines. Cela fait, il s'était préparé à célébrer la première messe. La cloche de l'église avait appelé les fidèles qui s'étaient dûment rassemblés. Pourtant, alors que ces derniers franchissaient le seuil, Athelstan sentait qu'il y avait comme une menace dans l'air. Pendant la messe les membres du conseil paroissial étaient restés groupés autour de leur chef, Watkin le ramasseur de crottin, et de Pike le fossier, son adjoint à tête de fouine, dont la loyauté n'était pas à toute épreuve. Ces deux gaillards étaient flanqués de Jocelyn le manchot, ancien pirate du fleuve, désormais le très honnête patron de la taverne. Cette dernière, de stature plutôt majestueuse, était située à deux pas de l'église et, à en croire Athelstan, était, dans la paroisse, la marmite où mijotaient toutes sortes de manigances.

Des manigances ! Le prêtre fit la grimace, c'était bien cela qu'il pressentait. Une marmite de manigances était en train de mijoter et sur le point de déborder.

Athelstan s'était préparé à faire face à l'empoignade en concentrant toute son attention sur sa messe et le sacrifice divin. Ses ouailles avaient reçu l'eucharistie, écouté les lectures et incliné la tête à la bénédiction finale. Maintenant que l'office avait pris fin, le conseil paroissial s'était assemblé pour traiter des affaires. Watkin et ses acolytes étaient assis sur des bancs, de part et d'autre de leur pasteur, trônant sur le siège très ornementé du célébrant devant la porte du jubé qui avait été laissée ouverte, de propos délibéré. Athelstan souhaitait ainsi rappeler à ses paroissiens qu'ils se trouvaient dans la maison du Christ, dont la présence physique était attestée par la lumière clignotante de la pyxide, au fond du sanctuaire.

Athelstan soupira, se signa et entonna le *Veni Creator Spiritus*. Après quoi il s'efforça de sourire en regardant ses ouailles, qui répondirent de même. Ils se méfiaient un peu de ce gentil petit frère, brun de peau, avec une bouche aux lèvres pleines et de grands yeux doux. Il était incontestable qu'ils aimaient leur curé. Il s'était révélé un vrai pasteur, qui s'intéressait à ses brebis pour elles-mêmes et non pour leur toison, un homme qui se plaisait à partager leur existence, un religieux qui n'hésitait pas à grimper tout en haut du clocher pour observer les étoiles, ce qui ne l'empêchait pas de passer des nuits au chevet d'un malade. Doué d'un discret sens de l'humour, Athelstan était un ecclésiastique qui vivait la vie simple d'un pauvre frère.

Toutefois, il y avait un autre Athelstan, le dominicain qui était le clerc de chancellerie de Sir John Cranston. Il accompagnait ce personnage plus grand que nature dans toutes ses recherches, afin de démasquer et arrêter ces fils et filles de Caïn, les meurtriers et assassins qui frappaient autrui et cherchaient à échapper aux conséquences de leurs odieux péchés. Le conseil paroissial avait ouï parler des exploits de leur petit curé, de ses emportements lorsqu'il commençait à voir rouge et qu'il laissait libre cours à la colère qui bouillait en lui. Il était arrivé, bien que très rarement, qu'ils fussent témoins de ce phénomène, céans, à St Erconwald. Ils se montraient donc très prudents. Comme l'avait un jour déclaré Watkin : « Qui sème le vent récolte la tempête. » En cette froide matinée de novembre, la chaleur des braseros commençant à se faire sentir, les paroissiens se demandaient quel accueil leur curé ferait à leurs dernières révélations.

Athelstan se décida à rompre le silence. Il leva une main :

— Eh bien, la séance de notre conseil paroissial est ouverte maintenant. Oh ! au fait, fit-il, pointant un doigt vers Cecily, la courtisane, qui était assise, petite sainte-nitouche, à côté de sa sœur, Clarissa, non moins appétissante.

— Je suis au courant de vos soucis, la rassura-t-il, mais ce n'est pas le moment, nous avons d'autres questions à traiter.

— Mais, protesta Cecily, les corps dépouillés de leurs vêtements, cruellement frappés, et puis ces perruques flamboyantes. C'est dégoûtant. Nous autres, sœurs de la nuit…

— Écoutez le père, tonna Mauger, le carillonneur et trésorier de la paroisse.

Mauger détestait cordialement les deux sœurs. Athelstan soupçonnait que les avances qu'il leur avait faites s'étaient heurtées à un refus des deux femmes qui, à en croire le carillonneur, passaient plus de temps, couchées, au cimetière que, de leur vivant, ne l'avaient fait ceux qui y reposaient maintenant. D'autres, alors, prirent part à la discussion : fallait-il ou non laisser Cecily s'exprimer ? Athelstan se leva, frappa dans ses mains jusqu'à ce qu'il obtienne le silence.

— Procédons par ordre. Bon, dit-il en désignant Mauger, quel est le premier point à l'ordre du jour ?

— Roughkin, trancha le carillonneur, Roughkin, répéta-t-il, foudroyant toujours Cecily du regard, ancien tavernier en cette paroisse, ancien patron du *Cheval pie*, gardien du dépositoire du temps de notre ancien curé et qui est maintenant résident permanent à l'Arpent du Bon Dieu, lot 109, déclara Mauger, ce qui eut l'heur de réjouir l'assistance.

Athelstan poussa un soupir de soulagement en voyant la tension baisser.

— Et ensuite ? s'enquit-il.

Mauger se rassit tandis que Watkin se levait avec difficulté, frottant le sol de ses bottes boueuses, ses gros pouces enfoncés dans la ceinture de la ligue des ramasseurs de crottin qui entourait sa panse.

La face enflammée, la lèvre méprisante, il fit un pas en avant.

— Senlac, lâcha-t-il. (La voix était âpre.) Senlac, le fils de Roughkin, est arrivé dans notre paroisse trois jours après la Toussaint. Il s'est installé, tout sourires, au *Cheval pie*, ce qui nous a paru louche.

— Et pourquoi ? demanda Athelstan.

— Parce que, mon frère, il loge aussi à Catskill Street, qui se trouve dans les limites de la paroisse.

— Il s'est donc installé ici bien qu'on ne le voie pas à l'église ?

— En un mot, oui, mon père. Il semble que Senlac ait été soldat dans l'arroi du comte d'Arundel. Mais qu'importe son passé ? Il est maintenant de retour de ses aventures à l'étranger.

— Et donc ?

— Eh bien, mon père, peu après son arrivée au *Cheval pie*, nous avons été intrigués en voyant que Senlac allait à droite et à gauche dans la taverne, regardant de près cachettes et petites fentes.

— Il cherchait donc quelque chose ?

— Oui.

Jocelyn se leva alors pour venir se placer à côté de Watkin. Il ouvrit la minable escarcelle accrochée à sa ceinture, en tira un carré de parchemin souillé qu'il exhiba.

— Voici ce qu'il cherchait en secret.

— Qu'est-ce que c'est ?

Jocelyn jeta un coup d'œil aux autres derrière lui puis se pencha en avant :

— Mon père, il faut que je vous parle en privé, mais…

Watkin donna son accord en inclinant la tête, de sorte qu'Athelstan, sa curiosité éveillée, fit signe aux deux hommes d'avancer.

— Qu'est-ce que toute cette histoire ? demanda-t-il.

— Eh bien, fit Watkin en écartant Jocelyn, Roughkin avait été le propriétaire du *Cheval pie* autrefois. Il devait faire de bonnes affaires avec ceux qui allaient en pèlerinage prier sur les restes sacrés de Becket, ainsi qu'avec les voyageurs qui se rendaient aux ports et villes, à l'est, dans le Kent.

Épargnez-moi les routes qui vont à l'est, je les connais fort bien, coupa Athelstan.

— Je ne l'ignore pas, mon père, répliqua Watkin, haussant le ton, mais, écoutez-moi ! Roughkin était aussi fossoyeur ici même, à St Erconwald, en même temps que gardien du vieux dépositoire.

— Qui est à moi maintenant.

Godbless[1] le mendiant, tenant fermement la laisse de Thaddée le Jeune, son bouc domestique, se leva avec peine. Athelstan jeta un coup d'œil sur le vieil homme, son crâne chauve, sa barbe et sa moustache clairsemées et il lui revint à l'esprit que Benedicta se faisait de plus en plus de souci à son sujet. D'ordinaire silencieux, replié sur lui-même, Godbless était, ces derniers temps, devenu agité, nerveux.

— Dieu vous bénisse, mon père ! s'écria le mendiant. Et vous aussi, mes frères et sœurs en Jésus-Christ. Dieu nous bénisse tous, mais le vieux dépositoire est à moi maintenant, c'est ma chaumière. Thaddée et moi, on veille sur les morts, sans cesse, la nuit. Nous fermons notre porte et ne laissons entrer personne, mais nous regardons à travers les fentes des volets. Oh oui ! quand la nuit tombe, toutes sortes de formes noires font leur apparition entre les tombes. Nous les voyons et les chassons. Mon père, c'est la raison pour laquelle vous m'avez donné cette maison.

— C'est bon, tais-toi maintenant, dit Athelstan avec douceur, faisant signe au mendiant d'aller s'asseoir à côté de Moleskin le batelier.

Le prêtre examina ce dernier avec curiosité. Habituellement tempétueux, il était maintenant morose, replié sur lui-même. Athelstan détourna le regard tandis que Godbless se levait à nouveau, prêt à revendiquer la propriété du vieux dépositoire.

— Ne t'inquiète pas, le rassura-t-il en levant une main, le dépositoire est ton bien à perpétuité.

— Dieu vous bénisse, mon père et…

— Cela suffit, et Athelstan fit signe à Watkin de continuer.

1. Littéralement : « Que Dieu vous bénisse. »

— Eh bien, Roughkin était tavernier, fossoyeur et gardien du dépositoire du temps de votre prédécesseur. Bon, celui-là, c'était un vrai misérable.

— N'avez-vous donc jamais rien de bon à dire sur le pauvre homme ? interrogea le prêtre qui haussa le ton et dévisagea l'assemblée.

N'obtenant pas de réponse, il ajouta :

— Ne pourriez-vous pas, pour une fois, dire quelque chose de charitable ?

— Bon, celui d'avant était encore pire, grogna Pike, ce qui suscita de gros rires.

— Et toi, Watkin ?

— Mon père, Roughkin et le prêtre étaient copains comme cochons. Ils aimaient tous les deux l'argent, Roughkin, plus encore. Lui, c'était un avare. On disait qu'il avait amassé une fortune qu'il cachait dans le cimetière.

— Ou bien à la taverne, intervint Jocelyn. J'ai eu beau chercher dans tous les coins, je n'ai rien trouvé dans les caves, à part de foutus rats.

— Mais vous avez trouvé quelque chose maintenant ? constata Athelstan, qui s'efforçait de contenir son impatience.

— C'est sûr, et nous allons vous le montrer !

— Et que pense Senlac de tout ça ?

— Oh ! il boude dans la grand-salle du *Cheval pie*.

— S'il en est ainsi, allons-y, décida Athelstan en se tournant vers Mauger : L'autre affaire peut attendre.

— Pourquoi se précipiter, pourquoi faut-il aller au *Cheval pie* ? demanda le carillonneur.

— J'ai dit *je*, pas *nous*.

— Très bien, mon père, mais pourquoi tout de suite ?

Athelstan se rassit.

— Mes excuses, dit-il en se frappant la poitrine.

Pardonnez mon impatience, mais je constate que vous êtes tous très intéressés par cette affaire. On a découvert un plan ou quelque chose d'autre, n'est-ce pas ? Mais cette nouvelle n'a pas été partagée entre vous tous, il me semble.

Athelstan esquissa un sourire et contempla son conseil paroissial. Il sentait que cette affaire les rendait fébriles. Peu leur importaient les autres sujets habituels, comme la poursuite des peintures murales de l'église dont l'auteur, le Bourreau de Rochester[1], gardait le silence, les yeux mi-clos. Ce dernier avait, à son baptême, reçu le nom de Giles de Sempringham ; son habileté en tant que bourreau lui avait valu son nouveau titre. Néanmoins, l'exécuteur ne semblait pas pressé de demander du temps pour s'étendre sur ses nouvelles œuvres. Il était assis, tête baissée, le visage blême, passant les doigts dans ses longs cheveux blonds comme la paille, dont il tortillait les extrémités. Il leva ses yeux de jais et interrogea du regard son curé.

— Vos peintures ? Devons-nous en parler ? le taquina Athelstan, qui pointa le doigt vers un pilier tout proche orné d'une fresque inachevée. Vous avez montré Samson prisonnier de Dalila, mais vous n'avez pas représenté la suite.

— Nous savons ce qui s'est passé ensuite. (La voix du bourreau était à peine plus qu'un chuchotement.) Nous aurons tout le temps pour nous occuper d'eux mais pas assez pour le trésor, notre trésor, ajouta-t-il d'un ton sarcastique.

Athelstan se détendit et lançant un regard ironique à Mauger :

1. Voir *La Pierre de sang*, *op. cit.*

— Je sais maintenant pourquoi nous avons une seule question à l'ordre du jour. Un trésor découvert dans le sol d'un cimetière consacré appartient à la paroisse qui en est propriétaire. C'est ce que dit la loi canon, mais un cimetière est aussi l'Arpent du Bon Dieu et la loi canon ajoute que celui, quel qu'il soit, qui a trouvé un tel trésor a le droit de le revendiquer comme sien. Le codex est très clair là-dessus. Mauger, je présume que vous êtes plus qu'averti de ces clauses, d'où cette hâte à organiser une fouille sérieuse.

Athelstan contempla ses ouailles et secoua la tête d'un air faussement chagriné.

— Vous êtes mes enfants bien-aimés mais, comme des enfants, vous courez d'une chose à l'autre.

— Des enfants affamés, mon père, rétorqua la revêche Imelda, épouse de Pike. Mon père, s'il y a un trésor dans l'Arpent du Bon Dieu, il est à nous. Nous en avons grand besoin pour nous nourrir, nous et nos enfants.

Athelstan battit sa coulpe derechef.

— *Mea culpa*, c'est ma faute, bien sûr, dit-il dans un soupir. La nouvelle va se répandre : St Erconwald pourrait bien dissimuler un chaudron d'or.

— C'est vrai, mon père ! s'écria Watkin. Et tous les fripons de Southwark et d'ailleurs vont se précipiter comme un essaim d'abeilles sur une fleur.

— Ou des mouches sur une crotte, grogna Pike en se tournant vers ses compagnons. Nous devrions monter la garde, une garde stricte sur notre cimetière, l'Arpent du Bon Dieu.

— Alors attention à vous, menaça Mauger à l'adresse de Cecily et de sa sœur.

Athelstan se mit debout sans plus attendre et le vacarme qui s'amplifiait s'apaisa. Il regarda dans la direction des deux jeunes femmes. Il eut pitié d'elles en voyant leur regard apeuré. Il promit de leur donner la parole puis se tourna pour s'adresser au conseil :

— Je me rendrai, en compagnie de Jocelyn, Pike et Watkin au *Cheval pie*, où nous examinerons cette affaire de plus près. (Puis, levant la main :) Il est inutile d'organiser une garde autour des tombes, notre cimetière est trop grand. Ce n'est rien de plus qu'un vaste terrain vague avec de robustes ajoncs, de mauvaises herbes, une terre dure, de vieux arbres, des monticules et des petits creux. J'ai du mal à imaginer que des prétendus chercheurs de trésors s'y risquent en pleine nuit. En fait, monter la garde ne ferait qu'accroître l'intérêt. Qu'en dites-vous ?

Le conseil approuva sans attendre.

— Parfait, conclut Athelstan en faisant signe à Cecily d'avancer et de parler.

La courtisane se leva et s'approcha du lutrin. Comme d'habitude, elle ignora les murmures de la gent féminine et les suggestions lascives bredouillées à mi-voix par les semblables de Crispin le charpentier et Ranulf le preneur de rats. Ce dernier tenait sur ses genoux la cage contenant ses deux furets, Ferox et Audax, profondément endormis après avoir chassé leur proie dans le nouveau dépositoire, juste avant la messe. Crispin et Ranulf ricanaient en douce, mais furent soudain interrompus par Ursula la porchère, son énorme truie étalée à ses côtés, qui dressée les menaça de ses poings serrés. Athelstan réclama le silence et fit signe à Cecily, qui se tenait au lutrin. Agrippée aux côtés du pupitre, elle implorait du regard son curé.

— Mon père, commença-t-elle, au cours des dernières semaines, un certain nombre de nos sœurs de la nuit ont été sauvagement massacrées, entièrement dévêtues, la gorge tranchée, leur cadavre, couronné d'une perruque flamboyante, jeté sur une embarcation lancée à la dérive sur la Tamise.

— Mais n'est-ce pas la coiffure des catins ? railla Mauger.

— Silence ! intima Athelstan, foudroyant du regard son carillonneur. Je dis bien silence. Cecily ?

— C'est l'horreur du geste, ça vous glace le sang, gémit-elle. Dénudées, la gorge tranchée, la perruque rouge, c'est une cruelle moquerie. Mes sœurs sont venues à moi. Elles recherchent l'aide des paroisses qui se trouvent sur les bords du fleuve. Mais surtout ce qu'elles demandent, c'est votre aide et celle de Sir John Cranston.

Athelstan se leva, alla vers Cecily, lui caressa le bras avec douceur, puis se tourna en entendant la porte donnant sur le cimetière s'ouvrir. Benedicta, la jeune veuve, entra, son beau visage mat marqué par l'inquiétude.

— Benedicta ? interpella le prêtre.

Elle remonta la nef en hâte, saluant d'un geste les autres paroissiens.

— Mon père, excusez mon retard. Mais tout le monde était en émoi près du pont.

Ses beaux yeux se remplirent de larmes. Elle réconforta la courtisane d'une petite tape sur l'épaule.

— Cecily m'a déjà fait part de ses craintes.

Benedicta se tourna pour s'adresser au conseil.

On a trouvé un nouveau corps ! Une femme, nue comme le jour où elle est venue au monde, les mains liées, la gorge tranchée, une perruque flamboyante sur la tête. Tout cela avant d'être lâchée, à la dérive, sur la Tamise. L'affaire a causé plus que de l'agitation. La morte était la préférée d'un édile de la cité, un proche de maître Thibault.

— Un tel meurtre commence donc à chatouiller les puissants, dit Athelstan à part lui. (Il adressa un pâle sourire à Cecily.) Je suis plus que certain que Mgr le coroner principal sera appelé à traiter de cette affaire. Et maintenant, s'empressa-t-il d'ajouter en prenant sa chape posée sur la chaire du célébrant, Mauger, veillez à ce que tout soit remis en place. Cecily, Clarissa, allumez des cierges dans la chapelle de la Vierge et priez pour qu'elle vous protège. Allez, inutile de mettre une pièce. Jocelyn, Watkin, Pike et dame Benedicta, allons rendre visite à cette deuxième église de ma paroisse : la taverne du *Cheval pie*.

Ils sortirent de l'église par la grande porte. Le froid piquant du vent fit frissonner Athelstan tandis que ses paroissiens se bousculaient en passant près de lui pour descendre les marches. Debout, immobile, il contemplait le vaste parvis qui s'étendait sous ses yeux. C'était là que s'assemblaient, comme il l'avait confié à Benedicta, tous les êtres étranges et merveilleux qui s'y attardaient avant de se diriger vers le Pont de Londres ou le quai de Southwark, ainsi que ceux qui allaient dans l'autre sens, vers les routes sinueuses du Kent. Une foule de colporteurs s'y retrouvait toujours pour faire du commerce avec ces voyageurs. Des cuisiniers itinérants avaient déjà installé leurs charrettes, leurs grils et réchauds allumés pour rôtir la viande avariée qu'ils avaient achetée aux marchands d'abats. L'air empestait l'odeur fétide de cette viande en train de cuire et le piquant des épices utilisées pour en dissimuler et l'odeur et le goût. Des vendeurs de ragoût proposaient du vin chaud épicé, du lait bouilli et autres boissons pour réchauffer la clientèle. Un groupe de mimes avait dressé une scène de fortune pour représenter la poursuite des Rois mages par Hérode, rappelant à Athelstan que l'Avent et Noël approchaient à grands pas. Il se fit la promesse que la paroisse serait prête pour ces grandes fêtes. Il se demandait aussi quand il reverrait Sir John Cranston. Le coroner avait-il déjà à faire ? Était-il occupé à rechercher les causes de l'effroyable explosion qui avait anéanti une cogghe royale quelques jours auparavant ? La nouvelle s'était répandue dans la paroisse, bien que les détails fussent peu nombreux. La cogghe en question, *Le Valet de cœur*, avait quitté Queenhithe, et faisait route vers l'estuaire quand le navire et tout l'équipage avaient disparu dans une mystérieuse explosion. Le dominicain avait tenté d'en savoir davantage, mais l'affaire demeurait une véritable énigme et, il avait, quant à lui, des soucis plus urgents auxquels il devait faire face.

Athelstan revint à sa confrontation avec le conseil paroissial. Il regarda vers le cimetière ; heureusement le grand portail était fermé. Cependant, de chaque côté se tenaient des petits groupes d'individus encapuchonnés. L'un d'eux s'était hissé en haut du mur et examinait l'étendue d'ajoncs et de mauvaises herbes. Watkin, l'ayant repéré, lui enjoignit d'une voix puissante de redescendre, ce qui fut fait. Le grimpeur et ses compagnons s'éloignèrent sans demander leur reste tandis que Crispin et Ranulf, ayant franchi le portail, escortaient Godbless et son inséparable bouc jusqu'à la chaumière du mendiant.

Athelstan remarqua aussi que d'autres encore s'étaient rassemblés près du cimetière. Il y avait là un cracheur de feu, un soi-disant magicien et son sac d'attrapes, des ménestrels, des charlatans, masse mouvante de couleurs et de bruits discordants.

Égrenant son chapelet, il observait la scène et se demandait combien parmi ces gens étaient de vrais flâneurs, et combien avaient été attirés par la rumeur courant sous le manteau d'un trésor caché à St Erconwald. Un homme se prétendant conteur avait placé sa boîte au pied des marches et avait entrepris de donner les dernières nouvelles, parmi lesquelles celle d'une cogghe royale qui aurait été entièrement détruite, anéantie par des rideaux de flammes, bâtiment et équipage compris. Athelstan ne s'arrêta pas, il avait d'autres préoccupations en tête, s'étonnant *in petto* de la soudaineté des changements intervenus au cours de cette tumultueuse année. Quelques mois plus tôt, avant la Grande Révolte qui s'était produite au début de l'été, cette vaste place, le cimetière paroissial et *Le Cheval pie* avaient été un véritable nid d'intrigues tandis que le Grand Désordre, comme on disait maintenant, atteignait son pic sanglant. L'organisation paysanne secrète, la Grande Communauté du Royaume, ses chefs, les Hommes Justes et leurs farouches combattants des rues, les Vers de Terre, regardaient la paroisse de St Erconwald, et en particulier *Le Cheval pie*, comme l'endroit idéal pour comploter et mettre en œuvre leur grande insurrection. En fin de compte, les rebelles avaient été écrasés comme le raisin au pressoir, leurs rêves se dissolvant dans la violence et les flots de sang du petit peuple inondant les rues de Londres. Maintenant que tout était fini, les seigneurs de la terre s'étaient assurés que les dernières flammèches de cet incendie ravageur avaient été éteintes pour de bon. En fait, depuis la fin de la révolte, Athelstan avait dit messe sur messe d'action de grâce, reconnaissant envers Dieu d'avoir épargné à sa paroisse la main lourde d'hommes tels que Gand et maître Thibault.

Dans certains quartiers de Londres, des tavernes qui avaient fait l'objet de soupçons avaient été pillées, brûlées et rasées, leurs propriétaires, avec leurs serviteurs, pendus à des gibets improvisés juste devant. Rien de tel ici, Dieu merci ! Jocelyn, Watkin, Pike et leurs semblables avaient échappé à ce terrible sort.

— Mon père ?

Athelstan sortit de ses pensées et baissa les yeux sur Crispin le charpentier.

— Nous avons chassé ces filous. Bon, me permettez-vous d'acheter des matériaux pour votre jardin ? Hubert, le hérisson, a besoin d'une maison neuve.

— Bien sûr ; et il me faut une clôture encore plus solide pour me protéger de la truie d'Ursula qui ravage mes herbes et mes légumes. Oui, vas-y, fais le nécessaire. Parles-en à Mauger.

— Mon père ?

Benedicta, restée dans l'église pour rassurer Cecily et Clarissa, sortait maintenant, si étroitement enveloppée dans sa mante et son capuchon bleu foncé qu'on eût dit une nonne. Il sourit à cette belle femme, qu'il aimait en secret.

— Benedicta, que se passe-t-il ?

Elle fit un signe de tête à Jocelyn et ses deux acolytes, qui attendaient au pied des marches.

— Mon père, chuchota-t-elle, vous devriez y aller maintenant et, faites-moi confiance, ça va être intéressant.

Ils traversèrent le parvis en se frayant un passage parmi la foule et suivirent une ruelle d'une saleté repoussante dans le meilleur des cas, avec un caniveau central d'où montaient des odeurs pestilentielles. Ce matin, toutefois, ces âcres émanations étaient tempérées par les lourds effluves montant de la rôtisserie de

Merrylegs. À l'intérieur, les boulangers élaboraient des plateaux de pâtisseries, leur tendre croûte recouverte de fruits secs hachés et épicés et de fruits compotés. Merrylegs et son armée de marmitons, tous membres de sa famille, s'affairaient à la demi-porte et à l'entrée, ou dans la venelle où ils allaient et venaient, offrant leurs mets délicats « à un prix très réduit ». Athelstan esquissa une bénédiction à leur intention et, franchissant la profonde entrée du *Cheval pie*, pénétra derrière Jocelyn et les autres, dans la grand-salle de la taverne. Bas de plafond, c'était un lieu où flottaient de délicieuses odeurs, de vins forts, de pain juste sorti du four et de porc en train de rôtir.

Jocelyn voulut à tout prix leur offrir de la bière légère et des petits pains blancs et tendres sortis du four de Merrylegs. Puis il conduisit le prêtre à la haute table qui se trouvait derrière un écran treillissé, au fond de la salle. C'était, semblait-il, une place d'honneur. Athelstan le remercia discrètement et accepta avec reconnaissance le gobelet de bière et les tranches de pain tartinées de beurre et de miel. Une fois assis, Watkin, Pike et Jocelyn entamèrent la discussion : quelle était la possibilité de retrouver le trésor de Roughkin ? Benedicta les laissa pour aller dire un mot à la jolie femme de Jocelyn. Athelstan avait pensé lui demander de rechercher quelque détail significatif, mais il décida que c'était vain. Si un trésor était caché dans cette taverne, ce serait dans quelque anfractuosité secrète, bien dissimulée, soit dans les murs, soit sous le plancher. Au lieu de cela, il décida de prendre la mesure du lieu et demanda à Jocelyn la permission de faire le tour de sa « splendide taverne ».

Athelstan finit sa collation et abandonna ses paroissiens à eux-mêmes. Ce n'était pas la première fois qu'il venait au *Cheval pie*, mais il se gardait toujours, bien courtoisement il est vrai, de fourrer son nez dans la vie secrète de la taverne. On avait conspiré en ces lieux, des trahisons y avaient été effectuées, on y avait commis des crimes qui auraient pu conduire aux plus sanglantes exécutions à Newgate ou Smithfield. De plus, Jocelyn avait été pirate sur le fleuve. Déjà suspect, il avait échappé de peu à la pendaison, avait perdu un bras dans une violente bagarre sur l'eau. Jocelyn, en compagnie de ses deux compagnons dans le péché, Watkin et Pike, visait toujours quelque mauvais coup, semblable en cela à Bonaventure guignant un bol de crème. *Le Cheval pie* était une véritable cuisine où se mitonnaient toutes sortes de rusés stratagèmes, qu'il s'agisse de recel de biens volés, ou de contrebande de vins, de tissus précieux et autres produits de luxe.

Tout en visitant les lieux, Athelstan remarqua, avec un amusement désabusé, que le Bourreau de Rochester avait été engagé par le tavernier pour décorer les murs de plâtre rose pâle, récemment rénovés. L'artiste s'était mis à la tâche mais, à la différence de l'église où il avait effectué un travail soigné, il s'était contenté, ici, de célébrer à grands traits les plaisirs de la table, de prôner le bien boire et le bien manger. L'attention du prêtre s'attarda sur une peinture. Elle représentait le banquet de Satan dans la grand-salle des festins de l'enfer. Le Prince des Ténèbres, la peau d'un rouge éclatant, une couronne de perles sur ses cheveux d'or, trônait, entouré de flammes. Sa Majesté Satan présidait un grand souper auquel participaient tous ses lieutenants, Belzébuth et tous les grands-ducs du monde souterrain, les Cavaliers du Domaine des Ombres, les Gardiens des Portes. Une armée de démons de second ordre, la peau pourpre, les yeux de braise, des visages de singes aux oreilles de chauve-souris ou de féroces chiens de chasse, festoyaient au pied de leurs maîtres. Ils buvaient tous dans des gobelets semblables à des brasiers et mangeaient dans des écuelles où s'entassaient des viandes noires et fumantes. Athelstan regardait de plus près, fasciné par le détail quand il sentit une main se poser sur son épaule. Il se retourna et fit face au visage couturé d'un inconnu, un homme qui avait dépassé la quarantaine. Un ancien soldat, se dit le prêtre en voyant les cicatrices des plaies et blessures, le cheveu ras, la peau tannée et les yeux alertes.

— Vous êtes ?…

Il se rapprocha.

— Senlac, le fils de Roughkin. Une servante m'a appris ce qui se passait ici, dit l'homme en indiquant le bas du couloir.

— Vous êtes de la paroisse mais on ne vous voit pas à la messe ?

— Si vous aviez vu ce que j'ai vu, curé, vous ne croiriez ni au bon Dieu ni à Sa miséricorde.

— C'est pourquoi nous avons besoin des deux, répliqua Athelstan, tendant la main à Senlac. Du moins avons-nous fait connaissance. Vous avez, je crois, servi à l'étranger l'équipage royal ?

— Ouais.

— Et vous êtes revenu réclamer la fortune de votre père ? Était-il avare ? Avait-il une cassette pleine d'or bien cachée ?

Senlac s'adossa au mur, la tristesse adoucissant ses traits rudes :

— Ma mère est morte quand j'étais tout petit. Elle me manque plus que je ne saurais dire. Mon père était âpre au gain. Il dirigeait cette taverne comme le ferait un despote de son royaume. Il avait la main leste. C'était un homme qui enterrait les morts sans leur accorder la moindre pensée, ni marmonner une prière. (Il s'essuya la bouche d'un revers de main.) Pour répondre à votre question, mon père était payé par son curé. Les paroissiens rétribuaient aussi son travail au dépositoire et, bien entendu, il y avait ce que rapportait cette taverne. Une assez coquette somme, pourtant…

Senlac fit une grimace.

— Pourtant quoi ?

— Il arrivait parfois que mon père ait l'air très riche, sa bourse était pleine de pièces d'argent avec lesquelles il achetait le meilleur en vins et nourriture et payait en même temps des putains pour la grand-salle et la chambre à coucher. Je n'ai jamais pu découvrir la vraie source de cet argent. Quoi qu'il en soit…

Senlac se détacha du mur et, immobile, parut prêter une oreille attentive aux bruits qui montaient de la grand-salle. Il se tourna à nouveau vers Athelstan :

— Je haïssais mon père, siffla-t-il, j'étais content de m'échapper. J'ai été enrôlé par les agents recruteurs, je suis devenu cavalier et archer expérimenté. J'en ai vu, curé. J'ai combattu d'un bout à l'autre de la Normandie. À la longue, comme tous les autres, j'en ai eu assez de la sale nourriture et des putains encore plus sales.

Le visage de Senlac fut soudain envahi par la haine, un profond dégoût, et Athelstan se demanda quels cauchemars continuaient d'habiter l'âme de cet homme.

— Je suis donc revenu chez moi. Je me suis rappelé la richesse de mon père, son esprit cachottier, son goût de l'intrigue. Il lui était arrivé, à plusieurs reprises, de faire état d'une carte au trésor, d'évoquer de façon confuse des anges qui contemplaient un trésor enfoui dans la terre, mais je n'y comprenais absolument rien.

— Moi non plus, l'interrompit Athelstan.

— Pardonnez-moi, curé, mais c'est ce que mon père balbutiait parfois, quand il était fin saoul ; il est vrai qu'il disait bien des choses bizarres. Il détestait dormir céans. Il lui arrivait de s'éveiller en criant, prétendant que des démons et autres esprits malins le hantaient. (Senlac haussa les épaules.) Mais ça, c'était la boisson. Dieu sait ce qu'il voulait dire. Bon, il se peut qu'il ait caché un trésor, mais ce pourrait aussi bien être un de ses mauvais tours. En tout cas, c'est pour savoir ce qu'il en est que je suis venu ici.

Senlac fit une pause alors que Jocelyn, Watkin et Pike sortaient, d'un pas mal assuré, de la grand-salle. Même à distance, Athelstan pouvait sentir leur haleine lourde de bière.

— Je ferais mieux de m'en aller, dit Senlac, qui s'éclipsa comme une ombre furtive.

— Vous avez donc fait la connaissance de notre invité ? s'enquit Jocelyn, pas très stable sur ses jambes. Je sais que Senlac est furieux, furieux contre lui-même. Il nous a avertis de ce qu'il recherchait. Il ne l'a pas trouvé, mais nous, nous l'avons fait.

— Qu'est-ce que c'est ? demanda Athelstan.

Jocelyn tapota l'aile de son gros nez luisant de sueur. Il fit signe au prêtre de le suivre à l'étage, dans une galerie mal éclairée, puis de gravir encore quelques marches branlantes jusqu'à un couloir. L'endroit était lugubre et froid, faiblement éclairé par la seule lueur des chandelles de suif à l'abri de leur capuchon. Dans ce lieu ténébreux, des ombres virevoltaient autour des filets de lumière. Athelstan frissonna. Il avait assisté à des scènes d'exorcisme et il retrouvait la sensation de malaise qu'il avait ressentie à cette occasion. C'était une terreur mystérieuse, le sentiment d'avoir quitté le monde ordinaire des vivants pour entrer dans un domaine de spirituelle noirceur. Suivant la démarche trébuchante de Jocelyn, Watkin et Pike à l'arrière, il était sûr d'avoir pénétré dans un lieu véritablement maléfique. Il s'était produit céans quelque chose de funeste, un péché mortel jamais absout qu'il fallait affronter et pardonner. Bref, cette taverne sentait le soufre et Athelstan s'en demandait la cause.

Ils parvinrent à un cabinet au bout du couloir. Jocelyn ouvrit la porte, expliquant la raison pour laquelle il la tenait toujours fermée à clé, et fit entrer le dominicain. La pièce était sombre et il s'en excusa tout en se dirigeant d'un pas hésitant vers l'étroite fenêtre dont il écarta les volets. Puis il alluma une lanterne placée sur une petite table tout aussi délabrée que le reste du mobilier : quelques tabourets, un banc et deux coffres. Un pot de chambre, qui n'avait pas été rincé, ajoutait à la saleté du lieu. Jocelyn indiqua un trou profond dans le mur, au-dessus de la table.

— Il y avait là, jadis, un crucifix, la croix de saint Damien. Quand nous avons fouillé la taverne, je me suis interrogé au sujet de cette croix, sachant bien que Roughkin n'avait rien à faire de Dieu ni de qui que ce soit. J'ai donc enlevé la croix ; la cavité, derrière, avait été scellée d'une main experte avec du plâtre. Voici ce que j'ai découvert.

Jocelyn sortit de son escarcelle le carré de parchemin qu'il avait déjà exhibé à l'église.

— Faites-moi voir.

Comme à regret, le tavernier tendit le document à Athelstan qui, entouré de ses trois paroissiens, s'assit, sur une chaise branlante, à la petite table. Il examina le parchemin souillé mais, en en palpant la texture, on constatait que Roughkin avait utilisé un vélin d'excellente qualité pour dessiner ce plan mystérieux. Le prêtre le déroula avec soin et l'étendit sur la table. On y voyait un carré parfait d'environ neuf ou dix pouces de côté. Les mots et symboles étaient clairement lisibles. Il lut le message écrit en latin de cuisine en tête du document : « *Angeli spectant thesaurum terrae* – Les anges baissent les yeux sur le trésor de la terre. » Athelstan s'attarda sur la traduction avant de passer au croquis suivant de ce message énigmatique. C'était un ensemble d'ovales plus ou moins irréguliers à l'intérieur desquels se trouvaient des rectangles et, dans ces mêmes rectangles, étaient inscrits des triangles.

— Dieu seul sait ce que cela signifie, murmura-t-il.

— C'est l'Arpent du Bon Dieu. Rien d'autre. Les rectangles figurent les tombes, affirma Jocelyn.

— Et les triangles ? s'enquit Athelstan en levant les yeux.

— Peut-être des sépultures spéciales qui recèleraient le trésor ?

— Et vous avez essayé de comparer ce plan avec le cimetière de St Erconwald ? Bien sûr que vous l'avez fait. Ne mentez point à votre prêtre.

— Oui, avoua Watkin. Nous avons parcouru notre cimetière de long en large et passé plus de temps avec les morts qu'avec les vivants. (Le ramasseur de crottin tapota le plan que tenait Athelstan.) Il le fallait bien. L'Arpent du Bon Dieu est de forme ovale, il y a des pierres tombales, mais rien qui ressemble à ce dessin.

— Nous pensons que les anges dont il est question sont ceux qui ont leur statue sur le clocher de l'église. Mais…

La voix de Jocelyn se perdit.

Athelstan continua d'étudier le plan. Lui aussi soupçonnait qu'il s'agissait du cimetière de St Erconwald.

Les ovales correspondaient-ils à des fosses et les rectangles à des pierres tombales ? Pourquoi y avait-il un triangle au centre de certains ?

— Donc, vous avez comparé ce plan avec notre cimetière sans rien découvrir ?

— Oui, mon père, répondirent-ils en chœur.

Il plia le plan et, sans tenir compte des protestations muettes de ses ouailles, glissa le carré de vélin dans son escarcelle.

— Regardez, il sera en sécurité avec moi, rassura-t-il ses compagnons, je l'enfermerai dans l'arche paroissiale, dans notre sacristie. J'ai besoin de l'étudier avec précision. De plus, si l'on vient à savoir, et cela ne manquera pas d'arriver, que vous ne détenez plus le plan, ce n'en sera que mieux.

Athelstan se radossa à sa chaise branlante.

— Nous devons prendre le temps de réfléchir. J'ignore ce qui s'est passé dans le temps. Nous n'avons pas de chronique de St Erconwald. Aucun de mes prédécesseurs n'a tenu d'annales, pas même un registre des baptêmes et des décès, enfin rien dont on puisse se vanter. Les manuscrits ont été détruits ou emportés. Dans certains cas, rien n'a été archivé. Vous le savez bien.

Il soupira.

— Que s'est-il donc passé en ces lieux à l'époque de Roughkin ? Le savez-vous ? Avez-vous des souvenirs personnels qui pourraient nous aider ?

Les trois hommes se contentèrent d'un regard pour toute réponse. Athelstan se leva, alla à la fenêtre et regarda dans la cour de l'écurie. Benedicta était assise sur la margelle du puits, très occupée à parler avec l'épouse de Jocelyn et ses marmitons. Il revint s'asseoir sur sa pauvre chaise.

— Eh bien ? Alors, Jocelyn, pouvez-vous nous aider ? questionna-t-il.

Le tavernier leva la tête d'un air penaud.

— Il y a bien longtemps, quinze ou vingt ans, peut-être, on faisait tous les fous, avoua-t-il avant de faire un clin d'œil à ses compagnons, qui avaient l'air tout aussi embarrassés.

— On ne pensait vraiment qu'à s'amuser et faire des sottises, intervint Watkin, certains plus que d'autres. On n'en avait rien à faire du prêtre et de l'église. À dire vrai, le curé était pire que nous. Nous n'allions pas à la messe, ce n'est pas qu'il la disait souvent. (Watkin s'essuya les lèvres.) Bon, en ce qui concerne Roughkin…

Il toussa, se racla la gorge et s'étira. Athelstan s'efforça de ne pas fléchir devant la bouffée nauséabonde, mélange de sueur, de crottin et d'ordures que dégageait le chef du conseil paroissial.

— Roughkin était froid et distant. Il allait, barbu, encapuchonné, le visage en partie caché comme s'il essayait de le dissimuler. Il s'était marié très jeune. Ils avaient un fils, Senlac, que vous avez rencontré. Puis, au bout d'une vingtaine d'années, tout a changé. Senlac est parti faire la guerre. Peu après, Roughkin a disparu.

— Et sa femme ?

— Oh ! elle était morte quelques années plus tôt.

— Donc, Roughkin a disparu ?

— Sans laisser de trace, mon père.

Pike intervint soudain :

— Beaucoup disent, racontent, qu'il a pu être assassiné. C'est qu'une rumeur. Son corps pourrait être enterré dans l'Arpent du Bon Dieu, ou bien il s'est noyé dans la Tamise.

— Pourquoi l'aurait-on tué ?

— Mon père, il vivait dans un monde d'ombres, je

veux dire tout au fond des ténèbres. Les ombres auraient fini par se retourner contre lui un jour ou l'autre.

— Ainsi donc, récapitula Athelstan, Roughkin et Senlac disparaissent, l'épouse est morte, il ne reste plus que la taverne. C'est bien ça ?

— Elle n'était pas très prospère à l'époque : c'était l'endroit que fréquentaient ceux qui traînent au long du fleuve. Elle avait mauvaise réputation. Je crois que Roughkin gagnait plus à s'occuper du dépositoire et à creuser et entretenir les tombes.

— Et sa réputation de grippe-sou ?

— Oh ! elle était méritée. Il avait la mesquinerie dans l'âme. Vous le savez, mon père, beaucoup de taverniers donnent aux pauvres les restes de nourriture, même rances. Lui, pas question. Il ne parlait pas et passait, sinistre comme une ombre. Un vrai loup.

— Et ensuite ?

— Eh bien, il a laissé *Le Cheval pie* en piteux état. Je peux vous le dire, mon père, on n'y a trouvé ni or ni argent ; quant au reste, ce que les collecteurs d'impôts appellent les biens meubles – le mobilier, les coffres, vêtements, ustensiles de cuisine –, tout est resté sur place, pour ce que ça valait, précisa Jocelyn.

— Et qui en a été propriétaire par la suite ?

— Oh ! c'est passé de main en main. C'étaient la plupart du temps des gens qui voulaient se vanter d'être à la tête d'une taverne prospère, qui attirait la clientèle, mais ça n'a jamais été le cas, dit Jocelyn en secouant la tête. *Le Cheval pie* n'avait pas bonne renommée, c'était un endroit mal famé. On disait même que le fantôme de son ancien propriétaire le hantait.

— Et vous avez tout changé ? plaisanta Athelstan en donnant une bourrade à Jocelyn.

L'ancien pirate du fleuve eut un large sourire et leva son bras valide.

— La vie s'en est chargée, fut la réponse. J'avais arraisonné une cogghe du Hainaut, attiré par son chargement, mais un mercenaire génois a mis fin à ma carrière combattante. Comme j'avais réussi à épargner un peu d'or et d'argent, j'ai sollicité un pardon royal durant le Temps de Grâce précédant la naissance de notre jeune roi. J'ai acheté cette taverne et je pense que j'en ai fait une chose qui compte dans notre paroisse, mon père, conclut-il avec une petite grimace.

— C'est assurément la vérité. Elle reçoit davantage de visiteurs que n'en reçoit notre sanctuaire ! approuva le prêtre en riant avant d'ajouter : Au fait, Roughkin a-t-il jamais eu maille à partir avec la loi ?

— Non, répondit Watkin en secouant la tête. C'était plus une question de soupçons que de preuves dans son cas. De toute façon, votre excellent ami, Mgr le coroner principal, doit en savoir plus là-dessus, conclut-il en souriant de sa bouche édentée.

— Jack Cranston ?

— Lui-même. Le gros Jack le Jovial, même si, à l'époque, il n'était pas si rouge de face, ni si blanc de barbe et de cheveux.

— Et ?

— À l'époque, Sir John était bailli principal du Pont et de ses approches. Comme vous pouvez l'imaginer, il était devenu la plaie des malfaiteurs, des escrocs et de tous les artificieux qui exercent leurs talents sur cette voie d'eau. Sir Jack venait souvent à St Erconwald pour, comme les furets de Ranulf le font avec les rats, faire sortir du trou les malfaisants.

— Bon, bon, bon, dit Athelstan, qui se leva en s'entendant appeler de la cour des écuries.

Il alla jusqu'à l'étroite fenêtre et jeta un coup d'œil en bas. Benedicta, debout, levait les yeux vers lui. À ses côtés se tenait Tiptoft, le courrier de Sir John Cranston, facile à reconnaître, tout de vert de Lincoln vêtu[1] avec ses cheveux roux graissés de nard droits sur sa tête, et son teint blafard. L'inquiétude se peignait sur son front. La présence de Tiptoft ne pouvait avoir qu'un sens : Sir John Cranston, « Jack le Jovial », requérait la présence d'Athelstan pour résoudre quelque horrible crime.

1. Vert de Lincoln : célèbre teinture d'un vert tirant sur le bleu employée à Lincoln pour teindre le drap au Moyen Âge.

DEUXIÈME PARTIE

Cottereau : (français médiéval) *mercenaire*

Meg la Culbute, ainsi nommée pour des raisons connues d'elle seule, était une catin jeune et fort jolie du reste. Mutine et assurée, elle exerçait son commerce à Queenhithe, habituée des nombreux cabarets et tavernes sur les quais, avec une préférence pour *Le Léviathan* dans la paroisse de St Olaf. Meg espérait faire de bonnes affaires ce jour-là. Avec de la chance, quelque marchand ou le capitaine d'une cogghe étrangère au mouillage l'engagerait et ils se retrouveraient dans la petite chambre d'une taverne où ils pourraient s'en donner à cœur joie. Si elle donnait satisfaction, on lui offrirait à boire et à manger ainsi qu'une belle pièce pour ses services.

Meg priait qu'il en soit ainsi alors qu'elle s'arrêtait à l'entrée d'une étroite venelle menant au quai. Le matin était sombre et l'épais brouillard qui montait du fleuve et enroulait ses volutes autour des immeubles ne faisait qu'ajouter à la tristesse. Elle fit une pause et frissonna. Pour une raison ou une autre elle était hésitante. Elle sentait une présence, comme si elle était épiée et suivie. Une mouette solitaire passa au-dessus de sa tête en poussant son cri déchirant. Meg tressaillit. Elle se remémora les histoires de son enfance, des histoires qui narraient comment des âmes perdues cherchaient, dans le brouillard du purgatoire, un chemin vers le ciel. Elle descendit l'étroit passage à pas lents. Les murs, des deux côtés, étaient aveugles, ni fenêtres ou percées, ni recoins ou portes en retrait pour offrir un refuge à mendiant ou malandrin. À mi-chemin, elle fit une pause en aspirant l'odeur de poisson du quai. À dire vrai, Meg avait peur du fleuve et ce que l'on racontait dans les tavernes ne faisait qu'aggraver cette frayeur. On disait qu'une cogghe de guerre, *Le Valet de cœur*, avait été entièrement détruite, équipage et précieux chargement compris. On avait vu le navire quitter Queenhithe, mais il n'avait jamais atteint les tours de guet situées près de l'embouchure. Tout ce que les gardes avaient aperçu, c'était un mur de flammes dans le lointain qui indiquait la disparition du vaisseau. Le désastre avait été complet, inexpliqué et sans raison. Il ne restait rien. On racontait, dans les tavernes, que des esprits démoniaques, ceux qui hantent les biefs solitaires, étaient remontés de l'enfer et avaient effacé de la terre de Dieu la cogghe et tout son contenu. Il y avait aussi d'autres histoires, encore plus terrifiantes. Des prostituées, des putains des quais auraient été enlevées, sauvagement tuées, dénudées et abandonnées à la dérive dans de petits esquifs, coiffées de méchantes perruques de crin teintes en rouge sang. Meg atteignit le bout de la venelle et faillit crier en voyant la forme encapuchonnée qui émergeait du brouillard environnant.

— Meg la Culbute ?

Elle se détendit en entendant la douceur de la voix et en voyant que le bas du visage, qui n'était pas couvert, était lisse. La main qui effleurait la sienne était chaude et caressante.

— Meg, vous vous rendez sans doute au *Léviathan* ?

Vous y êtes bien connue et bien accueillie. Vous avez bonne réputation là-bas. On dit que vous vous laissez culbuter de la plus jolie façon qui soit, que vous pouvez réveiller les appétits les plus fatigués et que vous avez la peau douce et parfumée. Voilà ce que j'aime.

Meg, sa mante rejetée sur les épaules, mit les mains sur ses hanches dans une attitude provocante.

— Venez, dit l'inconnu, tendant une main gantée dont elle se saisit. Mais d'abord, il faut que j'aille chercher un présent pour notre hôtesse, maîtresse Alice, au *Léviathan.* C'est un tonnelet du meilleur bordeaux, un petit fût que des amis, qui ne veulent pas payer les droits de douane, ont laissé.

L'inconnu, tenant Meg par la main, se précipita hors de la ruelle et traversa le quai embrumé. L'écho des bruits assourdis résonnait étrangement. Des formes confuses apparaissaient puis s'estompaient. Meg, tout émoustillée par un tel racolage, regardait où elle posait les pieds. Les pavés, en effet, étaient jonchés des débris de poisson laissés par les pêcheurs après le tri de leur pêche matinale. Elle serait heureuse de quitter cet endroit où, en dépit du brouillard enveloppant, la puanteur de la saumure, du goudron et du poisson pourri était presque insupportable. L'espace de quelques instants, elle se représenta la tiédeur et le confort d'une chambre au *Léviathan*, un pichet de bordeaux sur la table et des écuelles de bonne viande chaude.

Ils parvinrent à quelques marches étroites menant au bord de l'eau. L'inconnu fit signe à Meg de passer devant lui. Tenant la corde goudronnée qui servait de rampe, elle descendit avec précaution. Arrivée en bas, elle se retourna et sourit. Sa jolie tête se pencha en arrière, exposant la gorge de son cou de cygne au poignard acéré que l'homme enfonça profondément dans la chair. Il entailla la peau de lait, trancha, fit couler le sang en moins de temps qu'il n'en faut pour le dire. L'assassin, sans se rendre compte qu'on l'épiait aussi, regarda de plus près.

Il contempla la femme qui se mourait, s'étouffait dans son sang, il vit l'étincelle de la vie s'éteindre dans ses yeux. Meg s'écroula sur le sol. Le meurtrier ne perdit pas de temps. Il déshabilla sa victime, jeta ses vêtements dans l'eau qui clapotait contre le quai. Il enfonça une perruque rouge sur la tête de la morte, bascula son corps dans un petit esquif, une de ces étroites embarcations qu'utilisaient ceux qui étaient assez hardis pour naviguer le long des rives de la Tamise. Il rapprocha le petit esquif, y installa soigneusement le corps sans vie de Meg. Une fois satisfait, fredonnant un petit air, il poussa le fragile bateau vers le large. L'embarcation dansa quelques instants puis s'éloigna et disparut dans le brouillard.

Athelstan s'installa confortablement sous le dais à la poupe de la nouvelle barge de Moleskin, *La Gloire de Southwark*, les fidèles compagnons du batelier aux avirons. Ces dévoués serviteurs se flattaient de porter les noms des quatre archanges, Michel, Raphaël, Gabriel et Ouriel. Ils étaient tous chaudement vêtus pour se protéger du froid mordant lors de la traversée. Ils avaient la tête bien enveloppée dans leur capuchon de laine, des justaucorps de cuir et des chausses raidies de poix et de goudron. Ils se penchaient sur leurs avirons guidés par Gabriel, qui donnait la cadence. Ce dernier se mit à chanter une chanson, choisie de propos délibéré en l'honneur d'Athelstan. Il s'agissait d'une jeune pucelle et d'un chaud lapin de frère. La surprise les fit s'interrompre quand ils entendirent le dominicain se joindre à eux et, de sa voix puissante, entonner le second couplet qui relatait la rencontre du religieux et de son amante dans quelque verdoyant vallon. Les quatre archanges changèrent brusquement de répertoire en quittant les marches de Southwark, alors qu'ils s'apprêtaient à affronter le flot montant. Athelstan se pencha en avant et regarda autour du dais ; le fleuve était envahi par la brume, le flot tumultueux et inquiétant. La lumière tremblotante des lanternes perçait l'obscurité. Cornes et trompettes retentissaient, signaux envoyés par d'autres embarcations soucieuses d'éviter tout accident en cette difficile saison. Le prêtre s'adossa à son siège et sortit son chapelet. Il allait attaquer le *Pater noster* quand Moleskin, le « grand navigateur du fleuve » comme il aimait s'appeler, vint s'asseoir sur le banc, face à son curé. Ce dernier esquissa une bénédiction. Moleskin repoussa son capuchon, se signa et regarda Athelstan d'un air triste, le même air qu'il avait déjà à l'arrivée du prêtre.

— Qu'est-ce qu'il y a, Moleskin ? Vous avez la tête du joueur qui a misé une livre et récolté un liard. Vous êtes comme ça depuis que je vous ai aperçu à la première messe. Les affaires sont-elles mauvaises ? Gagnez-vous du bon argent ? Est-ce ce temps qui vous affecte ?

Athelstan montra le fleuve d'un geste large au moment où la barge roulait et tanguait. Une corne sonna. Raphaël cria un ordre à tue-tête et *La Gloire de Southwark* fit un écart rapide pour éviter une vraie coquille de noix.

— Alors ?

Athelstan tenait à bavarder avec Moleskin, ne serait-ce que pour détourner son attention du flot tumultueux.

— Alors, est-ce que ce sont les affaires qui ne vont pas ? insista-t-il.

— Non, mon père, c'est le passé. C'est…

Moleskin, les mains posées sur les genoux, se pencha en avant.

— … c'est le passé, toujours le passé ! Vous avez dit, dans vos sermons, que ce que vous avez fait dans votre jeunesse, peut, comme une vipère, s'insinuer dans votre vie, et demeurer caché en attendant de frapper. Le poison de vos fautes étouffe la vipère qui finira par cracher un venin mortel dans votre âme. Les souvenirs reviennent avec leur fardeau de culpabilité : tous ces péchés ni vraiment pardonnés ni réparés.

— Au nom du Ciel ! s'exclama Athelstan, essuyant les embruns sur son visage, vous donnez dans la philosophie, Moleskin, que voilà un discours profond et réfléchi.

Le prêtre tempéra sa remarque d'un sourire.

— J'ai été aux écoles jadis, mon père, à la cathédrale St Paul, dans les transepts. J'étais bon avec mon livre de corne[1]. J'ai même passé une année à Oxford (il haussa les épaules), puis j'ai tout laissé tomber quand les recruteurs du roi sont venus à l'université. Ils voulaient lever une troupe de lettrés à qui ils promettaient gloire et rançons en France. Et c'est ce qu'ils ont fait. J'étais un de ceux qu'ils ont retenus.

Moleskin contempla ses bottes tachées de boue. Athelstan ferma les yeux. Dans sa jeunesse, le batelier avait suivi un chemin qu'une foule de jeunes hommes, lui y compris, avaient emprunté. Il éprouvait le même sentiment de culpabilité. Il s'était échappé pour guerroyer en entraînant son jeune frère chéri. Au bout du

1. Fine tablette de chêne sur laquelle étaient peints l'alphabet, les neuf chiffres et parfois le *Pater noster*. Elle était protégée par une couverture de corne.

compte, il n'y avait eu ni gloire ni rançons, rien d'autre que des combats acharnés dans les villes, villages, champs et prairies de France, des jours entiers sans eau ni nourriture, des nuits glaciales où il ne dormait que d'un œil, serrant ses armes dans ses mains ; des feuillées immondes, des abris de fortune et, pour les blessés, les soins d'hommes plus habitués à abattre les bestiaux qu'à guérir les blessures. La chevauchée s'était révélée une véritable descente aux enfers. Son frère avait été tué et il avait ramené son corps pour l'inhumer dans l'église des Carmélites, sur la route de Cantorbéry. Il était ensuite retourné chez ses parents pour leur annoncer la terrible nouvelle et cela n'avait fait qu'aggraver son chagrin. Ses parents étaient éperdus de douleur et Athelstan, jusqu'à la fin de ses jours, se sentirait responsable de leur mort précoce.

— Mon père ? Mon père ?

Athelstan ouvrit les yeux, Moleskin le regardait d'un air suppliant.

— Pardonnez-moi, mon père, mais dormiez-vous ?

— Oh non ! loin de là, Moleskin. Je réfléchissais à ce que vous aviez dit. (Puis, se reprenant :) Qu'est-ce qui a provoqué ce changement d'humeur ?

— Les cadavres, mon père. Ces prostituées, avec la gorge tranchée, le corps dénudé, cette perruque rouge, avant qu'on les abandonne sur l'eau dans quelque batelet.

— Et ?

— Le passé qui remonte ; le souvenir du *Sans Dieu*, une barge de guerre sur laquelle j'ai servi sur la Seine. Elle portait bien son nom de « *Sans Dieu* » ! Nous étions tous sans Dieu. Ce qui a ravivé ma mémoire, c'est que nous étions tous vêtus comme ces mortes.

— C'est-à-dire ?

— Tout comme ces catins nous portions des robes aux couleurs vives, peignions nos figures en blanc ou bien portions des masques du même ton. Nous avions des perruques rouges, mais nous n'étions pas des prostituées. Oh non ! nous étions des tueurs, des assassins, des hommes de guerre, des hommes de sang. Nous semions chez les Français une terreur qui les touchait jusqu'au plus profond d'eux-mêmes. On nous surnommait les « Flammes de l'Enfer ». Nous étions sous les ordres d'un capitaine, un maître d'arroi, qui se faisait appeler « Oriflamme » par dérision envers la bannière sacrée que les Français gardent dans un reliquaire, derrière le maître-autel à Saint-Denis. Mais tout ça, c'est du passé.

Moleskin se retourna et cracha par-dessus bord. Il allait poursuivre ses confidences quand son fils, que tout le monde appelait « l'Effronté », et qui servait à la proue, fit retentir sa corne de chasse et cria aux rameurs de virer à bâbord. Le rideau de brume se déchira. Athelstan aperçut la rive nord de la Tamise tandis que *La Gloire de Southwark* fonçait vers le quai désert juste après La Réole. Une odeur pénétrante faite d'eau salée, de poisson ainsi que des relents fétides issus des divers égouts qui déversaient leurs immondices dans le fleuve frappa les narines du prêtre. Il s'emmitoufla dans sa chape, prêt à débarquer, et s'assura que sa sacoche de cuir était bien bouclée. Tiptoft, avant de quitter St Erconwald, l'avait informé que Sir John l'attendrait à la chapelle des Noyés, la résidence du Pêcheur d'hommes. Athelstan y était venu en maintes occasions. Surplombant le quai abandonné, c'était une magnifique demeure, récemment remise à neuf, qui avait appartenu à un marchand depuis longtemps disparu.

Moleskin amena sa barge au mouillage et aida son curé à gravir les marches étroites et glissantes en haut desquelles l'attendait l'étrange troupe des hommes du Pêcheur. Athelstan les connaissait bien. Ils ressemblaient à des gargouilles : des nains difformes, rejetés par la société, mais bienvenus chez leur maître. Ils y trouvaient un logement confortable pour prix de leur travail à bord de sa splendide barge funèbre et dans la longue bâtisse en bois qui servait à la fois de dépositoire et de chapelle. C'était là qu'on exposait les restes de ceux qui avaient trouvé la mort sur le fleuve à la suite d'un accident, d'un suicide ou, comme c'était souvent le cas, d'un meurtre.

Les « Séraphins », ainsi que leur maître les appelait, accueillirent chaleureusement le dominicain. Ils s'agenouillèrent, tête baissée, les mains tendues, à son approche. Touché de leur profonde humilité, Athelstan entonna une bénédiction solennelle et les têtes encapuchonnées s'inclinèrent encore plus tout en psalmodiant le *Deo gratias* – Rendons grâces à Dieu. Puis les Séraphins entourèrent le prêtre. Deux d'entre eux s'accrochèrent à ses mains, d'autres tirèrent sur sa chape tandis que Hackum, nain à la face rouge dépourvue de nez, faisait des bonds devant Athelstan, l'implorant de lui laisser porter sa sacoche. La surexcitation de cette escorte était presque tangible. Il poussa un soupir de soulagement en entrant dans la chapelle de la morgue éclairée par des chandelles et des lanternes, et décorée, aux murs, de scènes des Saintes Écritures. Toutes les fresques avaient un thème en commun : l'utilisation faite par Dieu de la mer et des mystères des profondeurs, pour ses propres desseins, qu'il s'agisse de l'histoire de Jonas ou de la Résurrection, lorsque toutes les eaux de la terre rendraient leurs morts. Ces œuvres hautes en couleur, qui dépeignaient les âmes libérées sous forme de fantomatiques langues de feu, fascinaient Athelstan.

Le plafond bas et la lumière mouvante donnaient à ce lieu un aspect tout à fait irréel auquel contribuaient les deux longues rangées de tables mortuaires, chacune supportant son funèbre fardeau recouvert d'un drap noir bordé d'argent. Une flamme tremblotait à leur tête et à leur pied. Sous les tables, des pots d'herbes macérées exsudaient de douces fragrances pour combattre les miasmes émanant du fleuve et l'odeur de décomposition des corps. Sur le mur du fond un énorme crucifix était suspendu ; la figure torturée du Christ semblait émerger des profondeurs, une scène faite d'eaux turbulentes et de monstres grotesques. Athelstan inclina la tête à son adresse, esquissa une bénédiction en direction des tables mortuaires et suivit son escorte jusqu'à un cabinet de travail fort bien meublé.

Sir John Cranston, resplendissant dans un justaucorps de sarcenet[1] fauve qui lui descendait aux genoux, l'attendait. Le coroner était assis face au Pêcheur d'hommes, installé avec nonchalance sur une imposante chaire à haut dossier, comme s'il n'avait pas le moindre souci. Les deux hommes se levèrent pour accueillir le dominicain. On apporta une petite table et un tabouret, on se serra la main et des ordres furent donnés aux Séraphins. Durant cet échange d'amabilités, Athelstan étudia ses deux compagnons. Cranston était l'image même de la santé dans son justaucorps rebrodé d'argent, ses chausses vert bouteille et ses bottes en cuir de Cordoue aux éperons tintinnabulants. Son ceinturon, sa chape, son chapeau de castor et ses gantelets étaient posés négligemment sur un coffre. La face rubiconde de Jack le Jovial exsudait la bonhomie, et ses doigts qui ne cessaient d'effleurer ses cheveux

1. Taffetas léger.

bien coupés, sa barbe et sa moustache blanches, révélaient qu'il avait dû recevoir la visite du barbier dans le petit lavarium de sa demeure. Le Pêcheur, quant à lui, offrait un vivant contraste : grand et maigre, le visage long et décharné rasé de près, tout comme l'était son crâne bombé. Sa mine sévère, pour ne pas dire sinistre, se trouvait encore soulignée par des yeux sombres, profondément enfoncés dans leurs orbites, des lèvres minces et exsangues. Pourtant, lorsqu'il souriait, on pouvait détecter chez lui une authentique chaleur. Vêtu de la tête aux pieds de cuir noir, il jouissait d'une étrange réputation en tant que Glaneur de morts, sillonnant le fleuve en compagnie de ses Séraphins, sous la conduite de son lieutenant, Ichthus, qui se tenait maintenant derrière le siège de son maître, Ichthus, le bien nommé. Athelstan n'avait jamais rencontré personne qui ressemblât davantage à un poisson. Il en avait la bouche, il était dépourvu de la moindre pilosité et ses doigts tout comme ses orteils étaient palmés. En fait il avait tout d'un marsouin et pouvait nager tout aussi vite. Le Pêcheur d'hommes se pencha et donna une petite tape sur le genou d'Athelstan.

— Ça va, mon père ? Je vous vois perdu dans une de vos rêveries.

Le Pêcheur indiqua du geste la direction du dépositoire, puis, s'adressant au coroner :

— Sir John, si nous allions montrer à notre bon frère la raison de votre venue céans ?

Cranston approuva de la tête, tira sur la manche d'Athelstan et tous deux se levèrent. Il donna une tape sur l'épaule de son « très cher compagnon », lui glissa à l'oreille quelques paroles de bienvenue, le félicitant pour l'acuité de son regard et celle, plus grande encore, de son esprit.

Il s'enquit aussi de sa santé et, d'une voix enrouée, murmura que Lady Maude, ses jumeaux, les « marmousets » et toute sa maisonnée étaient en grande forme tant physique que morale. Il se tut quand le Pêcheur, parvenu à une table mortuaire, releva le drap.

Athelstan eut un haut-le-cœur à la vue des pitoyables restes exposés là, le cadavre d'une jeune femme. Elle avait pu être jolie, mais les circonstances atroces de sa mort avaient tout effacé.

Elle gisait, la tête un peu de côté, entièrement nue. Si une ecchymose avait fleuri sur son épaule droite, la cause de la mort était, sans équivoque, la déchirure en travers de sa gorge. La mort avait dû être rapide, le choc cependant se lisait dans ses yeux vitreux et sa bouche béante. Le plus macabre, c'était l'épaisse perruque de crin rouge enfoncée sur son crâne, signe de dérision envers la pauvre créature à la fois dans la vie et la mort.

— Rohesia des Carrefours, murmura Cranston. Une jeune goton avenante qui exerçait son métier à Queenhithe ainsi que près du Grand Conduit[1] à Cheapside. On l'a découverte… bon, dites-lui, demanda-t-il en sollicitant le Pêcheur d'un geste.

— Voilà deux jours, dit ce dernier d'une voix discordante, teintée d'un léger accent étranger qui rappelait à Athelstan ce que l'on racontait à son sujet. Il aurait été, en Outremer, un chevalier atteint de la lèpre. Miraculeusement guéri, il était revenu à Londres pour se consacrer à sa funèbre occupation.

— Bah ! mon frère, reprit le Pêcheur, vous savez ce qu'il en est. Nous étions au large de Dowgate, quand nous avons aperçu ce petit esquif, comme nous en

1. Le conduit qui amenait l'eau des sources de la Tyburn à Londres.

avons déjà vus, qui dérivait au gré de la marée, une vraie coquille de noix et dedans…

Il montra le corps.

— Combien en avez-vous trouvé comme celui-ci ?

— Au moins cinq, dit Cranston tout bas. Oui, c'est bien cela, cinq au cours des deux derniers mois. Tous avec la gorge tranchée, entièrement nus, coiffés d'une affreuse perruque avant d'être abandonnés à la dérive dans un rafiot.

Il fit une pause.

— Vous le savez, mon frère, des esquifs de ce genre se trouvent des deux côtés du fleuve. Les marchands de la cité en font don à qui veut se rendre d'un quai à l'autre. J'admets qu'il peut y en avoir eu d'autres qui ont servi au même usage et qui ont pu chavirer ou bien être retenus par les algues qui prolifèrent au sein de l'une des nombreuses criques en allant vers l'estuaire. Croyez-moi, mon frère, une fois sorti de la cité, on pourrait cacher toute une flottille de cogghes dans la profondeur des taillis et des broussailles qui bordent les deux rives.

Athelstan contempla le corps et dit une prière à voix basse. Il se baissa et, du pouce, traça une croix sur le front de la morte avant de la bénir. Tapotant sa sacoche, il déclara :

— Je lui donnerai l'extrême-onction avant de partir. Récitez un psaume afin que sa pauvre âme rejoigne la lumière. (Il se signa.) Je crois qu'on a déjà découvert un autre cadavre, mais cela vous concerne, Sir John. Que Dieu bénisse ces malheureuses victimes, conclut-il.

— Et vous nous bénirez aussi, mon père ? demanda le Pêcheur. Vous savez combien les Séraphins y tiennent.

Athelstan sourit :

— Je vous promets la bénédiction la plus solennelle.

Ensuite nous chanterons l'*Ave Maris Stella* – « Salut, Étoile de la mer » en l'honneur de la Vierge. Mais (se tournant vers le coroner qui, immobile, contemplait tristement le cadavre, il ajouta d'un ton plus vif :) dites-moi, pourquoi le coroner royal de Londres est-il chargé d'enquêter sur la mort de pauvres prostituées ? Ce n'est pas que vous ne devriez pas le faire, néanmoins…

— Vous avez raison, mon petit moine.

— Frère, Sir John.

— Comme vous voulez.

Le magistrat renifla et, sortant l'outre miraculeuse de dessous sa chape, il tira le bouchon et but une généreuse rasade avant d'en offrir à Athelstan et au Pêcheur d'hommes.

Cranston claqua des lèvres ; il allait prendre une seconde rasade quand il surprit le regard désapprobateur du dominicain. Il se hâta de reboucher la gourde.

— Rohesia des Carrefours… Rohesia travaillait pour Plaisirs d'amour, dame Alianora Devereux, qui, bien qu'elle s'habille comme une nonne, est la plus grande maquerelle de la ville ; elle dirige un certain nombre de… comment les appelle-t-on ?

— Bordels, intervint le Pêcheur.

— Maisons de plaisirs, corrigea Cranston. Or, Plaisirs d'amour bénéficie du soutien de nombreux protecteurs à la fois en ville et à la cour. Certains étaient aussi l'objet des soins de Rohesia. Elle était très prisée, d'où l'indignation suscitée par son assassinat et celui d'autres filles de joie.

— Mais il y a plus, il y a toujours plus, n'est-ce pas ? s'enquit Athelstan.

— Bien sûr, dit Cranston, qui poussa un profond soupir et, regardant le Pêcheur : Vous devez en savoir quelque chose et, si vous obtenez quelque renseignement de moi, vous devez le garder par-devers vous.

— Naturellement.

— Pas ici, dit Cranston, jetant, par-dessus son épaule, un coup d'œil aux Séraphins attroupés dans l'embrasure de la porte.

Le Pêcheur acquiesça et ils revinrent dans le cabinet de travail où, fermant la porte derrière lui, il offrit des coupes du plus délicieux des bordeaux. Athelstan sirota le sien avec gratitude tout en se demandant ce que Jocelyn et ses autres paroissiens devenaient dans ce que, maintenant, on se plaisait à qualifier de « grande chasse au trésor de St Erconwald ». Il revint aussi en esprit à Senlac, le fils de Roughkin. Quelque chose, chez cet homme, perturbait sérieusement le prêtre. Était-ce un simulateur, qui se cachait derrière des masques, à la manière d'un mime ? Avant de partir, il avait recommandé à Crim, l'enfant de chœur, ainsi qu'à son ami Harold Bec-de-lièvre, de surveiller de près leur visiteur. Il espérait aussi que les deux garçons n'oublieraient pas de rendre visite à Philomel, son vieux destrier. Un peu plus tôt dans l'année, Athelstan s'était inquiété de voir la maigreur de son vieux cheval, dont on pouvait compter les côtes. Il avait pris la décision de l'envoyer paître, en été et à l'automne, dans des prairies au sud de la cité. Philomel était revenu et son maître avait eu la joie de constater que son vieux camarade avait repris du poids et combien sa robe était lisse et brillante. Le prêtre sursauta en entendant Cranston vider bruyamment son gobelet et le poser d'une main ferme sur le plat d'étain.

— Voici ce que j'ai à dire, déclara le coroner, cela a un rapport avec ce que nous venons de voir. Il y a environ une semaine, juste avant la fête de la

Toussaint, une cogghe de guerre anglaise, *Le Valet de cœur*, a quitté Queenhithe et fait voile en direction de l'estuaire. Le navire devait envoyer un signal de son fanal et abaisser la voilure à l'entrée du Détroit avant de virer au sud vers Calais. Les postes de contrôle avaient été prévenus et attendaient son passage, mais la cogghe n'a jamais quitté l'estuaire.

— J'ai entendu dire quelque chose à ce sujet…

— Exactement, mon petit frère. Quelque part, entre Queenhithe et l'embouchure de la Tamise, une cogghe de guerre royale, son chargement et tous les hommes de l'équipage, à l'exception d'un seul, ont été anéantis dans une effroyable explosion. La cale, dit-on, contenait non seulement une petite cassette de pièces d'or et d'argent à fleur de coin, mais encore des barils de poudre noire pour les canons et couleuvrines de la garnison de Calais.

— J'ai vu *Le Valet de cœur*, intervint le Pêcheur d'une voix funèbre, il se trouvait tout près de Sodome et Gomorrhe.

— Pardon ? interrogea Athelstan.

— Des bancs de sable énormes et traîtres qui se trouvent en plein milieu du fleuve et qui ont causé la mort et la destruction de moult bateaux. Je suis bien placé pour le savoir, ayant tiré de l'eau un certain nombre de leurs victimes, conclut-il sombrement.

— Et lorsque vous avez dépassé la cogghe ?

— Mon frère, tout paraissait normal. Le vent enflait les voiles, j'ai aperçu des veilleurs à l'arrière, à la dunette et à la hune. Nous remontions vers la ville. Je me souviens qu'un épais voile de brouillard venu de la mer nous a enveloppés. Ichthus (le Pêcheur indiqua de la tête la porte où son second montait la garde), Ichthus affirme avoir entendu une explosion, et, en dépit du brouillard, avoir aperçu un éclair et une vive flamme. J'ai, de prime abord, cru qu'il s'était trompé, mais il était sûr de ce qu'il avait entendu et vu, si bien que j'ai fait faire demi-tour à ma barge et que nous avons fait marche arrière. Ichthus ne s'était pas trompé, bien entendu. *Le Valet de cœur* n'était plus qu'une épave embrasée flottant sur l'eau. Il avait dû y avoir de l'huile à bord, ce qui, ajouté au bois et aux cordages, ne pouvait que nourrir les flammes.

— Et des survivants ?

— À première vue, aucun. La plupart de ceux qui se trouvaient à bord ont dû être mis en pièces comme de la viande tendre sur un tailloir.

— Et combien de membres d'équipage y avait-il ?

— Environ douze marins, le capitaine y compris et deux archers du Cheshire qui allaient grossir les rangs de la garnison à Calais. Des hommes de confiance. Personne d'autre n'était autorisé à bord, expliqua Cranston.

— Personne ?

— Personne, mon frère. Ç'aurait pu n'être rien d'autre qu'un terrible accident, n'était…

Le coroner s'interrompit pour désigner le Pêcheur du doigt.

— … que nous avons retiré un corps de l'eau, continua le Glaneur de morts, Reginald Dorset, capitaine de la cogghe, qui flottait, accroché à un madrier. Nous l'avons monté à bord de notre barge. Que pouvions-nous faire pour lui ? Il avait une profonde blessure au crâne et se mourait. Nous avons réussi à lui faire boire un peu de vin et fait de notre mieux pour le réconforter, mais il ne semblait pas conscient de ce qui lui arrivait. Il bredouillait des choses incompréhensibles à propos de fantômes et de cauchemars, disant que le monde souterrain avait craché des immondices dans les ténèbres, que des esprits vengeurs, à la chair marbrée, avaient fait leur apparition sur son navire. (Le Pêcheur d'hommes se pencha en avant :) Mais écoutez bien, mon frère, vous qui vous occupez des choses spirituelles. Dorset a dit quelque chose de très troublant. Il a évoqué un démon vêtu comme une femme, la face peinte en blanc, la tête couronnée d'une perruque d'un rouge flamboyant, semblable aux flammes de l'enfer.

— Ce qui ressemble beaucoup à ce qui arrive à nos pauvres catins avec leur gorge tranchée et ces affreuses perruques rouges qui ridiculisent leur dépouille, fit remarquer Cranston.

Athelstan secoua la tête et se signa :

— Est-ce qu'il y a un rapport ? demanda-t-il

— Je ne saurais dire mais, pour en revenir à la cogghe, s'il s'agit d'un acte délibéré, l'assassin a dû fuir. Mais comment il a pu réaliser tout cela demeure une énigme. Quant au motif ? Probablement le vol du trésor royal, cet or et cet argent qui se trouvaient dans la petite cassette.

Cranston marqua une hésitation :

— La véritable énigme, c'est la manière dont l'assassin s'est échappé et, je le concède, ils étaient peut-être plusieurs. De plus, la cogghe a été anéantie. La Tamise est traîtresse, nous sommes au cœur de l'hiver, l'eau est glaciale ; la houle violente et l'épais brouillard enveloppant ne facilitaient pas les choses. Revenons-en à notre assassin : il a dû prendre la fuite en bateau.

— Le canot de la cogghe a été retrouvé, vide, quelques jours plus tard, déclara le Pêcheur, on n'y a rien découvert de suspect. Il se pourrait que le meurtrier l'ait utilisé pour s'enfuir. Quand j'ai eu dépassé le navire, le canot traînait derrière, solidement attaché par des cordes à la poupe.

— Est-ce habituel ? s'enquit Athelstan.

Le Pêcheur d'hommes fit une petite grimace.

— Oui. Beaucoup de capitaines attendent d'avoir dépassé tous les bancs de sable avant de remonter le canot à bord. Il peut se révéler fort utile pour dégager la voie d'obstacles tels que de grosses boules d'ajoncs qui viennent érafler le flanc du navire. Par conséquent, oui, mon frère, ce que j'ai vu n'avait rien d'extraordinaire et, oui, l'assassin a pu se servir du canot à la fois pour s'enfuir et transporter son butin.

— Quel butin ? demanda Cranston avec un rire sarcastique.

— Sir John ?

— Il n'y avait pas de trésor ! Vous le savez bien, maître Thibault est fin comme une lame et rusé comme un renard. Il a largement laissé entendre que *Le Valet de cœur* transportait de l'or et de l'argent à Calais. Il n'en était rien, du moins pas par ce moyen.

— Sir John ?

Cranston leva une main :

— Mon frère, je n'ai découvert la vérité qu'hier. La cassette au trésor ne contenait que des objets sans valeur, comme l'assassin n'a pas dû manquer de s'en apercevoir. En fait, l'or a été transporté sur des chevaux de bât et mis à bord d'une autre cogghe escortée de deux autres. *Le Valet de cœur* n'était rien d'autre qu'un subterfuge, un appât, pour distraire tout voleur éventuel. Maître Dorset, lui-même, n'était pas au courant.

— Bien sûr. *Le Valet de cœur* n'avait donc pas d'escorte ?

— Cela faisait partie de la supercherie, le chargement était trop important pour qu'on puisse en faire partager la responsabilité à un autre équipage, disait-on. Quoi qu'il en soit, l'or et l'argent sont maintenant en sécurité dans une arche au château de Hammes.

— Et la poudre à canon ?

— Oh ! ça, c'était bien à bord, à fond de cale. La poudre a de la valeur, mais elle n'est pas précieuse. De plus, elle est difficile à dérober, les barils sont lourds et encombrants.

Athelstan se gratta le menton.

— Donc, résuma-t-il, voilà un bateau qui quitte Queenhithe en direction de l'estuaire. Il nous faut accepter l'hypothèse que maître Dorset a été attaqué, en témoigne sa blessure à la tête, où il faut voir la main de l'assassin. Ce dernier, d'une façon ou d'une autre, est descendu dans la cale, a réduit les gardes au silence ainsi que tous les membres de l'équipage. Il s'est emparé de ce qu'il croyait être le trésor, a allumé une longue mèche pour mettre le feu à la poudre, puis a quitté le navire dont il avait sauvagement attaqué le capitaine. Il a réussi, on ne sait comment, à monter dans un bateau, peut-être le propre canot de la cogghe. Puis il est parti à la rame. La flamme de la mèche a vite fait d'atteindre la poudre et c'en est fait du *Valet de cœur*. Voilà, Sir John, ce qui semble s'être passé. Ce que je n'arrive pas à comprendre, c'est, en premier lieu, comment le meurtrier a pu monter à bord, puis agir comme il l'a fait et, selon les apparences, prendre la fuite, si c'est bien le cas. Je pense, toutefois, que ce vilain voulait sauver sa peau. En fin de compte, quoi qu'il en soit, Dorset et ces autres malheureux ont été impitoyablement massacrés. Que Dieu leur fasse miséricorde !

— Maître Thibault tient à ce que les responsables subissent le châtiment complet pour trahison : qu'ils soient pendus et écartelés. Frère Athelstan, dit Cranston, levant sa coupe en hommage à son ami, la chasse va commencer. L'âme de Dorset crie justice. Thibault veut se venger. Une fois de plus nous entrons dans le labyrinthe du meurtre, la poursuite des enfants de Caïn jusqu'à la mort.

— Tant qu'il ne s'agit pas de la vôtre, dit le Pêcheur, car celui, quel qu'il soit, qui a détruit ce navire et tous ses hommes est un véritable impie, un homme sans Dieu.

— Sans Dieu ! s'exclama Athelstan. Quelle coïncidence ! Alors qu'il m'amenait ici, Moleskin affirmait avoir guerroyé à bord d'une barge, *Le Sans Dieu*, sur la Seine, en Normandie lorsque nous nous battions en France. Je crois comprendre que les souvenirs que notre batelier conserve de cette époque ne sont pas du tout plaisants.

— Et, à mon avis, il a raison, approuva le coroner. Ah oui ! *Le Sans Dieu*. (Il passa le doigt sur le bord de son gobelet avant de le pointer vers le Pêcheur.) Cela vous dit quelque chose ?

Le Glaneur de morts eut un sourire contraint :

— À coup sûr ! Tous ceux qui travaillent au bord du fleuve, du moins ceux de notre génération, ont entendu parler du *Sans Dieu*. En fait, je crois savoir que Dorset, capitaine du *Valet de cœur*, ainsi que son second, Bramley, faisaient partie de l'équipage.

Athelstan se redressa sur sa chaire, son intérêt maintenant éveillé.

— Chose étrange que cette forme issue de l'enfer, avec sa perruque rouge, qui semble remontée des tréfonds afin de tourmenter ces eaux, remarqua-t-il, à mi-voix. Qu'en dites-vous, Sir John ?

— La description est juste.

Le coroner se leva et alla consulter la chandelle des

heures[1], dans le coin où elle se trouvait, posée sur son support et coiffée de son capuchon.

— Nous n'allons pas tarder à partir, dit-il. Nous devons rencontrer ceux qui ont servi sur *Le Sans Dieu*. J'ai des nouvelles toutes fraîches venues de France. Je dois leur en faire part.

Et, tournant la tête, il décocha un sourire.

— Et cela inclut maître Moleskin. Mon ami, annonça-t-il en allant près du Pêcheur, je vous apporte aussi du bon argent de la part de l'échevinage.

Athelstan se leva, sa sacoche à la main.

— Quant à moi, je vais administrer l'extrême-onction à la pauvre Rohesia.

Le prêtre, escorté des Séraphins, revint au dépositoire. Il sortit les flacons de saintes huiles et d'eau bénite et traça une croix sur le front de la malheureuse. Quand il eut fini, il entonna les prières pour les fidèles défunts. Les Séraphins, aussi disciplinés que n'importe quel autre chœur, psalmodièrent les répons, comme Athelstan leur avait appris à le faire lors de précédentes visites. Une fois tout terminé, il fit le tour de cette chambre mortuaire. Le Bourreau de Rochester, le peintre attitré de St Erconwald, avait été engagé par le Pêcheur pour effectuer la décoration des murs. Bon nombre de scènes tournaient autour du thème de *timor mortis*, la peur de la mort. Des squelettes de vives couleurs se vautraient sur des cercueils, se tenaient sur des pierres tombales ou bien exécutaient une danse frénétique autour d'un mourant. Des démons à face de rat, de blaireau, de cochon et de chat, tous en armure complète, portaient une bière funéraire à un fourneau béant, dont les flammes jaillissaient dans

1. Bougie cerclée d'anneaux qui indiquaient le temps écoulé.

une attente gourmande. La peinture rouge vif qu'avait utilisée l'artiste rappela au dominicain ces perruques macabres enfoncées sur la tête des prostituées mortes. Athelstan recommanda son âme à Dieu et exprima sa gratitude aux Séraphins pour leur compagnie. Ils s'agenouillèrent devant lui pour recevoir sa bénédiction la plus solennelle. Après quoi le prêtre entonna les deux premiers couplets de l'*Ave Maris Stella*. Ils en furent ravis et, leurs souhaits les meilleurs résonnant encore à ses oreilles, il s'en fut rejoindre Sir John.

Le coroner en avait fini, ils firent donc leurs adieux et partirent, d'un pas rapide, en direction de Queenhithe, par les étroites ruelles qui y menaient. Le temps froid n'empêchait pas les rues d'être animées, encombrées d'étals, de chariots, de charrettes et de traîneaux tirés par des chevaux. Une appréhension passagère s'emparait toujours d'Athelstan lorsqu'il devait se frayer un chemin parmi cette masse bruyante et colorée des foules citadines. Il se tenait tout près de Sir John qui, la main sur la garde de son épée, fendait la populace à la manière d'une cogghe de guerre toutes voiles dehors. À peine tous les traîne-savates, ceux qui perpétraient leurs méfaits à travers la ville – tricheurs en tous genres, dupeurs, tire-laine, faussaires et maquereaux – apercevaient-ils le coroner qu'ils disparaissaient comme neige au soleil. Les épieurs reculaient dans l'ombre, les gotons et les mignons en faisaient autant.

Un fou, libéré afin de tendre la main, dansa devant eux : misérable figure dans ses oripeaux bigarrés. Cranston lui lança un penny. L'homme l'attrapa d'une main leste et s'en fut, toujours dansant, pour entrer dans une taverne. De temps à autre, le coroner était salué par des sifflets et des insultes. Il les ignorait et poursuivait sa route. Il dit à l'oreille d'Athelstan de prendre garde aux pots de chambre et vases de nuit que l'on vidait du haut des fenêtres, faisant pleuvoir une cascade d'excréments sur la rue dont le caniveau était déjà engorgé par toutes sortes d'immondices.

Le dominicain, suivant le coroner comme son ombre, recouvra son calme et regarda ce qui se passait autour de lui. Les baillis conduisaient aux ceps une file de perturbateurs de l'ordre public dépenaillés. Trois autres officiers municipaux, qualifiés avec paillardise de « chasseurs de fesses », avaient attrapé deux vieilles prostituées qui exerçaient à un endroit où elles n'étaient pas autorisées à le faire. Ils leur avaient enlevé leur jupon crasseux et fouettaient maintenant le séant flasque des vieilles harpies avec une courroie de cuir tandis que leur vieux maquereau devait tenir un pot de chambre en équilibre sur sa tête. Le châtiment des trois contrevenants était proclamé aux accords railleurs des cornemuses et du battement continu du tambour.

Le tapage était strident maintenant. Tout n'était que bruit. Des enfants à moitié nus dansaient autour de tas d'ordures ou bien poursuivaient un chat qui fuyait, un rat pendant de ses babines. Des cortèges funèbres s'assemblaient. Les invités à un mariage affluaient dans les cabarets. Une troupe de baladins cherchait à attirer le public avec une terrifiante représentation du martyre de sainte Agnès. Des odeurs flottaient à la ronde : délicats arômes s'échappant des boulangeries mêlés aux émanations âcres de la graisse rance chauffée dans les poêles et les chaudrons posés sur des sortes de réchauds mobiles. Cranston fit remarquer, à mi-voix, que c'était jour d'exécution à Newgate de même qu'à Tyburn et aux grands gibets de Smithfield. Les tombereaux des condamnés, avec tout le nécessaire à la sinistre tâche – hache, corde et couperet – suspendu à leur flanc, avançaient avec lenteur dans les rues. Les hommes qui accompagnaient les chariots, encapuchonnés et le visage en partie masqué, montés sur leurs hauts chevaux de trait noirs, écartaient les groupes de curieux qui s'approchaient trop près, avides de renseignements sur les condamnés. Les exécuteurs leur indiquaient du doigt les hérauts qui suivaient les tombereaux et s'efforçaient d'annoncer la liste des félons promis à la mort ce jour-là.

Athelstan esquissa une bénédiction à l'adresse des bourreaux et suivit le coroner qui s'engageait dans un étroit raccourci menant au quai. Cranston s'arrêta devant une taverne au coin d'une venelle. Il désigna l'énorme enseigne clinquante ornée d'un gigantesque monstre marin sous le nom de « *Le Léviathan* ».

— Le grand rôdeur des mers, murmura le coroner. C'est ici le foyer, l'hôtellerie d'un clan de l'Honorable Guilde des Bateliers et Mariniers.

Accompagné d'Athelstan, il pénétra dans l'estaminet pauvrement éclairé. La salle était haute, propre, le sol, bien balayé, était recouvert de nattes grossières et non de l'habituelle jonchée[1]. Des tables, des tabourets, des barriques retournées étaient disposés dans la pièce. Les volets des trois fenêtres qui donnaient sur le jardin clos étaient fermés, mais le vent pénétrant faisait vaciller la flamme d'une multitude de chandelles et lumignons. Au fond de la salle se tenait le comptoir où l'on servait les bières ou le vin. Athelstan renifla, savourant les doux effluves culinaires. Il leva les yeux vers les hautes poutres d'où pendaient jambons, flèches de lard et autres viandes bien enve-

1. Mélange de joncs et de rameaux dont on recouvrait le sol.

loppés dans leurs filets, qui seraient conservés par la fumée provenant de la grande cheminée logée dans le mur latéral.

— Vous désirez ?

Une femme sortit sur le seuil de la cuisine. Elle avança d'un pas rapide, s'essuya les mains à une toaille qu'elle passa ensuite dans la large ceinture de cuir qui enserrait sa taille mince. Une femme d'apparence jeune, dont le visage allongé, maigre et pâlot s'enjolivait du sourire de ses grands yeux et de la moue mutine de sa bouche en cœur.

— Vous devez être Sir John Cranston ?

Elle se retourna, avec un sourire plus large.

— Et vous, vous êtes sans doute le très illustre frère Athelstan.

— La flatterie est comme le parfum, humons-le mais gardons-nous de l'avaler, repartit le prêtre.

Elle se mit à rire et arrangea le voile qui couvrait ses beaux cheveux noirs. Elle s'essuya à nouveau les mains mais, cette fois-ci, sur la robe grise qui, froncée à l'encolure, retombait jusqu'en haut de ses bottines de cuir souple. Elle fit mine d'esquisser une révérence avant de faire signe à ses visiteurs de la suivre. Elle les fit passer dans une cuisine emplie de vapeur avant de pénétrer dans la dépense située juste derrière. C'était une petite pièce toute en longueur où trônait une longue table autour de laquelle avaient pris place quatre hommes dont l'un était un prêtre. La femme se présenta sous le nom de maîtresse Alice Brun et pria les autres, qui la regardaient d'un air morose, d'en faire autant. On échangea, avec réticence, des politesses et des amabilités que l'arrivée fracassante de Moleskin interrompit.

— Excusez-moi, bredouilla-t-il. J'ai été retardé. Sir John, votre messager, Tiptoft…

— … vous a donné l'ordre de venir céans, compléta Cranston. Bon, maître Moleskin, installez-vous.

Maîtresse Alice servit des bières légères et des petites tranches de pain juste sorti du four. La tavernière allait et venait sans reprendre son souffle. Elle assura au coroner avoir suivi ses instructions, fermé son établissement à tous à l'exception des membres de la guilde assis autour de la table. Athelstan, auprès de Sir John, tenait sa sacoche serrée, tout en observant les bateliers. Moleskin semblait être leur chef. Cependant, l'attitude discrète du chapelain, le père Ambrose, ecclésiastique à la mine sereine, la tonsure émergeant de ses cheveux grisonnants, sobrement vêtu d'une robe noire sans autre ornement que des bandes blanches aux poignets et au col, ne manqua pas de frapper le dominicain. Un homme sûr de lui, satisfait de son sort, en conclut-il. Apparemment, le père Ambrose avait été batelier autrefois. Il avait servi en France mais, à son retour, il avait été ordonné prêtre et affecté à l'église toute proche de St Olaf tout en exerçant la fonction de clerc de la chancellerie de la guilde. Il était détendu, son écritoire habilement fermée par un nœud posée sur la petite table à ses côtés. Les autres hommes ne présentaient pas de caractéristiques particulières. Ils ressemblaient, à bien des égards, à Moleskin : physionomie rude, peau entamée par la pluie et le vent. Ils avaient tous largement dépassé la quarantaine. Athelstan prit note de leurs noms : Alexander Cromer, Walter Desant, John Falaise et Matthew Hornsby. Maîtresse Alice était également membre du groupe, veuve de fraîche date : son époux, Louis Brun, était mort et enterré depuis moins d'un mois. Alice, maintenant propriétaire du *Léviathan*, tavernière en titre, avait remplacé son mari au sein de la guilde.

Athelstan se tenait coi tandis que continuaient bavardages et commérages. Les bateliers se comportaient comme si tout allait bien. Néanmoins, le dominicain sentait des tensions sous la surface. Cranston se pencha enfin sur la table qu'il frappa à coups redoublés.

S'inclinant devant la tavernière, il déclara :

— Madame, messires, nous devons suivre une direction qui nous ramènera dans le passé. Parlons donc franc et sans détour. (Il fit une pause.) Vous êtes tous au courant, comme je le suis et comme nous le sommes tous, des meurtres perpétrés sur ces prostituées dont le corps dénudé coiffé de minables perruques d'un rouge flamboyant est abandonné sur quelque esquif lâché à la dérive. Vous devez aussi avoir eu vent du naufrage du *Valet de cœur*, une cogghe de guerre anéantie, tous les hommes disparus, envoyés comparaître devant Dieu sans y être préparés. Écoutez, vous ne le savez peut-être pas, mais les langues vont bon train le long de la Tamise. (Il eut un haussement d'épaules). Pour en venir au fait, Reginald Dorset, maître du *Valet de cœur*, a rendu l'âme en bredouillant quelque chose au sujet d'une quelconque apparition portant une perruque rouge à bord.

Cranston s'interrompit en entendant les exclamations provoquées par sa révélation, avant de poursuivre :

— Et nous en venons ainsi à un fait que nous savons tous. Vous êtes tous membres de l'Honorable Guilde des Bateliers et Mariniers mais, dans votre jeunesse, vous avez tous servi, à l'exception de vous, maîtresse Alice, sur une barge de guerre, *Le Sans Dieu*, qui combattait les Valois et leurs armées d'un bout à l'autre de la Seine. Les Français vous appelaient les « Flammes de l'Enfer ». Vous avez, à coup sûr, fait des ravages tout au long de ce fleuve, mené une lutte sans merci contre l'ennemi.

— Beaucoup d'autres en ont fait autant, intervint Cromer, et nous n'avons fait que ce que le vieux roi, son fils et les autres grands seigneurs nous ordonnaient de faire.

— Certes, en convint le coroner, mais vous, vous l'avez fait avec grand plaisir.

Falaise, écartant les bras, prit la parole :

— Des choses terribles. Il nous faut tous faire face à la vérité. Nous avons perpétré des actes effroyables, au point que je me demande si des hommes comme nous peuvent être rachetés, pardonnés, même par le sang du Christ.

Alice sortit de son silence et, adressant à Cranston et à Athelstan un sourire mouillé de larmes, dit d'une voix douce :

— Mon époux pensait la même chose. Il est mort, il y a un mois, de dépérissement. Il était convaincu que Dieu le punissait de ses péchés.

— Dieu ne nous punit pas, ce sont nos péchés qui le font, l'assura Athelstan.

— Bien dit, mon frère, approuva le père Ambrose, qui se signa avant de poursuivre : Toutefois, permettez-moi de préciser : il est exact que les Flammes de l'Enfer bataillaient, la plupart d'entre nous en robe grise, des masques blancs sur le visage et des perruques rouges sur la tête. Oh que oui ! (Il frappa sur la table.) Mais nous étions sous l'influence d'Oriflamme, qui avait pris le commandement de la barge, dit-il en grimaçant, tout au moins quand nous le laissions faire. (Il leva une main avant de préciser :) Je veux néanmoins que vous sachiez que je n'ai jamais participé à certaines expéditions, même si Oriflamme me le demandait et si j'avais acquis une bonne connaissance de la langue française.

— Ah oui ! Oriflamme, votre chef ? s'enquit Cranston en jetant un regard circulaire.

— Oui et non, répliqua Falaise, son visage mince contracté et amer, nous élisions notre chef, nous étions une libre compagnie et nous respections le code militaire en ce qui concerne le combat et le pillage. Il en est bien ainsi, n'est-ce pas ? Nous nous battions, nous pillions et nous nous partagions le butin. Pas vrai ? demanda-t-il à Moleskin en le désignant du doigt.

Ce dernier était assis, l'air grave, son visage poupin et moustachu gercé par les vents du fleuve, ses petits yeux rapprochés plissés sous l'effet de la concentration. Le batelier acquiesça d'un vigoureux signe de tête.

— C'est exact, affirma-t-il, tous les trois mois, nous votions pour désigner notre capitaine de combat. (Il sourit, découvrant une rangée de dents jaunes semblables à des crochets.) En fait, j'ai souvent été élu.

— Et ?

— Bon, Sir John, vous savez comment ça se passe.

— Non, Moleskin, je ne le sais pas, c'est pourquoi je vous le demande. J'ai combattu en tant que chevalier dans la suite du Prince Noir ainsi que dans celle de Jean de Gand, régent autoproclamé de notre jeune prince bien-aimé, Richard, fils du Prince Noir.

La réponse du coroner avait fusé avec une passion qui surprit même Athelstan.

— J'étais chevalier, j'ai attaqué les Français en rase

campagne ou au pied des murailles des châteaux. Je n'ai pas…

— … pillé comme nous l'avons fait ? compléta Desant, le rouge de la colère sur sa face plate, le sarcasme aux lèvres.

Nulle crainte du magistrat dans son regard insolent. Cranston laissa passer et Athelstan sourit à part lui. Le coroner n'aimait rien tant que provoquer son adversaire, trouvant dans ses réponses irritées une ressource intéressante dans sa recherche de la vérité.

— Sir John, reprit Desant, vous avez bien pu être le chevalier parfait. Nous aussi, nous avons fait du travail précieux en tendant des embuscades aux chariots de provisions de l'ennemi, en dévastant leurs villages, en nous emparant de leurs récoltes.

— Oh ! je vois ce que Sir John veut dire, intervint à son tour Hornsby.

C'était un gringalet avec des bras surprenants, longs et musclés. Il se lissa la moustache puis gratta un bouton enflammé au bout de son nez camus. Il continua, lentement :

— Nous étions les Flammes de l'Enfer. Nous avons fait des choses que nous n'aurions pas dû faire. Et pourquoi ? Parce que nous étions tombés aux mains d'Oriflamme, un vrai démon incarné.

— C'est-à-dire ?

— Nous équipions une barge de guerre. Nous étions des mercenaires, une libre compagnie, déclara Moleskin. Nous logions dans une *auberge**, *Le Bouc qui danse*. Nous y campions, mangions, buvions, et nous y partagions le butin. Et puis, un beau jour d'été, Oriflamme a fait son apparition. Il a fait son entrée dans la taverne.

— Déguisé ? demanda Athelstan.

— Bien sûr. Il avait une lourde perruque rouge, bouclée, qui lui tombait sur les épaules, le visage couvert d'un masque blanc avec des trous et des fentes pour les yeux, la bouche et le nez.

— Et son vêtement ?

— Voyons, mon frère, vous l'avez dit. Il portait une robe, une robe de femme, grise, tombant du cou aux chevilles.

— On a dû le chasser pour son ridicule, le railler, se moquer de lui, non ? questionna Cranston.

— Deux d'entre nous s'y sont essayés, intervint Desant. Nous l'avons tous vu, n'est-ce pas, mes amis ?

— Sauf moi, déclara le père Ambrose. Souvenez-vous que je n'ai rejoint votre compagnie qu'après l'arrivée d'Oriflamme.

— Mais vous avez, pour la plupart, rencontré Oriflamme ce jour-là ? Que s'est-il passé alors ? s'enquit le dominicain, les balayant tous du regard.

— C'était tôt le matin, mon père, répondit Falaise. C'est gravé dans ma mémoire. Une horrible apparition. Un homme habillé comme une putain, et son lieutenant tout pareil.

— Lieutenant ? s'étonna Cranston.

Moleskin murmura :

— Une ombre, plutôt, habillé tout pareil. Un muet, qui ne disait mot. Il accompagnait Oriflamme, mais pas toujours. Il a participé à deux ou trois de nos expéditions dans la campagne et c'est à peu près tout. Plus tard, nous avons demandé à Oriflamme où il était parti. Il s'est contenté de rire ou plutôt de ricaner. Il a dit qu'il avait envoyé son lieutenant commander un autre groupe, mais nous nous sommes demandé s'il ne l'avait pas tué. Croyez-moi, mon frère, rien ne plaisait autant à Oriflamme. C'était un vrai buveur de sang.

— Vous alliez nous conter ce qui s'était passé quand vous l'avez vu pour la première fois.

— Ce matin-là, Sir John ?

— Précisément !

Moleskin regarda autour de lui et haussa les épaules.

— Deux membres de notre compagnie ont éclaté de rire. Ils ont tourné en dérision l'affublement d'Oriflamme, les imbéciles ! Ils étaient encore moitié saouls après une nuit de beuverie. Quoi qu'il en soit, ils se sont levés et ont continué de se moquer de nos deux visiteurs, c'était une grave erreur. Oriflamme les a sommés de s'arrêter. Ils ont refusé. On a tiré les couteaux. Sir John, dit Moleskin en claquant des doigts, j'ai vu là de vrais spadassins à l'œuvre. Oriflamme était le meilleur de tous. Il a tiré à la fois l'épée et le poignard. Oui, il portait un ceinturon. Quelle agilité ! (Moleskin ferma les yeux, perdu dans ses souvenirs.) Oriflamme avait tout d'un danseur : les deux hommes sont morts en moins de temps qu'il n'en faut pour le dire.

— C'était comme un éclair qui paraît à l'est et frappe à l'ouest, ajouta Falaise, plus rapide qu'un faucon fondant sur sa proie ou un oiseau en vol. Nous n'avons rien fait, nous n'étions pas idiots. Ces camarades avaient enfreint la règle de notre libre compagnie. Ils avaient fait preuve de violence là où nulle provocation ni raison n'y avaient donné lieu. Ils avaient dégainé les premiers et Oriflamme n'avait fait que se défendre, je me trompe ?

Moleskin acquiesça dans un murmure tout en se balançant sur son siège. Il ouvrit les yeux et regarda Cranston.

— Que s'est-il passé ensuite ? lui demanda le coroner.

— On a enlevé les corps. Oriflamme a généreusement payé à boire puis a demandé à parler à toute la compagnie et c'est ce qu'il a fait. Il a promis de nous mener à des expéditions avantageuses et, vous pouvez m'en croire, Sir John, il a tenu parole. Il semblait savoir quelles églises, quels villages ou châteaux étaient faciles à attaquer. Il parlait couramment français et connaissait la Normandie comme s'il y était né et y avait passé son enfance.

Moleskin enfla les joues.

— Nous n'avons pas été longs à lui faire confiance. C'est lui qui avait donné son nom à notre barge de guerre, un nom blasphématoire mais juste. Dieu n'était certainement pas avec nous, mais Oriflamme l'était, lui. Il arrivait tous les dix jours environ avec de nouveaux projets. Nous étions jeunes, nous n'en faisions qu'à notre tête, nous avions le sang chaud. Nous avons suivi, comme les chiens suivent leur maître, remarqua-t-il avec amertume. Nous avons même copié la tenue d'Oriflamme, robe de femme, masque blanc, et ces abominables perruques rouges. Dans cet appareil, nous parcourions la campagne normande en semant la terreur. Nous arrivions à la nuit tombante dans notre barge pour attaquer au lever du jour. Nous avons rencontré quelque résistance, mais Oriflamme était un vrai combattant, un chef courageux et un maître à l'épée. Plus important encore à nos yeux, il était extrêmement généreux au moment du partage du butin et semblait préférer tuer plutôt que s'enrichir.

Hornsby prit la parole :

— Avant l'arrivée d'Oriflamme, nous nous contentions de piller. Nous volions les paysans et les gens des villes, mais nous leur laissions la vie.

Cromer se pencha en avant, incriminant ses compagnons du doigt :

— Oriflamme a tout changé. Nous l'avons laissé entrer comme le démon qu'il était, un des anges déchus, un véritable seigneur de l'Enfer.

— Pourquoi ? s'enquit Athelstan.

Moleskin répondit à son tour :

— Rien ne lui plaisait autant que d'humilier toute femme nubile qui tombait entre ses mains. Il la violait et nous découvrions la pauvre jouvencelle pendue à une poutre ou une branche, coiffée d'une perruque rouge.

Desant, timidement, intervint :

— Nous avons bien essayé de protester mais, avoua-t-il, la gorge serrée, soyons francs, il nous terrifiait tous.

— Lui avez-vous jamais demandé la raison de tous ces gestes abominables ?

— J'ai tenté, une fois, répondit Moleskin. Il a prétendu qu'il exorcisait les fantômes remontés des profondeurs de son âme damnée.

— Et ensuite ?

Le père Ambrose intervint alors :

— Il a disparu. J'ai rejoint la compagnie du *Sans Dieu.* (Il haussa les épaules avec dédain.) J'ai refusé de participer aux expéditions qu'Oriflamme organisait. Il a fini par disparaître et nous avons été heureux d'être débarrassés de lui. Nous en avions assez de sa malignité, nous étions écœurés.

Le prêtre fit une pause tandis que maîtresse Alice se penchait pour lui presser la main. Athelstan lut dans les yeux de la tavernière un éclair de profonde tendresse ; bien que bref, cela n'échappa pas au prêtre qui sourit en retour.

— Mon époux, déclara Alice en retirant sa main, feu mon époux a maudit Oriflamme jusqu'à son dernier souffle.

Elle s'essuya les yeux et Athelstan aperçut de nouveau le regard tendre qu'elle adressait à Ambrose. Le dominicain sourit à part lui et, en esprit, battit sa coulpe, se remémorant la profonde affection, pour ne pas dire l'amour, qu'il portait à la belle Benedicta. Qui était-il pour se permettre de juger ?

Moleskin reprit :

— Oriflamme nous terrifiait. Il semblait lire en nous. Si quelque désaccord se mijotait au sein de la compagnie, il le sentait, isolait les mécontents et rebelles.

— Et ?

— Il les tuait. En toute légalité, disait-il, conformément aux règles de guerre. Personne n'osait le défier. Comme nous l'avons dit, c'est lui qui avait donné son nom à notre barge et nous avait ordonné de porter la même affreuse tenue que lui.

— Puis il a disparu ?

— Oui, Sir John. En fin de compte, les choses ont changé, expliqua Falaise. Les troupes françaises ont envahi la Normandie. Des flottilles de barges de guerre ennemies, équipées de soldats, armées de couleuvrines, canons et frondes, ont fait leur apparition sur la Seine. Notre vieux roi devenait sénile, son fils aîné, le Prince Noir, se mourait, nos généraux étaient jeunes et incompétents. Nous sommes donc tous revenus au bercail. Dieu sait où Oriflamme ou ses acolytes, y compris le tavernier, le propriétaire du *Bouc qui danse*, sont allés. Ils ont tout simplement disparu. Que nous importait ! Tout ce que nous voulions, c'était rentrer à Londres, sains et saufs.

— Une fois de retour, déclara Ambrose, ç'a été chacun pour soi. J'ai décidé de me faire prêtre. L'évêque de Londres a accepté de m'ordonner. J'ai alors sollicité la paroisse de St Olaf, une petite église ancienne à deux pas d'ici.

— C'est maintenant la chapelle, le lieu où se retrouvent les bateliers de Queenhithe qui appartiennent à l'Honorable Guilde des Bateliers et Mariniers de Londres, précisa, non sans fierté, maîtresse Alice.

— Un lieu bien choisi, approuva Ambrose, qui sortit son chapelet de son escarcelle. J'aime ce que je fais. Je…

— *Le Bouc qui danse*, coupa Cranston.

La mine sereine du prêtre s'assombrit d'un coup tandis qu'il foudroyait le coroner du regard.

— Pourquoi cette question ? glapit-il.

— Le nom du tavernier ?

— Eh bien, Jacques Mornay.

— Oui, maître Moleskin. Parlez-moi de lui.

Le batelier frotta ses mains l'une contre l'autre. De ses yeux chassieux, il imposa silence à ses compagnons avant de se tourner vers Cranston.

— Jacques Mornay, qu'on appelait aussi le Bouc, une âme damnée, était toujours présent dans les expéditions qu'Oriflamme menait dans la campagne normande. C'était un homme très laid, la figure presque entièrement dissimulée par des cheveux longs, une moustache et une barbe touffues. Il était tout aussi impitoyable que son maître.

Moleskin prit une gorgée de bière à son gobelet avant de poursuivre :

— Certains prétendaient qu'il n'avait pas toute sa tête, mais il a bien montré qu'il était un méchant homme, mauvais de cœur et vicieux dans ses appétits. Il cachait son visage tout comme il cachait son âme.

Ils se taisaient tous maintenant. Athelstan réprima un frisson. Les péchés anciens ne disparaissaient jamais, ils se contentaient d'attendre que le fruit soit mûr pour réapparaître. Racines malignes, fruits maléfiques et fleurs toxiques. Il en était ainsi de ces prospères membres de la guilde, mariniers respectés qui avaient trempé dans de sombres turpitudes. Ils pouvaient bien jouer les innocents, mais leurs péchés non rachetés refaisaient peu à peu surface, telles des ombres surgies du passé, prêtes à se saisir des coupables. Les bateliers restaient sur leur siège, y compris maîtresse Alice, la bouche à peine entrouverte, les yeux fixés sur le coroner qui, à la manière d'un héraut, sommait le passé de resurgir.

— Je vous assure, bafouilla Moleskin, que nous n'avions rien à voir avec le Bouc. Une âme noire, proche d'Oriflamme. Il a disparu en même temps que son maître. Mais, Sir John, pourquoi sommes-nous ici ? Pourquoi discutons-nous de ces choses maintenant ?

— Eh bien, nous avons ces pauvres prostituées mortes. En toute logique, leur assassinat pourrait bien être l'œuvre d'Oriflamme, qui doit être de retour à Londres, où il se cache. Plus important encore, c'est l'affaire du *Valet de cœur*, cogghe royale, entièrement détruite avec son équipage, à l'exception de son capitaine, bien sûr.

— Dorset, intervint Moleskin, Reginald Dorset. Lui aussi était membre de notre compagnie. Un excellent timonier. Lui et son second, Bramley, une fois la guerre finie, sont rentrés à Londres. Avec leurs compétences et leur expérience, ils ont vite gagné la faveur de la Cour.

— Avec le soutien de rien de moins que Thibault, Maître des Secrets de Mgr Jean de Gand, qui avait confié à Dorset et sa cogghe une tâche spéciale, compléta Cranston.

— Qui était ? interrogea le père Ambrose.

— C'est une affaire secrète. Quoi qu'il en soit, Dorset était le seul survivant. On l'a découvert, flottant, accroché à un morceau de madrier noirci par les flammes. Il est mort peu après que le Pêcheur d'hommes l'a eu tiré de l'eau. Néanmoins, précisa Cranston en se rencognant dans sa chaire, avant de rendre l'âme, Dorset a bredouillé quelque chose au sujet d'une apparition diabolique à bord du *Valet de cœur*. Elle aurait porté un masque blanc et une perruque flamboyante.

Cranston versa à boire. Athelstan regarda autour de lui. Il était absolument pris dans le dédale du mystère que décrivait le coroner tout en étant plus que conscient des peurs qui croissaient au sein du groupe. Ils voulaient à tout prix connaître la raison du questionnement du coroner principal et craignaient d'avoir à affronter les péchés de leur jeunesse.

— Donc, continua Cranston, revenons en arrière. La libre compagnie, votre libre compagnie, se retire de Normandie. *Le Sans Dieu* a dû être brûlé et abandonné. Vous ramassez votre butin et prenez la fuite. Oriflamme et ses deux compagnons, dont l'un est Jacques Mornay, disparaissent. Enfin, ce n'est pas tout à fait exact, corrigea le coroner. J'ai reçu des nouvelles récentes concernant les faits et gestes du félon quand, battant en retraite, nos troupes tentaient de regagner Calais. Oriflamme et ses acolytes ont perpétré d'autres horreurs encore. Pour autant que je sache, certains d'entre vous ont pu y prendre part. Oriflamme aurait attaqué, semble-t-il, un château isolé, une de ces grandes demeures cachées au fond des bois en Normandie dont on ne peut s'approcher que par des sentiers tortueux. Or la châtelaine était une jeune et jolie comtesse, Madeline de Clisson. Oriflamme et ses hommes l'ont cruellement violentée, elle ainsi que sa chambrière après avoir massacré les quelques vieux serviteurs qui résistaient.

Cranston prit une profonde inspiration.

— Madeline a survécu assez longtemps pour tout raconter à son père, le vicomte Pierre de Clisson, qui occupe maintenant de hautes fonctions à la chancellerie secrète du roi de France.

— Oh, doux Jésus ! souffla le père Ambrose.

— Je n'y étais pas, protesta Moleskin, aucun de nous n'y était.

Ils acquiescèrent d'une seule voix.

— Peu importe, reprit Cranston d'un ton sec, le vicomte est maintenant à la tête des Luciferi[1], au service de la chancellerie secrète du roi de France. Hugh Levigne, le Maître des Flambeaux au sein du groupe, dont je me suis fait un ami maintenant, est arrivé à Londres. (Le ton du coroner se fit sarcastique.) Que la chose soit bien claire : il ne s'intéresse ni à vous ni aux autres, mais il a adressé une requête à Mgr de Gand et, en particulier à maître Thibault, à savoir que, si Oriflamme et ses acolytes, et Jacques Mornay en premier, se cachaient ici, en Angleterre, ils soient tous arrêtés et remis entre les mains de la Couronne de France. Une fois à Paris, ils seraient jugés et châtiés

1. Voir *Le Coffret maléfique*, 10/18, n° 5456.

pour leurs abjects crimes, avant tout, pour le viol et l'assassinat de Madeline de Clisson. Les déprédations des libres compagnies en France sont maintenant bien connues. Les Luciferi ne sont pas mandatés pour vous poursuivre, mais ils sont déterminés à faire pendre Oriflamme au grand gibet de Montfaucon.

— Oriflamme est-il à Londres, demanda Moleskin, se trouve-t-il ici avec ses hommes ? Sir John, vous n'en savez rien et nous non plus.

— Bien sûr, mais, maître Moleskin, c'était votre chef. Peut-être reviendra-t-il vers vous. Certes, comme je l'ai déjà dit, les Luciferi ne sont pas à votre poursuite, bien qu'il se puisse qu'ils s'intéressent à vous et à ce que vous faites. Ce sont des clercs portant cotte de mailles, très instruits en matière de chancellerie, mais aussi dans l'usage des armes, qu'il s'agisse de combattre en lice ou de jouer du couteau dans les ruelles. Mgr Levigne ne profère pas de menaces. Il s'est dit prêt à récompenser toute aide que vous pourriez lui apporter. (Cranston marqua une pause.) Vous n'êtes pas en danger. Vous n'aviez pas l'initiative, vous vous contentiez de suivre les ordres, mais soyez prudents. La chancellerie secrète au Louvre est farouchement déterminée à capturer Oriflamme et ses acolytes. Ils ont promis de l'or ainsi que la libération de prisonniers anglais si on leur remet les criminels qu'ils recherchent. Maître Thibault, selon ses dires, a une vue plus large de la situation. Ni lui ni son maître ne veulent d'une guerre avec la France et, si des Anglais doivent être pendus à Paris, qu'il en soit ainsi. Messires, conclut Cranston en repoussant sa chaire, prenez garde, soyez prudents car ces temps sont très dangereux pour vous.

TROISIÈME PARTIE

In media vitae in morte sumus :
au milieu de la vie nous sommes dans la mort

Athelstan était assis dans sa cuisine. Le sol dallé de pierre avait été récuré, de même que la table et toute autre surface non encombrée. C'était tout à la fois sa cuisine, son solar, sa chancellerie, sa salle de réunion, selon l'usage qu'il en faisait. Il tourna la tête à gauche et jeta un coup d'œil sur le galetas bien rangé où se trouvait son lit. Les draps et les courtepointes, lavés par la femme de Pike, étaient tout propres. Le petit presbytère était encore imprégné de l'odeur de la sève de pin dont ses paroissiennes avaient généreusement usé. Néanmoins la maison était propre, réchauffée par des braseros couverts, d'où s'échappait une fumée que parfumaient les herbes, et par le feu qui ronflait dans l'âtre, ses flammes léchant goulûment le bois sec et les fragments de charbon de bois. Bonaventure aimait le feu. Le grand matou borgne était maintenant étalé de tout son long, magistral comme un empereur romain. Athelstan prit une plume d'oie bien affûtée et contempla le feu. Il ne ressentait pas de fatigue, il était juste agité par les événements de la journée.

Il ne cessait de rappeler à son excellent ami, le coroner, que tout être humain est avant tout une créature spirituelle. En dépit de cette profonde conviction, il lui fallait reconnaître que là, son âme avait rencontré le mal absolu. Ce mal jetait une ombre sur ses esprits et menaçait sa paix intérieure telle une bête sauvage, tapie dans l'obscurité, en éveil, qui attend le moment de fondre sur sa proie. Quelle était donc la cause de tout cela ? Il trempa sa plume dans l'encre noire et se mit à écrire.

Item : le trésor de la paroisse. Il y a des années de cela, Roughkin, propriétaire de la taverne *Le Cheval pie*, gardien du dépositoire à St Erconwald, fossoyeur paroissial, avait disparu sans laisser de trace. On pouvait en dire autant de son fils, Senlac, qui, prétendait-on, avait pu rejoindre l'arroi royal. À en croire les apparences, Roughkin était un homme solitaire, énigmatique, qui ne se souciait guère d'autrui. En fait, le tavernier ainsi que son hôtellerie jouissaient d'une sinistre réputation, bien qu'il fût difficile d'en connaître la raison.

Item : on avait présenté Roughkin comme un avare, un homme qui avait amassé une fortune considérable et qui aurait caché cette richesse soit au *Cheval pie*, soit à l'intérieur de l'église de St Erconwald ou encore dans le vaste cimetière qui l'entourait. La rumeur et les ragots en rajoutaient sans doute sur ce point.

Item : toutes ces histoires avaient depuis peu refait surface à l'occasion du retour du fils de Roughkin, Senlac. Ce dernier avait cherché en vain un dessin, un plan, que l'on avait fini par découvrir à la taverne.

Athelstan ouvrit sa sacoche et en sortit le document qu'il avait arraché aux doigts de Jocelyn.

Il déchiffra les mots : « Les anges baissent les yeux

sur le trésor enfoui. » Il étudia ensuite les formes ovales à l'intérieur desquelles s'inscrivaient ces petits rectangles dans un carré de dix sur dix. Certaines contenaient des triangles. Et on s'arrêtait là. Un plan grossier avec du latin de cuisine et des symboles mystérieux. Était-il sérieux, se demanda Athelstan ou bien n'était-ce qu'une malicieuse plaisanterie de la part de l'énigmatique Roughkin ?

Item : maître Senlac. Un ancien soldat qui était revenu dans la paroisse où il avait grandi. Un être secret, impénétrable.

Athelstan était certain que Senlac ne lui avait pas dit la vérité. « Vous êtes un comédien, dit-il *in petto* en levant les yeux, vous ne nous dites pas tout. » Il secoua la tête. Il avait ses réserves, et elles étaient fortes, concernant le fils de Roughkin. Crim et Harold Bec-de-lièvre avaient observé de près le nouveau venu, suivant les recommandations du prêtre. Néanmoins, à son retour, après la réunion organisée par Cranston, les deux garçons avaient peu à lui révéler sur celui qu'ils avaient passé la plus grande partie de la journée à épier. Le retour de Senlac à Southwark semblait être récent. Au début, il avait logé dans une taverne en décadence, *La Retraite du hibou*, avant de s'acheminer vers *Le Cheval pie*.

Item : la réunion au *Léviathan*. Le passé avait, à coup sûr, rattrapé les présents. Des années plus tôt, ces bateliers avaient servi dans une libre compagnie sur une barge de guerre nommée « *Le Sans Dieu* ». Ces hommes n'avaient pas tardé à acquérir une réputation plus terrifiante encore, qui leur avait valu d'être appelés les « Flammes de l'Enfer » par leurs ennemis. Comme tout mercenaire, Moleskin et ses compagnons, avides de butin, se souciaient davantage de la fortune que de la vie de leurs adversaires. Oriflamme le mystérieux, qui avait pris le commandement, avait tout changé. Véritable tueur, redouté même de ses hommes, il prenait plaisir à infliger un supplice après l'autre à quelque malheureuse captive, coiffant ses victimes de la même perruque flamboyante qu'il arborait lui-même.

Athelstan posa la plume et prêta l'oreille aux bruits de la nuit. Il y avait dans le vent un mugissement persistant depuis la tombée du jour. Il fut soudain frappé de peur, comme si quelque esprit malin avait frôlé son âme au passage. Il se représenta Oriflamme, son masque blanc et sa macabre perruque. Il était comme hanté par cette apparition. Il lui était difficile d'ignorer ce visiteur de l'enfer. Pourquoi ?

Le prêtre leva soudain les yeux vers le crucifix cloué au-dessus du foyer. Il avait déjà vu semblable apparition par le passé, quelque chose d'approchant. Qu'était-ce ? Athelstan se creusa la cervelle, puis soupira et sourit à part lui. Il avait trouvé ! Il se remémora sa rencontre avec un prêtre copte qui avait effectué un pèlerinage à travers l'Égypte pour se rendre en Éthiopie. Cet homme avait beaucoup voyagé et aimait collectionner des choses selon son humeur. Ce n'était pas le premier personnage de cette nature qu'avait rencontré le dominicain. En réalité, cela se répandait de plus en plus : on voyageait de par le monde, et on en rapportait des merveilles, qu'il s'agisse d'objets ramassés ou de descriptions de ce qu'on avait contemplé. Ce voyageur-là détenait un manuscrit ancien, qu'il avait rapporté en Angleterre et dont il avait fait don au père prieur de la maison mère des dominicains à Blackfriars, de l'autre côté de la Tamise. Le maître de la librairie du monastère avait satisfait la curiosité d'Athelstan. Il l'avait laissé se plonger dans ce volume en précisant que le parchemin était rare ; c'était une sorte de papyrus, solide, résistant à la corruption des ans. Il avait aussi éclairé, autant que le lui permettait son érudition, le sens de certains dessins énigmatiques, des taureaux ailés et autres créatures exotiques. Un dessin avait particulièrement retenu l'attention d'Athelstan et il fut fasciné par les explications du bibliothécaire. Il s'agissait d'un homme noir de peau. Il avait des sandales d'argent aux pieds et portait les plus somptueux des colliers, bagues et pendentifs. Cette créature avait un regard fixe dans ses yeux bulbeux et, bien que son corps fût noir, il avait le visage d'une blancheur de neige. Ses épais cheveux rouges rappelaient la perruque des prostituées de Londres. Le bibliothécaire avait expliqué, à voix basse, qu'il s'agissait de Seth, le dieu des enfers de l'Égypte antique, le destructeur gaucher, d'où la chevelure rouge sang et la face blanche. C'était, expliqua l'érudit, le précurseur de l'enseignement de notre Sainte Mère l'Église sur le seigneur Satan et les pouvoirs de l'enfer.

Athelstan se rappelait tout cela maintenant et se demandait si la même source, ou quelque chose d'approchant, avait inspiré Oriflamme, quel qu'il pût être. Ou bien, y avait-il une autre raison ? Une brûlure à l'âme infligée dans l'enfance ? Le grand Augustin arguait que chaque âme humaine abritait une collection d'émotions, d'aventures et de souvenirs, quelle qu'en soit leur nature. Plus important encore, ces sentiments enfouis finissaient toujours par se manifester. Cela expliquait-il cette bizarre, cette affreuse figure qui était apparue dans cette taverne française, *Le Bouc qui danse*, tant d'années auparavant ?

Une âme maléfique qui attirait dans sa toile infernale des gens tels que le propriétaire de cette hôtellerie. Mais c'était le passé. Oriflamme aurait-il survécu pour sortir subrepticement de l'ombre en monstre qu'il était ? Mais pourquoi ? Et pourquoi maintenant ? Sa résurgence était-elle liée à la présence à Londres des Luciferi, à leur intention de s'emparer de lui afin de le punir de ses abjects crimes ? À vrai dire, le meurtre des jeunes catins et la profanation de leur corps semblaient presque un défi lancé au pouvoir de la France et de la Couronne d'Angleterre. Il y avait là plus qu'une coïncidence entre le moment où réapparaissait Oriflamme et celui où les Français commençaient à le pourchasser. C'était comme si ce tueur se riait d'eux, comme s'il se régalait de ce qu'il faisait et de ce qu'il avait fait.

Athelstan revit le cadavre que Cranston et lui avaient examiné et il réprima un frisson. Oui, il y avait quelque chose de terrifiant dans ce qu'il avait vu et entendu ce jour. Une peur proche de l'écœurement s'était emparée de lui. Il avait éprouvé cela lorsque, enfant, il se trouvait dans la cave, chez son père. Il descendait et avançait avec appréhension entre les jarres cachetées de cire, à la recherche de l'une d'entre elles, l'œil toujours attentif à l'éclair argenté révélateur des chauves-souris nichées à proximité, suspendues aux poutres, aux aguets et prêtes à prendre leur envol.

— Tu joues à te faire peur, chuchota le dominicain, il faut que tu calmes ton âme et apaises ton esprit.

Il repoussa les notes qu'il avait rédigées et attira à lui le registre du conseil paroissial. Il ouvrit le tome relié de cuir et feuilleta les pages de parchemin. Mauger, le carillonneur, avait une belle main.

Il avait déjà dressé la liste des charges du jour suivant. Athelstan gémit *in petto* en arrivant à la demande de Judith[1], la mime. Cette dernière souhaitait monter un mystère sur la vie d'Hérode le Grand ! Ces manifestations étaient toujours cause de zizanie parmi ses paroissiens, qui se disputaient les rôles et les tâches. Watkin et Pike voudraient tous deux être Hérode, la chose était certaine.

— Ô Seigneur, ayez pitié, murmura le prêtre. Pourquoi, diable, avoir choisi Hérode ?

Il revint à sa lecture, remarqua avec un petit sourire amusé les commentaires de Mauger sur Watkin, Pike et d'autres encore. Ces honorables élus de la paroisse avaient laissé tomber leurs diverses occupations quotidiennes afin de monter la garde dans l'Arpent du Bon Dieu et d'inspecter différentes stèles et croix funéraires. « Chasseurs de trésors », dit Athelstan entre ses dents. Le carillonneur relatait aussi que Watkin et sa suite s'étaient pris d'une violente querelle avec Godbless. Apparemment, le mendiant avait poussé les hauts cris, clamant que le passé refaisait surface, que les esprits étaient venus se mesurer à lui et qu'il fallait les laisser tranquilles, son petit bouc et lui. Au bout du compte, on avait abandonné Godbless à ses cris et ses jérémiades, que nul ne comprenait, avant qu'il ne se retire dans le vieux dépositoire en claquant la porte au nez des autres.

Athelstan se leva, s'étira et alla s'accroupir à côté de Bonaventure, qui continuait de se rôtir devant le feu ronflant. Il écouta le souffle du vent qui s'engouffrait dans la cheminée, dit un Ave, caressa le matou et revint au registre paroissial. Ce qu'avait consigné

1. Voir *Les Baladins du régent*, 10/18, n° 4802.

le carillonneur au sujet de Godbless trouvait un écho dans l'inquiétude exprimée par Benedicta au sujet de l'attitude du mendiant. Elle avait attendu le retour du prêtre pour l'en informer sans délai. Godbless se serait aventuré dans la nef, prosterné devant le jubé, proférant des paroles incompréhensibles pour Benedicta. Elle avait fini par calmer la pauvre âme, lui avait apporté un pichet de bière et du pain, qu'elle était allée quérir au *Cheval pie*. Athelstan décida d'aller voir Godbless le lendemain et de l'interroger. Il mit le registre de côté et saisit son psautier. Il finirait ses prières du soir et irait prendre un repos bien mérité.

— Les démons arrivent, confia Godbless à son unique ami intime, Thaddée le Jeune.

Le bouc, tapi contre son maître, se contenta de continuer à mâchonner. Le vieil homme fit courir ses doigts sur la peau rude de l'animal.

— Les portes s'ouvrent en grand, poursuivit le mendiant, toutes sortes de portes, Thaddée : les grandes entrées dans le passé, des tunnels au long desquels peuvent se glisser des démons, des trous dans lesquels tombent des monstres.

Godbless passa la langue sur ses lèvres sèches et gercées tout en contemplant les étranges peintures presque effacées sur le plafond de sa demeure. Il les examinait souvent, sans pouvoir en comprendre la signification. Néanmoins, il avait la certitude que c'était là que se nichaient les démons, telle une horde de chauves-souris prête à prendre son envol. Il se demanda si cela se produirait cette nuit-là. Après tout, tout s'effondrait en ce moment. Il était fort inquiet. Il s'efforçait de se remémorer d'où il venait, où il était né. Qu'avait-il fait de sa vie ? Pourquoi ces souvenirs et pourquoi d'étranges mots résonnaient-ils dans sa pauvre cervelle embrouillée ? Pourquoi, se demandait-il comme toujours, avoir vu, dans une autre vie, certaines des personnes qu'il rencontrait à St Erconwald ? Il entendait parfois des voix qui parlaient dans une langue qu'il ne comprenait pas et que, pourtant, il aurait dû comprendre. Saisi d'un profond effroi, il étreignit le bouc si fort que la pauvre bête gémit.

— Je m'accroche à toi, Thaddée, et je ne quitterai pas ma chaumine, j'y serai en sécurité.

Godbless approuva sa résolution d'un signe de tête. Il lui fallait garder ce vieux dépositoire. Son grand ami et protecteur, frère Athelstan, lui avait dit de le faire. Il lui avait recommandé une extrême vigilance afin que sorcières et magiciens ne puissent venir en foule, comme des charognards, déterrer les ossements dans les vieilles tombes pour en faire usage dans leurs rites nocturnes.

Godbless tendit les mains vers les flammes qui pétillaient dans le petit foyer. Il avait chaud maintenant. Le cimetière fournissait assez de petit bois et de fougères pour alimenter le feu dans la cheminée ainsi que dans les deux braseros rouillés qui l'encadraient. Le mendiant se tapota le ventre et regarda l'écuelle et le gobelet, par terre, à ses côtés. Benedicta les lui avait apportés plus tôt dans la journée. Les deux étaient vides maintenant. Il était reconnaissant. Il ferma les yeux. Qu'avait-il fait ce jourd'hui ? Il se rappela Benedicta qui le regardait avec inquiétude, mais il ne pouvait lui dire la cause de son agitation, avec toutes ces voix, tous ces visages surgissant du passé. Cependant, il lui savait gré de l'intérêt qu'elle lui portait. Il était plus calme maintenant, même si des visions dérangeantes continuaient de l'assaillir. Il se voyait naviguant sur des eaux houleuses ou traversant des forêts flanquées d'ombres mouvantes. Qui étaient-elles ? Où se trouvait ce lieu ? Pourquoi voyait-il toujours ce fantôme, ou l'un d'entre eux, errer autour de l'église ?

Godbless avait conscience du monde où il vivait, il reconnaissait que c'était un monde différent des autres. Il était la proie de toutes sortes de sinistres apparitions. Des asticots à la tête énorme tournaient sans peur autour de lui, créatures visqueuses pourchassées par des monstres aux grandes mandibules jaunâtres. Parfois, la nuit, il apercevait des essaims de guêpes osseuses, le dos rond, grouillant au-dessus de mouches au nez pointu et de scorpions noirs comme l'encre. Des visages apparaissaient et disparaissaient. Des voix appelaient dans des langues qu'il ne comprenait pas. Il lui arrivait de le faire, tout en sillonnant, d'un pas incertain, le paysage désolé de son âme, avec ses rivières de feu qui se déversaient à travers une plaine nue et brûlante sous un ciel rouge sombre. Et pourtant il était en sécurité ici. Frère Athelstan le lui avait dit. Le dépositoire se trouvait en terre consacrée. Était-ce bien vrai ? Il contempla les vieilles dalles de pierre qui couvraient le sol. Il connaissait chacune d'elles. Il pouvait citer les détails qui les différenciaient. Certaines étaient marquées de signes gravés au coin. Il se demandait ce que voulaient dire ces symboles. Godbless se gratta le crâne. Il faisait nuit maintenant. Au-dehors, dans le cimetière, tout était tranquille. Nul bruit, à l'exception des cris et des froissements d'ailes des oiseaux nocturnes et du glissement furtif des petites bêtes qui sortaient à la nuit tombée. Nul feu d'enfer ne témoignait de la présence de magicien ou de sorcière. Il n'entendait aucune incantation, aucun murmure sollicitant les sinistres princes de l'air. Soudain pris de panique, comme enveloppé d'un vent glacial, il s'allongea sur le sol et frotta l'une des dalles. Il se demandait si ces signes étranges gravés dans la pierre étaient une mise en garde contre les démons et autres esprits malins qui, parfois, s'insinuaient en ces lieux et flottaient d'un côté à l'autre du cimetière.

Godbless se rappela la promesse faite à Athelstan de garder le champ des morts. Il pinça la nuque de Thaddée et se dirigea vers la grosse pièce de bois qui servait de porte. Il prit la clé dans la petite fente du mur où il la gardait et ouvrit les deux serrures. Il tira la porte et repoussa aussitôt les noires visions malignes qui s'engouffraient. Il tressaillit sous le souffle glacé du vent hivernal. Il sortit. Il s'aperçut que des esprits maléfiques flottaient, tels des hiboux au-dessus du cimetière. Il se demanda si ces peintures au plafond du dépositoire, ces traits gravés sur les dalles de pierre le protégeaient. Il cilla et secoua la tête. Pourquoi pensait-il à une taverne ? Ce souvenir l'avait taraudé toute la journée. Pourquoi pensait-il à une taverne ? Il ne s'agissait pas du *Cheval pie*, mais d'un autre endroit, d'un vrai repaire de démons. Il ferma les yeux et se mit à chanter une chanson dans une langue qu'il ne comprenait pas, d'une voix venue de l'intérieur, qu'il ne reconnaissait pas. Il rouvrit les yeux. Pourquoi des fantômes du passé surgissaient-ils en foule ici ?

Godbless battit en retraite, se réfugia dans le dépositoire et claqua la porte. Il vérifia les volets d'une main fébrile, tout était en place. Peut-être serait-il grand temps d'aller dormir. Il revint s'accroupir auprès du feu. Tout était silencieux, pourtant ces voix qui l'appelaient, un nom qu'il reconnaissait dans une langue familière, tout cela lui brouillait la cervelle. Thaddée aussi était agité. Le jeune bouc se dressa avec difficulté sur ses pattes et bêla à l'arrivée d'un courant d'air glacé, comme si la porte s'était ouverte sans bruit pour se refermer ensuite. Godbless se leva d'un bond. Il se retourna et resta bouche bée devant l'affreuse apparition, debout, appuyée à la porte.

— Vous voilà revenu, murmura-t-il tout en ne comprenant pas pourquoi il disait ces mots, vous êtes revenu me chercher, pas vrai ?

Il recula, se cogna à Thaddée, qui bêla et détala en voyant l'apparition s'approcher de son maître, brandissant d'une main une dague scintillant dans la lumière.

Des coups retentissants frappés à sa porte réveillèrent Athelstan de bonne heure le lendemain. Il descendit en toute hâte du galetas où il dormait et demanda qui était là.

— Watkin, mon père, Watkin et Pike.

Athelstan s'arrêta en entendant les cloches de l'église commencer à sonner le tocsin, signe que quelque chose de terrible s'était produit et appel à tous les gens de la paroisse.

— Au nom du Ciel… ?

Il tourna la clé, tira les deux verrous et ouvrit la lourde porte. Aussitôt, la brume s'engouffra comme impatiente d'attirer le prêtre dans sa froide étreinte. Watkin et Pike, emmitouflés dans d'épaisses chapes qui empestaient l'égout, se faufilèrent à l'intérieur afin de se réchauffer les mains au feu languissant.

— Ranimez-le, demanda Athelstan, mais que se

passe-t-il ? Qu'importe ! Donnez-moi le temps d'aller me changer.

Il entra dans l'alcôve située sous le galetas, tout frissonnant, enleva sa chemise de nuit et revêtit promptement du linge de corps propre avant d'enfiler son chaud habit noir et blanc de dominicain. Il revint vers le foyer, frotta son visage, qu'il n'avait pas encore rasé et fit face à ses deux paroissiens, qui se levèrent pour le saluer.

— Alors ?

— Godbless.

— Oh non !

— Non, mon père, ne vous lamentez pas. Nous sommes inquiets. Nous avons pénétré dans l'Arpent du Bon Dieu. On voulait découvrir, Pike et moi, si les pierres tombales et les croix funéraires formaient un dessin…

— Qui corresponde à ce que vous avez vu sur cette prétendue carte au trésor ?

Athelstan resserra la cordelière blanche qui lui enserrait la taille de manière à mettre en évidence les trois nœuds, symboles des vœux de pauvreté, chasteté et obéissance, qu'il avait prononcés.

— Alors pourquoi cette alarme maintenant ?

— Godbless ne se réveille jamais de bonne heure, mon père. Les volets du vieux dépositoire sont bien clos, la grande porte, avec ses deux serrures, l'est aussi. Pourtant, on pouvait voir la lueur d'une lanterne à travers les fentes d'un contrevent. Si Godbless s'était levé tôt, il s'affairerait, mais nous n'avons rien entendu. On a cogné à la porte, sans réponse.

— Très bien.

Athelstan jeta sa chape sur ses épaules.

— Faites dire à Mauger d'arrêter le tocsin ! Venez !

Le prêtre, suivi de ses deux paroissiens, sortit en hâte dans la brume mouvante. Ils se dirigèrent vers le lourd portail à l'entrée du cimetière, où ils pénétrèrent. Le tocsin avait bel et bien réveillé la paroisse : des ombres portant des lanternes sourdes, des flambeaux, s'avançaient déjà à travers les ténèbres.

— Rentrez chez vous, leur cria Athelstan, il n'y a aucun réel danger.

Ils atteignirent enfin le dépositoire. Les volets des fenêtres, de part et d'autre de la porte fortifiée étaient solidement clos. Athelstan poussa de l'épaule porte et volets, sans résultat. Il remarqua les lueurs et conclut qu'au moins deux des vieilles lanternes brûlaient avec éclat. Il demanda à ses deux compagnons de se débarrasser des autres paroissiens à l'exception de Benedicta, Crispin et Mauger. Une fois assuré que ses ouailles repartaient vers leurs lits, le prêtre fit le tour du dépositoire à pas lents en essayant de maîtriser la peur qui lui tordait les entrailles. Il se passait quelque chose de très grave. La sérénité de l'Arpent du Bon Dieu avait été troublée. Quelque mal s'y était introduit, s'y était installé comme une bête féroce tapie dans l'ombre. Athelstan avait déjà vu de semblables scènes et il ressentait la désolation provoquée par la suppression brutale de vies humaines.

Il poursuivit le tour du dépositoire. Il savait qu'il n'y avait d'autre issue que la porte et les fenêtres. Désignant le volet de gauche, il demanda à ses compagnons de le casser. Watkin et Pike, aidés de Crispin, se mirent à cogner contre les solides lames de chêne. Benedicta, enveloppée dans une robe de laine bleue, vint se poster à côté du prêtre, glissant sa main dans la sienne. Le volet finit par céder.

Watkin se redressa et entra par la brèche. Il se mit, sur-le-champ, à hurler d'horreur. Athelstan lui cria de garder son calme et d'ouvrir la porte. Pike n'attendit pas pour s'introduire à son tour. Des cris d'alarme retentirent à nouveau, mais le maigre fossier était fait d'une étoffe moins tendre. On l'entendit jurer tandis qu'il faisait tourner la clé dans les serrures, ouvrait la porte et laissait Athelstan découvrir l'abominable scène qui l'attendait. L'ancien dépositoire faisait penser à une grange, toute en longueur, basse de plafond, avec des murs dont le plâtre peint en blanc s'écaillait. À chaque extrémité de la salle était suspendu un austère crucifix noir et, au milieu du mur faisant face à la porte, au-dessus d'une vaste cheminée, dans laquelle le feu s'était consumé depuis longtemps, se tenait un autre crucifix. Toutefois, comme pour se rire de ces signes religieux, la longue table mortuaire faisait office dérisoire d'autel. Là, comme une offrande à un dieu de la Guerre courroucé, gisait le cadavre dénudé de Godbless. Son corps blanc, couvert d'escarres, zébré de veines, trempait dans le sang qui avait coulé de sa gorge tranchée. Sur sa tête, une perruque flamboyante. Le pauvre homme serrait dans ses bras son petit bouc, Thaddée le Jeune. Lui aussi avait eu la gorge tranchée avant d'être jeté entre les mains du mort.

— Une offrande à Moloch, chuchota Athelstan. Voilà ce que c'est. La table est l'autel, Godbless et Thaddée, les victimes propitiatoires. Un démon est venu céans.

Athelstan se tut. Benedicta s'était agenouillée, les mains jointes, son chapelet enroulé autour de ses beaux doigts effilés. La veuve se signa et entonna le *De profundis*. Watkin et Pike s'agenouillèrent à leur tour. Athelstan se signa et, une fois que Benedicta en eut fini, effectua à la hâte les premiers gestes du rite funèbre. Il récita le *Confiteor* – « Je confesse à Dieu » – et donna l'absolution, ajoutant qu'il reviendrait administrer l'extrême-onction.

Benedicta et les autres se groupèrent autour de la table. Elle avait trouvé des draps sales et des couvertures déchirées dans le simple lit de sangle. Elle en couvrit l'affreux tableau. Crispin proposa de fabriquer un cercueil. Athelstan approuva. Les yeux fixés sur les restes massacrés, il aida Benedicta à installer les draps.

Il murmura :

— Qui ? Et pourquoi ? Quel mal Godbless et son petit bouc ont-ils jamais fait à personne ?

Il perçut un bruit et se retourna. Senlac se trouvait dans l'embrasure de la porte.

— Bonjour, mon père. J'ai appris la nouvelle. Ce pauvre Godbless et son petit bouc, la gorge tranchée, tous les deux. Pourquoi ?

— Oui, pourquoi, en effet.

— Pourquoi, en effet, répéta Senlac, qui se signa et regarda autour de lui. Tout est bien comme je me le rappelle : une longue salle, humide, sombre comme l'enfer.

D'un geste il désigna les étagères fixées au mur et les pots de sève de pin qui y étaient rangés.

— Rien, ajouta-t-il, rien ne pourra jamais couvrir l'odeur de la mort. Je me demande seulement…

— Quoi ?

— Eh bien, mon père racontait souvent que l'Arpent du Bon Dieu était assailli par les magiciens et les sorcières, une vraie plaie. Se pourrait-il que…

Watkin s'approcha.

— Non, non, plus de nos jours. Nous surveillons de près notre cimetière. N'est-ce pas curieux ? (Désignant la porte, il continua :) Ceci n'est rien d'autre qu'une grosse planche de bois. Pas de verrous, qui pourraient rouiller, et elle est maintenue par deux solides serrures, l'œuvre d'un artisan, en fait l'un des meilleurs crocheteurs de serrure que j'aie jamais rencontrés jusqu'au jour où il s'est fait prendre pour finir au gibet au-dessus de la Tyburn.

— Est-ce la même clé qui ouvre les deux serrures ?

— Oui, mon père. Souvenez-vous, avant qu'on construise le nouveau dépositoire, vous exigiez que l'on tourne la clé dans les deux serrures. Vous vouliez empêcher les vagabonds d'entrer, rappela Watkin.

— Exact, exact. Et la clé était dans l'une des serrures ?

— Oui, bien sûr, déclara Pike, et ces volets, mon père, ils sont solides et bien fermés par une barre. De plus, il n'y a aucune entrée secrète. (Il tapa le sol du talon éculé de sa botte :) Rien que de la pierre dure avec d'étroites rigoles pour évacuer ce qui coulait des cadavres qu'on logeait ici.

Athelstan était maintenant le point de mire d'un nombre croissant de paroissiens, attroupés sur le seuil, exprimant à voix basse leur émotion. Watkin et Pike, d'une voix enrouée, les informèrent du terrible massacre commis en ce lieu de mort. Le prêtre n'écouta que d'une oreille tandis qu'il procédait à un examen scrupuleux de l'entrée, des contrevents et jusqu'à l'étroit conduit de la cheminée, ainsi que des braseros rouillés. Du bout de sa sandale il déplaça le pichet de bière, l'écuelle et le gobelet d'étain.

— C'est un complet mystère, déclara-t-il.

— La chose est sûre, acquiesça Watkin. Nous savons tous que jamais Godbless n'aurait laissé entrer qui que ce soit, une fois la nuit tombée, sauf vous, mon père. S'il ne l'a pas dit une fois, il l'a répété au moins douze, pas vrai ?

Athelstan en convint d'un signe de tête. Le mendiant redoutait les sorciers, les magiciens et autres habitants de la nuit qui n'aimaient rien tant que dresser un autel de fortune et sacrifier à leurs propres démons issus de l'enfer, c'étaient des hommes et des femmes qui labouraient la terre en quête de restes humains pour s'en servir lors de leurs macabres cérémonies nocturnes.

Le prêtre fit signe à Watkin et Pike d'approcher :

— Bon, occupez-vous des morts. Débarrassez cet endroit. (Il soupira.) Dieu sait ce qui est arrivé en ces lieux. Je vais maintenant me laver, me changer et célébrer la première messe. Ensuite, je veux réunir le conseil paroissial devant le jubé.

Une fois la messe dite, Athelstan se défit de ses habits liturgiques pourpre et or. Il quitta la sacristie et prit place dans la chaire du célébrant, placée près de la porte du jubé. Mauger était perché au petit pupitre du scribe, à la droite immédiate du prêtre. Les autres membres du conseil étaient assis sur des bancs de part et d'autre de leur curé. Athelstan entonna le *Veni Creator Spiritus*, bénit ses ouailles et se leva.

— Nous sommes tous au courant de ce qui est arrivé à Godbless et à son pauvre petit bouc. Une véritable abomination. J'ai, nous avons, le devoir devant Dieu de découvrir la vérité et de remettre les coupables aux mains de la justice. Voyons, que s'est-il passé hier ?

Cette question commença par provoquer le chaos, comme le dominicain s'y était attendu. Mais il se rendit aussitôt compte, aux vociférations entendues, que Godbless avait manifesté des signes de réelle perturbation. Tous les témoins confirmèrent, une fois le calme revenu, que le pauvre homme avait été très agité, errant dans la paroisse et le cimetière, arpentant à grands pas l'église. Il ne cessait de marmonner un charabia que personne ne comprenait. Tout ce qu'on pouvait tirer de son bafouillage, c'étaient des histoires de fantômes venus du passé, d'esprits malins qui le hantaient et que Thaddée et lui avaient besoin de la protection divine. Il y avait un point sur lequel il était clair : Thaddée devait rester près de lui. Athelstan écouta ses ouailles sans les interrompre. Il les laissa bavarder, puis leva les mains pour réclamer de nouveau le silence. Cela obtenu, il énuméra une liste de questions. Tout d'abord : avait-on aperçu un inconnu tête à tête avec Godbless ? Ensuite : quelqu'un avait-il remarqué quoi que ce soit d'anormal dans le cimetière, autour de l'ancien dépositoire ou en quelque lieu que ce soit à l'intérieur de la paroisse ? Les deux questions restèrent sans réponse.

— Très bien.

Athelstan retroussa les poignets de sa robe et leva les yeux en entendant s'ouvrir la petite porte latérale. Une forme se glissa parmi les ombres du transept et entra dans la nef. Le prêtre, plissant les yeux, reconnut Tiptoft, le courrier de Cranston, tout de vert vêtu, le salua de la main, en lui promettant qu'ils se parleraient sans tarder. Tiptoft acquiesça et alla s'asseoir au pied de l'un des massifs piliers.

— Encore une question, reprit le prêtre. A-t-on vu une personne quelconque, je dis bien n'importe qui, pénétrer dans l'Arpent du Bon Dieu la nuit dernière ?

Silence, une fois de plus.

— Ensuite, qui, Godbless, particulièrement dans

son état de grande agitation, aurait-il laissé entrer dans sa demeure une fois la nuit tombée ?

— Nous avons déjà répondu à cette question. Vous seul, mon père, lança Watkin.

Les autres approuvèrent avec discrétion.

— Dans ce cas, nous voici au cœur du mystère. Comment a-t-on pu entrer, assassiner le pauvre homme et Thaddée, profaner les corps et sortir sans plus de bruit qu'un fantôme, laissant la porte d'entrée verrouillée de l'intérieur ? résuma Athelstan.

— Ce ne peut être que l'œuvre d'un démon, beugla le ramasseur de crottin, que tous approuvèrent d'une seule voix.

— Oh ! je n'en doute pas, rétorqua le prêtre, mais un démon en forme humaine et c'est là une affaire qui nous concerne, Sir John et moi. Laissons donc tout cela pour le moment.

Athelstan donna une dernière bénédiction au conseil, prit sa chape et sa sacoche et s'achemina d'un pas rapide vers la face pâlotte, les cheveux roux enduits de nard de Tiptoft, qui se leva pour le saluer.

— Vous savez pourquoi je suis ici ? susurra le courrier, qui tira sur la manche du prêtre. Mgr le coroner vous attend. Quelque désordre sanglant à Queenhithe…

En traversant la Tamise à bord de l'embarcation d'un Moleskin d'humeur morose, humeur partagée par ses archanges, Tiptoft apprit à Athelstan, à voix basse, que Sir John avait reçu un message anonyme l'informant qu'Oriflamme et ses acolytes s'étaient cachés, avec d'autres malfaiteurs, dans une maison en ruine. Les Français avaient reçu la même information. Sommés de se rendre, les malfrats avaient refusé. Sir John avait donc fait appel aux archers de la Tour. En plus de cela, des pêcheurs du coin avaient trouvé le corps entièrement nu d'une nouvelle prostituée, Meg la Culbute, à la dérive dans une coquille de noix, la gorge tranchée, une perruque rouge sur la tête. Ils l'avaient apporté à Queenhithe. Cranston s'était installé au *Léviathan* ; en tant que coroner du roi, il avait le droit de faire usage de toute pièce ou salle dans la cité pour y tenir son tribunal. Il avait le pouvoir de mener une enquête judiciaire et d'exécuter l'expertise légale de tout cadavre découvert dans des circonstances mystérieuses.

En écoutant ce que lui narrait Tiptoft, Athelstan comprit qu'il s'agissait à n'en point douter d'un autre meurtre, encore un outrage d'Oriflamme. Moleskin, qui avait pris place le plus près possible afin d'entendre ce qui se disait, leva la main et révéla qu'il avait déjà ouï des rumeurs au sujet du meurtre de la catin ainsi que d'une sanglante bagarre quelque part entre l'église St Olaf et *Le Léviathan*. Athelstan se contenta d'un mince sourire. Le batelier était une de ses ouailles, mais le passé refaisait surface et il avait, avec d'autres, beaucoup à se reprocher. Il lui fallait considérer Moleskin et ses camarades comme d'éventuels suspects.

Ils atteignirent enfin Queenhithe. Tiptoft mena le dominicain à travers le dédale de ruelles sordides. Il y régnait un étrange silence. L'animation habituelle, dans ces petites rues conduisant au quai, avait disparu. Les volets étaient fermés dans les maisons en surplomb, il n'y avait personne sur le seuil des portes ; même les mendiants, vrais ou faux, avaient fui la tempête menaçante. L'apparition des archers de la Tour en tenue de combat avait imposé un silence prudent. On avait décidé de rester à l'intérieur jusqu'au retour du calme. Messager et prêtre parvinrent à l'enclos devant St Olaf. Athelstan remarqua, au passage, que l'église était fermée et suivit Tiptoft qui l'amena au *Léviathan* à quelques pas de là.

Cranston avait fait son tribunal de la grand-salle de la taverne. La pièce, avec ses lourdes poutres, la pénombre qui y régnait, semblait adaptée à la lugubre procédure qui allait s'y dérouler. Un feu ardent ronflait dans l'âtre. Les hautes flammes faisaient danser les ombres des présents réunis autour de la table. Athelstan distingua, dans la faible lumière, le clan des mariniers, Cromer, Desant, Falaise et Hornsby, et les salua de la main. Moleskin les avait maintenant rejoints. Maîtresse Alice était présente aussi. Elle dirigeait les servantes qui allaient et venaient, chargées d'écuelles de nourriture et de pichets de bière forte.

— Nous n'allons pas tarder à vous rejoindre, claironna Cranston en entrant dans la salle.

Il défroissa d'un coup de main sa chape militaire fauve et échangea le baiser de paix avec Athelstan en l'enserrant dans ses bras.

— Venez, murmura-t-il, autant que vous contempliez l'horreur.

Les deux hommes quittèrent la taverne. Traversant la cour d'écurie nauséabonde, ils entrèrent dans l'une des dépendances. La dépouille de Meg la Culbute gisait, des lanternes à la tête et aux pieds, sur une table à tréteaux, une perruque flamboyante posée de guingois sur la nuque. De son vivant, Meg avait pu être avenante, jolie même, mais sa mort affreuse en avait fait une navrante horreur. Son cadavre était bouffi et souillé de l'eau sale du fleuve. L'entaille dans sa gorge faisait l'effet d'une bouche béante, et ses yeux, son nez et ses lèvres avaient été sérieusement entamés. L'édifice empestait la mort et Athelstan accepta avec reconnaissance la pomandre[1] que Cranston lui mit dans la main.

— On l'a trouvée dans cet état près d'une coquille de noix, dit le coroner, pas d'autre indice du responsable ni de l'heure ni du lieu, pourquoi, quand et où.

Il s'arrêta à l'arrivée de Tiptoft. Ce dernier jeta un œil sur le corps, eut un haut-le-cœur et sortit en courant. Cranston et Athelstan suivirent. Tiptoft, occupé à se rincer la bouche, désigna du geste une silhouette, emmitouflée et encapuchonnée, qui se tenait à l'entrée de la grand-salle. L'homme s'approcha, repoussa son capuchon pour révéler un visage jovial au teint mat, avenant sous une chevelure noire en bataille. Athelstan reconnut immédiatement Hugh Levigne, le Maître des Flambeaux, chef des Luciferi et envoyé spécial de Mgr Derais, l'ambassadeur de France qui résidait à *La Maison parisienne**, non loin de Cheapside.

Il avait la face lisse et les manières courtoises d'un clerc de haut rang à la chancellerie, mais Athelstan savait qu'il était bien davantage. Le Maître des Flambeaux était un combattant de rue né, un véritable spadassin qui, sous sa mine d'enfant de chœur, dissimulait toutes les qualités et la force d'un clerc portant cotte de mailles. Il enleva ses gantelets de cuir cloutés pour serrer les mains de Cranston et d'Athelstan et échanger le baiser de paix avec eux. Puis il recula et indiqua la dépendance.

— Encore une, Sir John ?

La voix du Français était basse, cultivée, avec à peine une pointe d'accent.

— Une autre quoi ? interrogea le prêtre.

1. Petite boîte à parfum.

— *Fille de joie**. L'ignoriez-vous, mon frère ? (La main de Levigne vint se poser sur la garde de son épée.) Chacune de ces filles tuées, le corps profané, outragé par cette ridicule perruque, était protégée par notre ambassadeur et, précisa Levigne avec un sourire entendu, les gens de l'ambassadeur, mes compagnons et moi inclus.

— Au nom du Ciel, souffla Athelstan, cela pourrait-il expliquer les meurtres ?

Levigne eut un haussement d'épaules :

— Peut-être mais, tout aussi important, leur assassin pourrait bien être la même âme damnée qui s'était manifestée à bord de cette barge de guerre *Le Sans Dieu*, il y a bien longtemps.

— Et pourquoi vous trouvez-vous ici maintenant ? Je veux dire au *Léviathan* ?

— Tout comme vous, frère Athelstan, pour constater l'horreur, et à la suite de certains renseignements. De bonne heure, ce matin, Sir John et moi avons, l'un et l'autre, reçu un message, un simple bout de parchemin lequel avisait Mgr Derais et Sir John de la présence, dans une maison en ruine donnant sur la cour des Voleurs, ici même, à Queenhithe, du criminel connu sous le nom d'Oriflamme, et de son principal adjoint, Mornay, ancien tavernier, propriétaire du *Bouc qui danse*. Nous avons reçu cette note à *La Maison parisienne* ; j'ai cru comprendre que Sir John avait reçu la sienne à l'échevinage. Bon, frère Athelstan, poursuivit Levigne en se frappant la cuisse de ses gantelets, comme a dû vous le dire Sir John, nos maîtres au Louvre tiennent à ce que ces criminels soient remis entre nos mains afin d'être châtiés comme ils le méritent et pendus au gibet de Montfaucon.

— J'ai ordonné à Flaxwith, mon bailli principal,

d'entrer en force dans la maison avec ses hommes, mais ils ont été repoussés. (Cranston tapa des pieds.) Par conséquent, Mgr Levigne a dépêché quelques-uns de ses gros bras tandis que je faisais appel à une cohorte d'archers de la Tour. Ces gentils garçons doivent être en train d'attendre mes ordres. Venez donc.

Ils sortirent tous les trois du *Léviathan*. Moleskin, maîtresse Alice et les autres les attendaient à la grande porte avec une litanie de questions, mais Cranston les pria de patienter. Flaxwith était dehors, accompagné de son fidèle mâtin, Samson, qu'Athelstan considérait, sans le dire, comme le chien le plus laid au monde. Le bailli principal s'entretint à voix basse avec le coroner, en même temps que ce dernier repoussait du pied, avec douceur, le chien qui, à son habitude, tentait de s'accrocher à sa botte. L'entretien terminé, Flaxwith les conduisit, à travers un lacis de venelles tortueuses et sales, jusqu'à la cour des Voleurs, une vieille petite place entourée de constructions avec une statue de saint Dismas, le bon larron, posée sur un socle en son milieu. La place était pavée de gros galets poussiéreux, vide à l'exception de deux corps étalés dans des mares de sang qui ne cessaient de s'étendre. De tous côtés se dressaient de hautes maisons, en piteux état, leurs portes gardées par des archers de la Tour, l'arbalète prête à décocher. Cranston expliqua en peu de mots qu'il s'agissait de deux des hommes de Flaxwith, abattus alors qu'ils tentaient de forcer la porte de l'impressionnante demeure qui, à l'autre bout de la cour, la dominait de toute sa hauteur. C'était une construction de trois étages à colombage édifiée sur des fondations de pierre rouge. La peinture s'écaillait, le plâtre ne tenait plus. Néanmoins, les volets fermés et la porte renforcée lui donnaient un air imprenable.

— Nous les avons sommés de se rendre, dit Flaxwith d'une voix sifflante, mais nous n'avons eu pour toute réponse qu'une pluie de flèches, longues de trois pieds. Ceux qui se cachent ici, quels qu'ils soient, ont des archers expérimentés avec eux.

Comme pour confirmer ces dires un volet au dernier étage s'ouvrit d'un coup et trois flèches fendirent l'air, forçant les archers de la Tour à rechercher l'abri de leurs cachettes. Les traits, de toute évidence lâchés par de grands arcs, vinrent se ficher dans le plâtre et le bois des maisons qui entouraient les assiégeants. Une voix cria quelque chose et le volet se referma hâtivement avant que les hommes de Cranston n'aient eu le temps de viser et de décocher. Un archer sortit en hâte et, courbant le dos, se dirigea vers un étroit passage un peu plus loin ; il se jeta presque dans le renfoncement où Cranston et son groupe s'abritaient.

— Le capitaine Armitage est prêt, Sir John.

— Alors, dites au noble capitaine de commencer à attaquer, mais sans se presser, les boucliers devant.

Le soldat obtempéra, répéta les instructions sans reprendre son souffle et repartit d'un trait, échappant de peu à une autre volée de flèches lâchées des fenêtres de la maison d'en face.

— Attendons la suite, chuchota le coroner. Prenons notre temps.

Athelstan, la sueur séchant sur sa peau, scruta l'entrée du passage où était revenu l'archer. Une trompette retentit et une cohorte de cavaliers équipés de boucliers normands en déboucha. Ils brandirent les boucliers, qui, rapprochés, formèrent un mur d'au moins douze hommes de long. Les trompettes retentirent de nouveau. La ligne progressa lentement à travers la place. Des archers se déployèrent à l'arrière. Nouvel appel des trompettes. La phalange était maintenant une muraille mouvante de boucliers. Ils avancèrent à pas lents, suivis de soldats qui, poussant et tirant, amenaient un petit trébuchet, la fronde déjà levée, tendue, la poche remplie de chiffons et d'éclats de bois trempés dans l'huile et le goudron. La phalange s'approchait de la maison d'en face dont on claqua les volets. Une pluie de flèches s'abattit, mais elles manquèrent leur cible ou se heurtèrent à grand bruit contre le mur de défense. Ce dernier s'écarta pour laisser foncer les archers de la Tour qui tirèrent, faisant, parfois, des victimes. Athelstan vit un des adversaires dégringoler d'une fenêtre ouverte, le torse et le ventre percés de flèches. La troupe se rapprocha encore un peu. Un archer, à l'arrière du trébuchet, mit alors le feu à l'amas imprégné d'huile qui se trouvait dans la poche. Des flammes s'élevèrent. Une corne sonna, la phalange s'immobilisa. Le trébuchet fut positionné avec plus de précision dans un grincement de corde, de bois et de fer. Un ordre fut lancé et on lâcha la charge dans un bruit lourd, déchirant, suivi d'un choc sourd à l'instant où le levier retombait sur son appui amorti. La masse enflammée projetée par le trébuchet traversa la place, laissant une traînée de feu derrière elle avant de pénétrer dans la maison par une fenêtre ouverte.

Les archers avaient maintenant le dessus. Ils avançaient avec assurance, tandis que le trébuchet continuait de faire pleuvoir le feu, qui avait désormais embrasé toute la maison. L'incendie avait atteint une telle ampleur, la chaleur était telle que Cranston ordonna un repli et les écuyers reculèrent avec précaution.

La vieille maison n'était plus qu'un brasier. Le coroner remarqua que toutes les issues étaient étroitement gardées. Il ne restait aux assiégés d'autre alternative que de se rendre ou de mourir brûlés.

La fumée, les flammes redoublèrent d'intensité. Soudain, une fenêtre s'ouvrit et un chiffon blanc tomba au sol. Athelstan vit la porte s'ouvrir d'un coup. Des nuages de fumée en sortirent, enveloppant, comme d'un linceul, les formes chancelantes qui surgissaient, à la suite d'un homme portant un crucifix, symbole de complète reddition. Le prêtre calcula qu'il restait à peu près huit hommes debout. Ils aidaient ceux qui semblaient grièvement blessés. Ils étaient désarmés et leur chef, qu'Athelstan crut reconnaître, cria qu'on apporte de l'eau et demanda qu'on vienne au secours des victimes. Les archers se précipitèrent, forcèrent les vaincus à s'agenouiller, les mains liées dans le dos. Cranston ordonna de passer un seau d'eau le long de la rangée. D'autres personnes encore vinrent en aide aux prisonniers. Le père Ambrose fit son apparition, accompagné de maîtresse Alice, Moleskin et Falaise. Les bateliers expliquèrent que cette place faisait partie de la paroisse de St Olaf et qu'il était de leur devoir d'intervenir dans tout désordre. Cranston en convint et leur dit d'apporter l'assistance nécessaire. Ambrose et Alice se mirent aussitôt à genoux devant les blessés en proposant le réconfort tant physique que spirituel qu'il était en leur pouvoir de leur apporter. Athelstan tenta d'en faire autant mais, les larmes aux yeux, il se contenta de sourire.

— Ces pauvres âmes, murmura-t-il, sont dans une grande détresse.

Il posa une main sur un blessé gisant sur les pavés, le sang bouillonnant de la plaie qu'il avait à la gorge. Une flèche lui avait transpercé la nuque et, dans sa détresse, il avait dû la casser en deux, mais la pointe acérée était restée profondément enfoncée. Maîtresse Alice était agenouillée de l'autre côté de l'homme. Elle implora le dominicain du regard et indiqua deux autres blessés, un peu plus loin, dont l'un se débattait sous l'effet de la douleur. Athelstan, secondé par un archer, fit ce qu'il pouvait, sans ignorer les efforts du coroner qui cherchait à imposer l'ordre. On laissa l'incendie se consumer. La place fut interdite et un chariot arriva pour ramasser les morts. Athelstan se chargea de distribuer aux prisonniers de l'eau et une miche de pain. Il scruta leurs visages : tous paraissaient épuisés, désespérés. Ils n'avaient que de misérables loques sur le dos ; cependant, leurs bottes, ceinturons et autre harnachement guerrier, entassés sous la statue de saint Dismas, avaient l'air plutôt solides. Il était difficile de distinguer leurs traits sous leurs cheveux longs, épais et embroussaillés, leurs barbes et moustaches touffues.

— Suivez-moi, chuchota Cranston en tirant Athelstan par la manche.

Il poussa le dominicain vers un homme au milieu de la rangée des prisonniers. L'individu était grand, corpulent. Il leva la tête et sourit au prêtre.

— Vous me reconnaissez, mon frère ?

— Bien sûr que oui, dès que je vous ai aperçu. Simon Grindcobbe[1] ! s'exclama Athelstan.

Il n'arrivait pas à en croire ses yeux. L'homme qui, juste quelques mois plus tôt[2], avait eu autant de pouvoir que Jean de Gand, était là, devant lui. Grindcobbe avait été l'un des fondateurs et des chefs de la Grande Communauté du Royaume. Un vrai prince parmi les

1. Voir *La Grande Révolte*, 10/18, n° 5344.
2. Voir *Le Coffret maléfique*, *op. cit.*

Hommes Justes, avec des dizaines de milliers de paysans prêts à lui obéir, sans parler des Vers de Terre, les farouches combattants des rues des Hommes Justes, ici même à Londres.

— Ne soyez pas surpris, c'est la vie, mon frère, dit Grindcobbe en dévisageant le prêtre. Notre monde a changé. La roue a tourné. Dame Fortune a secoué son gobelet avant de lancer à nouveau les dés et il semble que les humbles n'hériteront pas de la Terre.

— Vous n'étiez pas si humble que ça il y a quelques mois, intervint Cranston qui repoussa son chapeau de castor pour chasser les gouttes de sueur de son front.

Il s'arrêta afin de beugler des ordres aux archers, toujours occupés à évacuer les débris de la bataille récente. Le coroner enleva son chapeau, le tapa contre sa jambe tout en inspectant la rangée de prisonniers.

— Ils sont tous là, les ducs et les comtes de la grande armée paysanne. Regardez autour de vous, mon frère, et vous aussi, maître Grindcobbe : voici ce qu'il en est advenu.

Le dominicain acquiesça à mi-voix. Cranston avait raison. Tous les rêves, toutes les belles phrases des Hommes Justes n'étaient que du vent. La cour des Voleurs était désolée désormais. Les morts avaient été emportés. Un mire du quartier avait été requis et, assisté du père Ambrose, de maîtresse Alice et d'autres encore, s'occupait des prisonniers. Il s'efforçait de faire boire un mélange de vin et d'opiat de mauvaise qualité aux blessés. L'incendie dans la maison perdait de son intensité, le bois craquait, le plâtre se morcelait sous l'effet de la chaleur. Le funèbre drap de fumée se dissipait peu à peu.

— Ils sont tous ici, du moins ceux qui ont survécu à la Grande Révolte et aux pendaisons qui ont suivi.

(Le coroner balaya la rangée du bras :) Robin du Bois-Vert, Petit Jean, Frère Tuck, Will Scarlett et tous les autres noms fantaisistes qu'ils avaient pris pour déguiser leur véritable identité. Oh oui ! mon petit moine.

— Frère, Sir John.

— Comme vous voulez, mon ami. En tout cas, je doute fort qu'aucun d'entre eux sache quoi que ce soit sur Oriflamme, *Le Bouc qui danse* ou cette mal nommée barge de guerre, *Le Sans Dieu*, comme va le découvrir Mgr Levigne.

Le Maître des Flambeaux, Levigne, escorté d'un groupe de Luciferi, traversa la place d'un pas avantageux. Il fit un signe de tête à Cranston, puis se baissa pour interroger un prisonnier, parlant doucement en anglais et en français, mais tout ce qu'il obtint en réponse fut un signe de tête négatif et un murmure d'injures. Levigne se redressa et s'avança vers Sir John, relevant avec nonchalance sa chape pour découvrir la garde d'une épée effilée, une arme de guerre semblable à une rapière. Il s'arrêta devant Cranston et Athelstan, les gratifia d'un salut ironique et dit, avec un sourire :

— Sir John, il semble que nous ayons été induits en erreur, tous les deux. Ces hommes sont de votre ressort, pas du mien. Ils n'ont rien à voir avec Oriflamme ou quelque crime commis en France. On s'est joué de nous.

— On appelle ça « acheter chat en poche », rétorqua le coroner. On a fait passer du plomb pour de l'or et je me demande bien pourquoi. Voyons si l'Oracle parlera.

Cranston alla s'accroupir auprès de Grindcobbe, qui le salua de ses mains liées.

— Eh bien, Sir John, comment avez-vous su ?

— Rien à voir. Nous recherchions Oriflamme.

— Jamais entendu parler de lui mais, si les Français sont intéressés, c'est peut-être à cause des ravages commis par nos grands seigneurs dans leur pays. Nos alliés, là-bas, la Jacquerie, prétendent que la sauvagerie de nos seigneurs de la terre, en France, a été encore plus dévastatrice qu'ici. Ce doit être vrai. On a entendu dire que les Français étaient à la recherche de certains individus, mais ce sont juste des ragots de taverne.

Grindcobbe se rassit sur ses talons, passant la langue sur ses lèvres sèches et gercées.

— Bah ! Sir John, c'en est fini de nous.

— Vous vous prépariez à prendre la fuite ?

— Que croyez-vous ?

— Vous avez de l'argent, un pécule bien caché ?

— Bien sûr, ironisa l'ancien chef des rebelles en indiquant de la tête les ruines fumantes, nos deniers sont probablement du métal fondu à l'heure qu'il est.

— Vous vous prépariez à fuir en bateau ?

— Non, Sir John, l'ange Gabriel devait nous faire traverser le Détroit cachés sous ses ailes.

— Sur quel bateau deviez-vous embarquer ?

Grindcobbe se contenta d'un large sourire.

— Quel bateau ? insista Cranston. Qui se préparait à vous aider ?

Nouveau sourire.

— Très bien.

Le coroner se releva et regarda autour de lui.

— Frère Athelstan, nous en avons fini, mais mes soupçons sont éveillés. Tous ces mystères semblent tourner autour du clan de la Guilde des Bateliers de Queenhithe et de leur lieu de rencontre, *Le Léviathan*.

John Falaise, ancien membre de la libre compagnie servant sur *Le Sans Dieu*, devenu un respectable batelier, était à genoux devant la statue du petit autel de la Vierge, à gauche du chœur de St Olaf. La vieille église était, comme toujours, plongée dans l'ombre. La lumière de quelques torches fluctuait dans le vent glacial qui passait sous les portes et à travers les interstices des volets. Ces flammes tremblotantes et les quelques chandelles dans la petite chapelle ne parvenaient pas à dissiper l'obscurité qui régnait. Falaise, toutefois, appréciait ce silence recueilli. Il avait besoin de réfléchir et de préparer un plan. Il n'arrivait pas à croire ce qui s'était passé. Grindcobbe et ses compagnons arrêtés, leur projet de fuite à bord d'une cogghe flamande anéanti. Qui les avait trahis ? Falaise s'était rendu à la cour des Voleurs. Il avait ouï dire que les Français et Cranston croyaient qu'Oriflamme et ses acolytes se cachaient dans une maison délabrée. Qui était à l'origine de cette confusion ? Qui avait envoyé des renseignements trompeurs au coroner et à l'ambassadeur de France ? Qui se trouvait derrière ce chaos ? Falaise se passa les mains sur le visage. Il avait toujours regretté ce qu'il avait fait dans le passé. Ses camarades et lui avaient commis des péchés entachés de sang, d'un sang innocent. Il était vrai que lui et d'autres membres de la compagnie n'avaient pas suivi Oriflamme dans son révoltant traitement des prisonnières mais, là encore, ils n'avaient rien fait pour s'y opposer.

— Nous n'avons rien fait de mal, confia Falaise à l'obscurité tout en se relevant, mais nous n'avons rien fait de bien.

Il s'arrêta pour allumer un cierge devant la statue en bois, effigie de Notre-Dame de Walsingham. Il était toujours profondément troublé. Pourquoi Oriflamme était-il réapparu maintenant ? Plus important encore, qui avait trahi les Hommes Justes ? La plupart des membres de la guilde de la paroisse de St Olaf, leur prêtre y compris, avaient, en secret, fait partie de la Grande Communauté du Royaume et s'étaient comptés au nombre des Hommes Justes. Le clan avait sans nul doute su à quel point Grindcobbe et les autres étaient désireux de prendre la fuite. Mais seul Falaise avait été mis dans le secret des moyens de le faire et de la date du départ. Il avait acheté à maîtresse Alice des provisions pour les fugitifs mais s'en était tenu là.

Qui donc était derrière cette trahison et pourquoi ? Ce ne pouvait être qu'Oriflamme, mais derrière qui se cachait ce monstre ? Ses affidés et lui n'apparaissaient jamais au grand jour, ils dissimulaient toujours habilement leur identité et leur apparence. Se pouvait-il que l'infâme coquin qui, maintenant, rôdait sur les bords de la Tamise soit le même vil malfaiteur qui avait commis de semblables crimes en Normandie ? Quelle preuve avaient-ils de cela ? Falaise revint à ses prières, implorant un remède pour apaiser la peur qui lui tordait les entrailles. Dans un effort désespéré, il tenta de dresser la liste de tous ceux qui avaient connu Grindcobbe. Il s'interrompit pour boire, au profond gobelet, une gorgée du bordeaux provenant de l'outre qui se trouvait dans la nef. Il était si absorbé dans son anxiété avinée qu'il n'avait pas la moindre conscience de la sinistre présence de la figure, debout dans les ombres de la nef : une terrible apparition portant une robe de femme, le visage caché derrière un masque blanc, une perruque flamboyante vissée sur la tête.

Cranston et Athelstan étaient assis dans la sacristie

de St Olaf. Le dominicain fit, des yeux, le tour de ceux assemblés autour de la table par maître Tiptoft. Il y avait là Hornsby, Desant et Cromer avec le père Ambrose et maîtresse Alice. Moleskin aussi avait été convoqué, accompagné d'un Senlac morose et de fort méchante humeur. En réponse à ses violentes protestations, le coroner lui cria de se tenir tranquille, sinon il le ferait jeter dans le cachot le plus répugnant de Newgate pour atteinte à l'autorité d'un juge royal. Senlac était assis maintenant, muet et renfrogné. Cranston, trônant au haut bout de la table, ordonna le silence en frappant des mains.

— En premier lieu, déclara-t-il, le doigt pointé sur Senlac, quelqu'un parmi vous, vous y compris, Moleskin, reconnaît-il en cet homme un soldat ayant servi sur *Le Sans Dieu* ? Faisait-il partie de votre libre compagnie ?

Tous s'accordèrent à le nier. Moleskin ajouta que peu de gens, si même il en était dans la paroisse de St Erconwald, se rappelaient Senlac ou son père.

— Pourquoi sommes-nous ici ? postillonna Hornsby, qui s'essuya la bouche au revers de sa manche. Au fait, dit-il en regardant autour de lui, où est Falaise ? Pourquoi n'est-il pas ici ?

Le visage tanné de Hornsby exprimait une profonde irritation, une humeur que partageaient les autres. Le profond retentissement de la cloche de l'église mit fin aux échanges.

— Au nom du Ciel ! s'écria le père Ambrose, qui se leva. Venez maîtresse Alice, allons voir ce qui se passe.

Il s'inclina devant le coroner :

— Quelques petits galopins ont dû réussir à s'introduire dans le clocher. Sir John, frère Athelstan, veuillez nous excuser. Nous revenons tout de suite.

Prêtre et tavernière sortirent en hâte de la sacristie.

— Poursuivons, dit le coroner. Allons droit au fait. On nous a fourni des renseignements, qui se sont révélés erronés, selon lesquels Oriflamme et ses affidés se cachaient dans une maison en ruine donnant sur la cour des Voleurs. En réalité, cette maison servait de refuge à d'anciens Hommes Justes qui cherchaient désespérément à traverser le Détroit pour s'enfuir. Ils ont été trahis, je le soupçonne, par Oriflamme, qui nous nargue actuellement, en même temps qu'il assassine des prostituées et, ajouta Cranston, tapotant le bras d'Athelstan, selon mon érudit collègue ici présent, ce criminel est aussi responsable du meurtre d'un pauvre mendiant à St Erconwald. Or…

Un cri perçant, dont l'écho retentit dans la nef, un bruit de petits pas pressés interrompirent Cranston. La porte de la sacristie s'ouvrit d'un coup et Alice se jeta dans la pièce. Le dos courbé, les mains sur les genoux, elle haletait.

— Au nom du Ciel, femme ! s'exclama le coroner.

— Falaise, souffla-t-elle, Falaise s'est pendu ou du moins c'est ce qu'il semble.

Cranston et Athelstan, suivis des autres, se précipitèrent hors de la sacristie, dévalèrent la nef et pénétrèrent dans le vieux clocher poussiéreux. Ils gravirent l'escalier à vis dont les marches étroites s'enroulaient autour de la corde de la cloche. Falaise s'était servi de cette dernière pour se pendre. Selon les apparences, il avait attaché le bout de la corde autour de sa gorge et s'était laissé glisser du haut de la marche qui formait un petit palier. La tension soudaine de la corde avait resserré le nœud coulant. Peut-être avait-il tenté de reprendre pied sur une marche très raide située plus haut, mais il n'avait pu défaire le nœud tant il était serré ni la corde, qui pendait, entortillée. De plus, la pierre s'effritait et il n'aurait pu qu'aggraver sa situation. Le père Ambrose était déjà en train de murmurer les paroles d'absolution à l'oreille du mort.

Athelstan attendit que le prêtre eût fini et demanda discrètement à Cranston d'imposer le silence. Le coroner enjoignit aux autres de se retirer et de dire aux paroissiens inquiets de rentrer chez eux. Le dominicain passa près du pendu, s'excusa auprès d'Ambrose et monta les raides marches d'accès à la chambre de la cloche. Il contourna un angle et son attention fut tout de suite attirée par une gargouille, un singe de pierre au corps humain perché sur un socle à côté de la porte du beffroi. Un autre tout semblable lui faisait pendant. Les deux statues avaient été ornées des mêmes boucles flamboyantes, ce qui ne faisait qu'accentuer leur épouvantable laideur. Athelstan contempla cette scène macabre avant de se précipiter dans l'escalier.

— Il ne s'agit pas de suicide ici, chuchota-t-il une fois en bas. Coupons la corde.

Avec l'aide du père Ambrose, Cranston et Athelstan entreprirent de sectionner la corde tordue et huileuse. Le dominicain s'efforçait de ne pas regarder l'effroi reflété sur les traits de la victime, la teinte pourpre imprimée sur le visage par l'horreur d'une mort soudaine, les yeux morts et vitreux, la langue mordue à maintes reprises et gonflée. Cranston jurait dans son effort pour couper la corde. Mais il en vint à bout. Athelstan dut se détourner devant la dernière exhalaison du mort et la puanteur de son estomac qui se vidait. Il se domina et, écartant le coroner et le prêtre, s'accroupit pour examiner les poignets du mort. Ils ne portaient aucune trace de liens, bien que l'extrémité des doigts fût crevassée, la peau à vif et les ongles entamés. Athelstan bénit la dépouille.

— Falaise a essayé de se libérer, mais la corde est aussi solide que la chaîne d'un fléau d'armes et le nœud coulant habilement façonné, aussi dur qu'un maillon en fer.

Il réussit à ouvrir la bouche du mort, essaya de bouger la langue gonflée afin de humer l'haleine. Il nota une odeur de putréfaction mais aussi l'arôme parfumé du bordeaux.

— Il a bu du vin avant de mourir, affirma-t-il et, levant les yeux, il demanda à Ambrose : Comment était Falaise ? je veux dire, que faisait-il céans ?

— C'était le carillonneur de la paroisse, répliqua le prêtre, qui prit une profonde inspiration. Il aimait boire son coup et venait souvent ici avec une outre et un gobelet mais, regardez bien on n'en voit nulle trace ici. (Ambrose haussa les épaules.) Falaise était un batelier, un bon membre de la guilde, un paroissien discret. Je ne peux guère en dire plus, conclut-il avec une grimace.

— Dans ce cas, je vous remercie, sourit Athelstan. Mon père, s'il vous plaît, allez rejoindre vos ouailles et demandez-leur d'attendre un peu. Oh, mon père ! quand vous êtes arrivés, maîtresse Alice et vous, vous n'avez rien remarqué d'anormal ?

— Non, mon frère. La porte du clocher était close, nous l'avons ouverte. Et vous voyez ce que nous avons vu, dit-il d'un geste de la main.

Athelstan sourit, remercia et demanda à Ambrose de faire transporter la dépouille au dépositoire de la paroisse.

— Oh ! pendant que j'y pense, dit Athelstan, faisant un clin d'œil au coroner, j'ai changé d'avis. Sir

John et moi allons partir. Nous n'avons aucune question à poser pour le moment. Mais soyez assurés que nous reviendrons.

— Et dites à vos ouailles, sans oublier Senlac, qu'aucun de ceux qui ont été convoqués aujourd'hui n'est autorisé à quitter Londres, sous peine d'être déclaré hors la loi. Compris ? ajouta le coroner.

Le prêtre acquiesça du chef. Il ouvrit la porte et s'écarta pour laisser passer Cranston, qui sortit en trombe, Athelstan sur ses talons.

Sans plus s'occuper de ceux qu'ils avaient interrogés dans la sacristie, le coroner et son adjoint quittèrent l'église et partirent à grands pas. Une fois sortis de la paroisse, Cranston s'arrêta et saisit Athelstan par l'épaule.

— Mon petit frère, que veut dire tout cela, ce spectaculaire départ ? J'ai besoin d'interroger ces suspects et en même temps de donner des ordres à Flaxwith et aux archers de la Tour.

Athelstan piqua un doigt amical dans la panse généreuse de son ami.

— Sir John, vos questions attendront, de même qu'attendront les bateliers. Laissez-les mariner dans leur jus. Quant à Flaxwith et les autres, ils savent où vous trouver et la chose peut attendre, elle aussi. Il faut que nous parlions. Venez donc, rendons-nous à votre chapelle favorite.

Cranston eut un large sourire, prit une lampée à sa gourde miraculeuse qu'il tendit au prêtre, lequel l'imita avant de la lui rendre.

— Vous voyez, Sir John, nous devons garder la face. Agissons comme si nous étions sages et avisés même si, en fait, je n'y vois pas très clair.

— Je ne puis qu'appuyer cette décision, approuva

le coroner, alors allons là où nous ne sommes pas obligés de faire semblant.

Le coroner, Athelstan ne le quittant pas d'un pouce, s'engagea dans les rues débordantes d'activité. Il fut vite reconnu, salué à grands cris, mais aussi, comme toujours, sifflé par la horde de faux mendiants et fripons qui envahissaient les différents marchés, en quête de proies. Sir John paraissait les connaître tous et lançait des mises en garde à « Sans-nez », « l'Écorché », « Pied léger », « Filou » et toute la tribu, tous vêtus de loques aux couleurs voyantes mais néanmoins bien armés de couteaux et dagues.

Cette heure venue, le commerce battait son plein. Une multitude d'odeurs flottait dans l'air : à la fumée montant des braseros et des grils où l'on cuisait de la viande avariée et toutes sortes de bas morceaux et d'abats se mêlaient les douces fragrances s'échappant des boulangeries et de la cuisine des tavernes. Passant devant l'une d'elles, le prêtre aperçut des catins portant leurs perruques flamboyantes et il revint en esprit à ce mal qui s'était introduit dans sa vie, comme un rat frétillant surgissant de son égout. Il était si absorbé dans le désordre de ses réflexions qu'il sursauta alors que Cranston lui saisissait le bras. Regardant autour de lui, il découvrit avec stupeur qu'ils se trouvaient maintenant dans Cheapside. Ils passèrent devant la fontaine publique appelée le Standard et la prison surnommée le Tonneau en raison de sa forme[1]. Tout le long de la large artère s'alignaient des centaines d'étals où l'on trouvait de tout : depuis le cuir marocain jusqu'à la soie venue des royaumes d'Extrême-Orient. La foule allait et venait, les voix résonnaient comme le gron-

1. En anglais, *the Standard*, *the Tun*.

dement sourd d'un lointain tonnerre. Cornemuses et trompettes se faisaient entendre tandis que différents groupes, qu'il s'agisse de cortèges funèbres ou des écoliers de St Paul, essayaient de se frayer un passage. Athelstan entendit un cri perçant et se retourna. On était en train de déshabiller et de bastonner quelques prostituées, découvertes alors qu'elles racolaient sans autorisation au-delà de Cock Lane, avant de les conduire au pilori. Sur le sol, à côté d'elles, on voyait ces horribles perruques. Le prêtre se sentit envahir par l'angoisse qui le prenait parfois lorsqu'il se trouvait prisonnier d'un espace trop étroit ou comble, et il se figea. Cranston resserra l'étreinte sur son bras, mais Athelstan pouvait à peine bouger. Il s'excusa à voix basse, si bien que le coroner l'entoura de ses bras et le fit avancer en douceur.

— Juste quelques pas de plus.

Le dominicain leva les yeux, prit une profonde inspiration et s'engouffra dans la confortable tiédeur de *L'Agneau de Dieu*. Ils furent immédiatement accueillis par l'hôtesse, une dame à l'œil vif et la mine joviale qui les mena à la pièce préférée du coroner, un solar bien meublé qui donnait sur le luxuriant jardin de la taverne. Athelstan laissa son ami s'installer sur le coussiège[1] et but avec reconnaissance le gobelet de vin qui réchauffait le corps et l'âme. On les servit et, pendant quelques instants, ils se restaurèrent en silence. Ce calme ne fut interrompu que par les ombres qui ne manquaient jamais d'assaillir Cranston chaque fois qu'il entrait dans la taverne. Il y avait Leif, le mendiant unijambiste, et derrière lui,

1. Banquette ménagée dans l'embrasure de la fenêtre.

Rawbum[1], son condisciple, qui s'était échaudé le séant alors qu'il était saoul.

Les deux gaillards s'étaient glissés dans le solar, tout retournés, Leif déclarant que l'agitation couvait à Cheapside. Le coroner leur lança un penny à chacun et leur beugla de partir en claquant la porte derrière eux. À peine avait-il regagné sa place qu'un grondement venu du dehors se fit entendre, suivi des cris perçants de l'hôtesse. Les deux hommes se dressèrent d'un coup et traversèrent la grand-salle pour rejoindre la tavernière qui se trouvait dans l'encadrement richement orné du porche. Elle descendit avec précaution du coffre que ses serviteurs lui avaient apporté et convia le coroner et le prêtre à prendre sa place.

Athelstan grimpa et, de son perchoir, regarda la foule. Celle-ci se fendit, révélant une furieuse rixe entre un avaleur de feu, un ménestrel ambulant et trois nains qui jonglaient pour gagner leur vie. Apparemment les trois partis s'étaient disputé un espace que chacun revendiquait pour sien. L'avaleur de feu, maintenant, jouait les dragons, usant de sa torche dont il dirigeait la flamme sur les nains, lesquels le payaient de retour en lançant tout ce qui leur tombait sous la main, tandis que le troubadour se défendait en faisant virevolter une corde armée de gros nœuds. Le combat se rapprochait de plus en plus de la taverne.

— Par les tétons de Satan ! souffla Cranston.

Il demanda à l'hôtesse d'aller lui chercher son épée, mais Athelstan le tira par la manche et lui fit remarquer une colonne de gardes de la cité qui tentaient de fendre la cohue pour s'emparer de ces perturbateurs.

1. Littéralement : « cul à vif ».

Le ménestrel était maintenant tout près du porche, sa corde toujours à la main. Le coroner lui intima l'ordre de la lâcher, ce qu'il fit. La bagarre commença à se calmer et Cranston voulut retourner dans le solar. Athelstan, toutefois, restait là à contempler la corde à nœuds, enroulée sur le sol.

— Cela me rappelle quelque chose, murmura-t-il, quelque chose que j'ai aperçu à St Olaf mais, Dieu me pardonne, je n'arrive pas à m'en souvenir.

— Mon frère ?

Le dominicain sourit au magistrat et descendit du coffre :

— Mes excuses, Sir John. J'étais distrait ; le bœuf braisé, le chapon délicat et le veau épicé requièrent notre attention. Rendons justice à notre festin.

De retour dans le solar, et une fois le repas terminé, Athelstan ouvrit sa sacoche. Il en sortit son matériel d'écriture et un morceau de vélin bien poncé, le meilleur que pouvait fournir l'échevinage.

— Très bien, mon savant coroner, je parlerai tout en griffonnant. Interrompez-moi à votre guise, donc…

Il trempa sa plume dans l'encre et se mit à écrire dans un code connu d'eux seuls.

Item : durant la campagne en France, la libre compagnie à bord de la barge de guerre connue sous le nom de « *Le Sans Dieu* » accueillit le mystérieux Oriflamme, qui aimait s'habiller en femme, porter une perruque rouge et un masque blanc, qu'il n'enlevait jamais. Dans ses cruelles incursions, deux hommes le secondaient : le tavernier Mornay et un anonyme qui finit par disparaître.

Item : Oriflamme semblait très bien connaître la Seine et la campagne environnante. Il achetait la compagnie en lui fournissant des renseignements qui permettaient d'effectuer de fructueux pillages tout en lui donnant, à lui, l'occasion de s'adonner à son plaisir vicieux qui était de torturer et violer ses captives. Il semblerait pourtant, mais nous n'avons que leurs témoignages, qu'ils étaient tous subjugués par ce monstre. Il est certain qu'ils ne prenaient nulle part à ses cruautés, mais ils tiraient profit du butin. Le père Ambrose faisait partie de la compagnie mais refusait de suivre Oriflamme. Quant aux autres, ils tenaient leur langue, toute plainte ou récrimination étant impitoyablement punie.

Item : la guerre prit fin. Oriflamme et ses compères disparurent. Les hommes de la libre compagnie revinrent chez eux et, comme Moleskin, se rangèrent pour devenir de respectables membres de cette cité. À dire vrai, il est probable qu'ils utilisèrent leurs gains illicites pour financer leur nouveau statut d'honorables citoyens.

Item : comme je l'ai déjà mentionné, une seule personne n'avait pas suivi Oriflamme, c'était le père Ambrose. Je suis certain qu'il y en avait d'autres qui ne pouvaient digérer la cruauté de ce malfaiteur. Il n'empêche que ce qui s'est passé au bord de la Seine pèse lourdement sur toutes les consciences. Gardons à l'esprit qu'il ne faut pas sous-estimer le besoin de se faire pardonner les péchés qui n'ont pas été expiés. Je prie, Sir John, pour que l'un ou plusieurs de ces bateliers nous apporte des renseignements complémentaires.

Item : le passé est le passé, les bateliers espéraient bien qu'il en serait ainsi. Le temps s'écoule, mais soudain les choses tournent à la violence. Une cogghe de guerre, *Le Valet de cœur*, est chargée de porter de précieux subsides à la garnison de Calais. En fait, il s'agit d'un leurre conçu par maître Thibault, pour détourner l'attention de l'or et de l'argent transportés en secret à dos de cheval, vers d'autres navires qui attendent à Douvres.

Item : le capitaine du *Valet de cœur* est maître Dorset et son second est Bramley.

Athelstan s'interrompit et se tourna vers Cranston.

— Avez-vous fouillé leurs demeures, effectué des recherches parmi leurs biens et documents ?

Le coroner, assis, les yeux mi-clos, acquiesça d'un signe de tête.

— Bien sûr, mon frère, mais vous savez de quoi il retourne, des hommes comme eux gardent rarement des écrits, et encore moins lorsqu'il s'agit de leurs péchés passés.

— Très bien, mon ami, dit Athelstan en continuant d'écrire. C'est dommage, car ils avaient été tous deux sur *Le Sans Dieu*. Ils auraient pu nous en dire long sur Oriflamme mais, bien sûr, nous ne pourrons jamais le prouver.

Item : *Le Valet de cœur* a péri corps et biens. Il avait des barils de poudre à canon dans sa cale. Ils ont pris feu et le navire a complètement disparu. L'équipage a été massacré, nul n'a survécu, à l'exception de maître Dorset, qu'on a dû jeter par-dessus bord après lui avoir asséné un coup mortel à la tête. Or, avant d'expirer, Dorset a balbutié quelque chose au sujet d'une apparition cauchemardesque. Selon lui, Oriflamme aurait mystérieusement surgi à bord. Était-ce vrai ou bien n'était-ce qu'un phantasme né dans la pauvre cervelle du capitaine ? l'amère remontée de péchés anciens ? Je soupçonne fort qu'Oriflamme se trouvait à bord de la cogghe et qu'il est responsable de sa destruction mais que, d'une façon ou d'une autre, il a pu s'échapper, sans doute en utilisant le canot que l'on a retrouvé par la suite, flottant sur la Tamise.

Item : Oriflamme, ou quelqu'un qui sait comment fonctionne cette âme diabolique, a depuis peu refait surface à Londres, déterminé à infliger ses pratiques dépravées à de pauvres prostituées. Il leur tranche la gorge. Il leur enfonce une perruque rouge sur la tête et il met leur corps dénudé sur un petit rafiot qu'il lâche à la dérive sur le fleuve, témoignant ainsi de la malignité qui habite son âme morte.

Item : les victimes ont deux choses en commun : premièrement, elles faisaient toutes partie de la maisonnée de Plaisirs d'amour, dame Alianora Devereux. C'est bien ça ?

Cranston, à demi endormi, acquiesça.

— Deuxièmement, continua Athelstan, elles étaient toutes dans les bonnes grâces de la suite de l'ambassadeur de France, Mgr Derais et, en particulier du Maître des Flambeaux, chef des Luciferi. Et nous en venons donc au point suivant. Il y a environ deux mois, Mgr Hugh Levigne a fait clairement savoir à la Couronne anglaise que les Français étaient très désireux de se saisir d'Oriflamme et de ses plus proches lieutenants. Ils voulaient que ces hors-la-loi soient arrêtés et jugés à Paris pour leurs crimes, en particulier pour le viol et le meurtre d'une Française de la noblesse dont le père est à présent un membre éminent de la chancellerie secrète du Louvre. Je m'interroge donc : cette nouvelle a-t-elle un rapport avec la réapparition d'Oriflamme ? Et dans ce cas, comment l'a-t-il appris ?

— Commérages, dit Cranston en sortant de sa somnolence. Voyons les choses en face, mon frère, rien ne reste secret longtemps à Londres. On murmure déjà, dans la ville, que *Le Valet de cœur* n'avait pas cet or à bord, qu'on l'avait expédié par une autre voie. N'oubliez pas, mon petit frère, que les Français fréquentaient ces catins assassinées. Peut-être que ces dames de la nuit qui faisaient bénéficier les membres des Luciferi de leurs faveurs avaient découvert que ces derniers pourchassaient Oriflamme.

— Oh, mon cher coroner ! s'exclama Athelstan agrippant le bras de Cranston, *in vino veritas* – la vérité est dans le vin ! Oriflamme a dû avoir vent des intentions de Levigne par l'intermédiaire de ces prostituées, mais pourquoi les tuer ? Pour les empêcher de parler d'autres clients qu'elles avaient pu servir ? Punir les Français pour ce qu'ils ont fait ? Plus important encore, comment Oriflamme, et je suis sûr que c'est lui, a-t-il pu apprendre que Grindcobbe et ses amis se cachaient dans cette demeure en ruine ? Il a mis à profit ce renseignement pour nous attirer ! Voilà ce que fait ce tueur, Sir John. Il joue un jeu meurtrier et n'en perd pas une miette. Il se gausse de nous. Il se régale. Il se voit comme le maître du jeu. Sir John, nous avons déjà été confrontés à des tueurs, des hommes et des femmes qui avaient assassiné pour se protéger ou qui étaient mus par la convoitise, la luxure, la vengeance et tous les autres démons qui hantent l'âme humaine. Mais cet Oriflamme est le roi des démons, un seigneur de l'Enfer, qui aime s'abreuver de sang. Sur ce, dit Athelstan, reprenant sa plume, venons-en à d'autres morts. D'abord Godbless, abattu dans le vieux dépositoire qui était verrouillé de l'intérieur. Comment cela s'est-il produit ? Qui a agi ? Pourquoi ? Quelle menace représentait ce vieux mendiant ? Pourquoi a-t-il été si sauvagement exécuté ? Et, la veille de sa mort, pourquoi était-il si délirant, criant, pleurant, se prosternant devant le jubé de St Erconwald ? Surtout, pourquoi avoir ouvert la porte de sa pauvre chaumine en pleine nuit ? L'assassin aurait-il forcé l'entrée ? Et, pour en revenir à une question que j'ai déjà notée, qui pourrait être le meurtrier ? Senlac ? C'est un nouveau venu dans la paroisse, se pourrait-il qu'il soit derrière tout ce mal ? J'ai cependant la preuve que, la nuit où *Le Valet de cœur* a été détruit, Senlac se trouvait à jouer au *Nid du hibou*, et qu'il en était de même quand, pendant ces mêmes heures sombres, Godbless a été assassiné.

Athelstan secoua la tête. Il continua :

— Et allons plus avant. La mort suivante est tout aussi énigmatique et dramatique : Falaise, membre de la guilde et ancien compagnon à bord du *Sans Dieu*. On l'a tué dans ce clocher, en lui passant une corde autour du cou, très habilement nouée. Il a bien essayé de défaire le nœud, mais sa crainte de perdre l'équilibre l'a rendu maladroit. Il a fini par tomber et nous connaissons la suite. Notre diabolique maître des cérémonies, qui, par dérision, a coiffé ces gargouilles de petites perruques, savait très bien ce qu'il faisait. Falaise allait se débattre, tenter de se tirer d'affaire, mais il a glissé. Il s'est retrouvé pendu tel un félon au gibet de Smithfield.

Athelstan s'arrêta en entendant un coup frappé à la porte. La tavernière entra tout affairée, une femme enveloppée dans une mante de couleur fauve à sa suite. Cette dernière repoussa son capuchon et découvrit un visage terne, marqué de rides, que seuls éclairaient des yeux noirs et tristes, et qu'encadraient des cheveux gris sous un voile léger. Son agitation était manifeste, elle croisait les doigts, avait les lèvres un peu entrouvertes et l'œil vigilant.

— Madame ? s'enquit Cranston.

— Maîtresse Marget Bramley, veuve de maître Bramley, second sur *Le Valet de cœur*. J'ai…

Elle posa un regard suppliant sur Athelstan.

— Mon frère, je me suis rendue à St Erconwald. On m'a dit que vous étiez avec Sir John Cranston et que j'avais une chance de vous trouver ici, à *L'Agneau de Dieu*. (Elle esquissa un pauvre sourire.) Benedicta, la veuve, m'a bien aidée.

— Bien sûr, madame. Vous nous avez donc trouvés, répliqua Athelstan en lui indiquant un siège capitonné tout près de la table. Voulez-vous boire ou manger quelque chose ?

— Juste un peu de bière coupée d'eau.

Le dominicain fit signe à l'hôtesse qui sortit tout de suite et revint aussitôt avec un gobelet en étain. Athelstan attendit que la porte soit refermée et que cette femme retrouve son calme.

— Je vous prie de m'excuser, dit-elle pour commencer, mais il faut que je vous parle.

Elle prit le gobelet entre ses mains qui tremblaient si fort qu'elle le reposa sur la table.

— Je suis terrifiée, absolument terrifiée, lâcha-t-elle.

— Du calme, madame, lui conseilla le prêtre. Prenez votre temps. Vous êtes sans doute ici à propos de votre époux et de sa tragique disparition à bord de cette cogghe de guerre ?

La femme inclina la tête, aucun mot ne sortit de ses lèvres tremblantes.

— Maîtresse ?

— C'était un homme bon. Nous avons deux

enfants. (Elle inspira profondément.) Mais mon mari était comme un château fort avec de longs couloirs et des chambres noires. Il lui arrivait de faire allusion aux horreurs qu'il avait vues, mais il hésitait à parler du rôle qu'il y avait joué. Il était sujet à des cauchemars qui le tiraient de son sommeil, criant et hurlant. Il m'avait en effet parlé d'Oriflamme, un monstre coiffé d'une perruque rouge, et de certains des outrages qu'il avait commis. Les années ont passé. Les cauchemars se sont espacés. Nous vivions heureux, avec nos deux enfants. (Elle enfla les joues.) Puis, une nuit, ça devait être environ une semaine avant qu'il embarque sur *Le Valet de cœur*, nous avons eu un visiteur. Non, non, je ne sais pas qui c'était. Il était encapuchonné et masqué. Il est arrivé chez nous, à Firkin Alley, à Queenhithe. Je n'ai jamais eu une chance de bien le voir, ce n'était qu'une ombre mouvante. Quoi qu'il en soit, il est resté enfermé avec mon mari dans notre dépense pendant une heure à peu près. Après son départ, mon époux a été très agité. Non, non, protesta-t-elle, j'en ignore la cause, tout ce que je peux dire, c'est qu'il ne cessait de marmonner, disant que le passé l'avait rattrapé comme un démon dans la nuit. Je ne sais ce qu'il voulait dire. Il n'empêche que, le lendemain matin, nous avons été réveillés par des coups à la porte. Nous nous sommes précipités. Il faisait encore nuit, il y avait une épaisse brume venue du fleuve. Celui qui nous avait tirés de notre lit avait disparu, mais il avait laissé à mon époux ce que je savais être un avertissement sans ambiguïté.

Toujours nerveuse, elle prit quelques gorgées de bière.

— Il y avait une truie et ses porcelets dans notre

allée. Sir John, frère Athelstan : les trois bêtes avaient été abattues, décapitées, les têtes fichées sur des piquets, une torchère sur le sol. Sur chacune des têtes, une perruque rouge. Répugnant. Jamais je ne pourrai oublier ces épouvantables têtes, le sang luisant à la lumière de la torchère et ces affreuses perruques.

Elle s'interrompit, tendant les mains vers Athelstan.

— Un visiteur de l'enfer venu trouver mon époux, voilà ce qu'il était, c'est clair. La truie et ses deux petits étaient un avertissement à mon égard et à celui de mes deux enfants. Mon mari n'était plus que l'ombre de lui-même. Il me dit de ne pas sortir de la maison, jusqu'à ce qu'il embarque sur *Le Valet de cœur*. Et voilà tout ce que je sais.

Elle soupira bruyamment et fit mine de se lever, mais Athelstan la fit rasseoir d'un geste de la main.

— Vous ne pouvez pas nous en dire plus ?

— Vous savez maintenant ce que je sais, frère Athelstan, la vie de mon mari avait été agitée et sa mort l'a été plus encore. J'ai entendu parler des prostituées assassinées et des perruques rouges. J'ai pensé que je devrais venir vous narrer ce qui m'était arrivé. C'est fait, je n'ai plus qu'à m'en aller.

Elle se leva.

Cranston but une gorgée à sa gourde miraculeuse, se leva et la prit dans ses bras.

— Soyez assurée, murmura-t-il, que justice vous sera rendue.

QUATRIÈME PARTIE

Timor mortis conturbat me :
la peur de la mort me trouble

Matthew Hornsby, membre de l'Honorable Guilde des Bateliers et Mariniers, était terrifié. Il éprouvait un sentiment de culpabilité vis-à-vis du passé mais, au fil des ans, les souvenirs du carnage en France s'étaient estompés. Voilà qu'ils étaient revenus, maintenant, en totalité, affreux et inquiétants. La fraternité avait disparu au sein de la guilde ; chacun gardait pour soi ses propres secrets. À vrai dire, la peur avait atteint un tel seuil que le père Ambrose avait décidé qu'il serait préférable de quitter la paroisse pendant quelque temps, de chercher asile ailleurs avant d'effectuer le pèlerinage paroissial à Notre-Dame de Boulogne. En attendant, toutefois, il restait encore à faire, surtout en ce qui le concernait, en tant que clerc des approvisionnements de St Olaf.

Hornsby s'était rendu à la réserve, tout au fond du vieux cimetière. Il était entré dans la bâtisse sombre et trapue, s'était hâté d'allumer les lanternes, avait enclenché fermement les verrous avant de faire tourner la clé rouillée dans la serrure plus rouillée encore.

Hornsby s'adossa à la lourde porte renforcée de gros clous et regarda autour de lui. La réserve était sombre, ce n'était rien d'autre qu'un cube de solides blocs de grès, semblables à ceux utilisés dans la construction des châteaux forts qu'il avait vus le long les Marches galloises où il avait servi dans la cavalerie. Les fenêtres étaient de simples meurtrières qui ne laissaient filtrer qu'un maigre rayon de lumière et un filet d'air. Le toit, sur ses robustes poutres, était couvert de bonnes tuiles scellées entre elles. Le sol, fait de roches, avait sans doute constitué les fondations de quelque édifice disparu depuis longtemps. En gros, la réserve était une petite chambre forte où l'on pouvait se réfugier ou entreposer des trésors.

Hornsby, la peur au ventre, se sentait faible. Il poussa un profond soupir, se laissa glisser à terre et s'assit en s'adossant à la porte. Son regard fit le tour des biens de la paroisse : les tonnelets de vin de messe, les pots d'eau bénite, les paquets de vêtements liturgiques et de linge, les petits coffres contenant les nappes d'autel. Cette bâtisse avait servi de refuge lors de débordements sanglants tels que ceux de la récente Grande Révolte. Le père Ambrose et d'autres étaient venus s'y abriter, la nuit tombée. Hornsby se leva avec précaution. Ces temps étaient de retour ! Du moins pour lui.

Il posa la main sur la clé de la réserve, qu'il avait maintenant dans son escarcelle. Il était venu dans cette chambre forte pour faire une chose ou une autre mais, surtout, pour réfléchir. Le père Ambrose pouvait bien projeter de s'éloigner de la paroisse pour quelque temps. Mais à quoi bon ? Si Oriflamme était des leurs, ce tueur partirait avec eux. Il n'était pas le seul, au sein de la guilde, à le croire. Des souvenirs se réveillaient.

On commençait à se rappeler ce qui s'était passé sur cette barge de guerre.

Hornsby ferma les yeux. Falaise avait été assassiné, c'était ce qu'on racontait. Était-ce le fait d'Oriflamme ? Est-ce que ce redoutable meurtrier, las de tuer des prostituées, avait décidé de passer aux membres de la guilde ? Il prit une lanterne et alla vers l'endroit où s'entassaient des sacs d'encens. Il devait remplir la cassolette de la sacristie. Un bruit le fit s'arrêter. Il pensa d'abord qu'il s'agissait de vermine grouillant alentour, mais il lui revint que la réserve ne connaissait pas ce genre de fléau. Le bruit se répéta. Il se retourna et jeta un regard horrifié à l'effroyable apparition qui semblait se glisser hors de la pénombre. Pétrifié, la bouche sèche, incapable de dire un mot, il contemplait cette vision diabolique : une silhouette vêtue d'une robe grise, un ceinturon autour de la taille, un masque blanc sur la face et, enfoncée sur la tête, une perruque flamboyante dont les mèches se lovaient comme autant de serpents.

— Matthew Hornsby (la voix était râpeuse), vous avez peur, n'est-ce pas ? Vous réfléchissez, pas vrai ? Je vous apporte la paix.

Oriflamme brandit l'arbalète, flèche encochée, et avant même que Hornsby ait pu esquisser le moindre mouvement, le trait alla se planter dans son front, réduisant en éclats la chair, l'os et le cerveau.

Cranston et Athelstan prirent place dans le parloir de *La Maison des délices*, un des plus luxueux bordels de la ville. Le dominicain fit du regard le tour des murs tendus des plus belles tapisseries de Bruges, somptueux entrelacs de précieux fils de couleur célébrant l'amour, qu'il s'agisse de la Diane des Éphésiens, de

Lancelot et Guenièvre ou des thèmes de la poésie courtoise. Au sol, le dallage était l'œuvre d'un maître artisan et les peintures du haut plafond étaient d'une exquise délicatesse. Dans le mobilier en chêne ciré se reflétaient les objets précieux, d'or et d'argent, exposés sur des étagères autour de la pièce. Les deux femmes, qui faisaient face au coroner et à son adjoint, ne manquaient pas de former un saisissant contraste avec leur environnement. Elles étaient habillées de simples robes brunes, étaient coiffées de guimpes blanches et leurs pieds nus étaient chaussés de sandales. Toutes deux avaient l'apparence de dévotes nonnes, membres d'une stricte congrégation religieuse. Pourtant, la plus âgée, en dépit de sa mine sévère et de ses manières compassées, n'était autre qu'Alianora Devereux, Plaisirs d'amour, la plus célèbre mère maquerelle de Londres, tandis que la plus jeune, avec son joli minois, avait été présentée comme une de ses novices préférées. Plaisirs d'amour examinait Athelstan avec attention tout en lançant, de temps à autre, un regard aiguisé à Cranston, lequel avait proclamé, haut et fort, à leur entrée, qu'il la connaissait depuis bien longtemps. Le prêtre n'ignorait pas toutes les rumeurs qui couraient sur cette femme remarquable et, du reste, ce n'était pas la première fois qu'il venait chez elle, à la poursuite de quelque malfaiteur.

— Eh bien, Sir John, dit Plaisirs d'amour en levant les mains. Une fois de plus, vous et frère Athelstan me faites l'honneur de votre présence. Qu'est-ce qui vous amène céans ? Quelle affaire ?

— Le meurtre ! La trahison ! Une menace très sérieuse. Un plein panier de crimes, maîtresse, qui pourraient bien envoyer ceux qui y ont part au collier de chanvre ou au billot du boucher à Smithfield.

— Allons, allons, Sir John, vous ne sous-entendez pas…

— Bien sûr que non, répliqua Sir John, non sans ironie, jamais on ne commet de crimes dans ces lieux qui respirent l'amour. D'autres choses, certes, mais pas de crimes. Pour en venir à notre propos, maîtresse, pour viser juste, vous avez sans doute entendu parler des catins assassinées ?

— *Filles de joie !* rectifia la femme, d'un ton sec.

— C'est tout comme. De jeunes prostituées, le cou tranché, le corps dénudé, la tête couronnée d'une perruque rouge avant d'être abandonnées à la dérive sur la Tamise dans quelque frêle esquif.

— Oui, bien sûr.

— Elles venaient toutes de chez vous, n'est-ce pas ?

— J'accueille bien des pauvres filles qui courent les rues et fais preuve de compassion à leur égard.

— Certes, certes, mais écoutez, madame (la voix de Cranston se fit sévère et il la menaça du doigt), pas de joute avec moi. Toutes ces filles appartenaient bien à votre maison ?

— Exact.

— Et elles étaient toutes recherchées des Français, membres de la suite de Mgr Derais, en particulier de Mgr Levigne et ses Luciferi ?

— En effet.

— Vous ne vous étonnez pas que toutes ces filles aient cela en commun ?

— On peut le penser. Mais, là encore (elle haussa les épaules), elles étaient sous la coupe de Mathilde Makepeace.

— Une de vos dames ?

— Oui, et la première victime. Elle recevait en général une demande des Français pour organiser certaines réjouissances dans une taverne ou une autre ou, le plus souvent, à *La Maison parisienne*, la résidence de l'ambassadeur de France.

— Épargnez-moi les détails, mais (la voix du coroner se durcit) vous ne me dites pas tout. Nous pouvons poursuivre ici ou bien je peux vous convoquer à l'échevinage.

Elle abandonna toute affectation, son sourire froid disparut et son ton se fit plus direct.

— Sir John, Sir John ! Bien sûr nous pleurons ces morts, l'affreux assassinat de jeunes femmes, leur corps profané et objet de dérision. Naturellement nous comprenons qu'il doit y avoir un lien avec les envoyés français en cette ville. Je me demande donc, tout comme vous avez dû le faire, si ces meurtres sont un châtiment, une vengeance en quelque sorte, à l'égard de Mgr Levigne.

— Et pourquoi en serait-il ainsi ?

— Ici encore, Sir John, il vous faut risquer une supposition. Vous connaissez bien la réponse à votre propre question. Les Luciferi se trouvent à Londres pour pourchasser et capturer un criminel du nom d'Oriflamme et ses acolytes les plus proches. L'un des Luciferi l'a révélé à Mathilde Makepeace. Comme je l'ai dit, elle m'en a informée juste avant d'être tuée.

— Ce que vous dites est fort logique et sensé, dit Cranston avec un salut moqueur. Maîtresse Alianora, nous suivons le même chemin.

— Main dans la main ? le taquina-t-elle.

— Si vous voulez, et ensuite je pourrais vous conduire sur un autre chemin, répliqua-t-il. J'aimerais beaucoup apprendre ce que vous savez de certains agissements, ici, à Londres.

— Sir John, tenons-nous-en à l'affaire en question.

— Dites-moi, maîtresse, demanda Athelstan, Mathilde, ou l'une de ses compagnes, entretenait-elle des liens d'amitié avec quelqu'un d'autre ?

— Qui, par exemple ?

— Des membres de l'Honorable Guilde des Bateliers et Mariniers, le clan qui se réunit au *Léviathan* à Queenhithe ?

— Pas à ma connaissance.

— Vous êtes certaine que ni Mathilde ni aucune des autres filles assassinées ne fréquentait des membres de la guilde ?

Plaisirs d'amour secoua la tête et jeta un coup d'œil impératif à la novice, qui acquiesça du chef.

— Donc, insista Athelstan, c'est Mathilde qui doit être la clé de l'énigme. Elle a pu, sans le vouloir, renseigner Oriflamme, quel qu'il puisse être, sur le but poursuivi par Levigne à Londres, tout en lui remettant une liste des filles qui ont frayé avec les Français dans cette cité.

— Je ne peux qu'être d'accord sur ce point, mon frère.

— Et y a-t-il encore autre chose que vous pourriez nous révéler ? insista le dominicain.

— Les perruques rouges ? intervint la jeune novice.

— Oui ! en effet. Bravo, sœur Monica ! (Plaisirs d'amour tapota la main de sa compagne.) Nous avons appris une chose, c'est que Mathilde achetait des sacs de perruques d'un rouge criard fabriquées à partir de crin de cheval grossier.

— À qui ?

— À Hengist et Horsa, deux frères qui comptent parmi les plus grands fournisseurs de notre ville. Ils exercent leur commerce dans un vieil abattoir dans Offal[1] Alley. Non loin d'ici.

1. Abats, déchets de viande.

— Je vois, dit Cranston en grimaçant un sourire, oh oui ! on le sent bien avant d'y arriver.

— Y a-t-il autre chose ? s'enquit Plaisirs d'amour.

— Vous nous avez bien tout révélé ? rétorqua Athelstan.

— Oui, dans ce cas, messires…

Alianora se leva et Cranston et Athelstan firent de même.

— Ne m'oubliez pas, dit le coroner, saisissant la main de la femme pour la porter à ses lèvres.

— Sir John, comment pourrais-je jamais ?

Cranston et Athelstan quittèrent *La Maison des délices*. Le jour commençait déjà à décliner, la foule se dispersait. Les marchands des halles remballaient leur marchandise, bouchers, cuisiniers et taverniers vidaient les restes de leur commerce sur les tas d'ordures. Les légions de miséreux s'assemblaient déjà pour festoyer. Des mendiants ne cessaient de se lamenter tandis que le peuple de l'ombre, prostituées, souteneurs et malandrins, tous les habitants des taudis de la ville, du fin fond des caves et autres immondes cavernes, faisaient surface, prêts à fondre sur leur proie et avides d'en tirer profit.

Le coroner et le dominicain parvinrent à Offal Alley. Athelstan eut tôt fait de comprendre pourquoi Cranston achetait des pomandres à un colporteur borgne juste avant de s'engager dans la ruelle. La puanteur était insupportable, l'odeur de pourriture envahissait tout et cela s'aggrava encore lorsqu'ils furent arrivés aux portes. Ils s'arrêtèrent et s'emplirent les narines à leurs pomandres. Le coroner conduisit Athelstan jusqu'à une cour dont les pavés luisaient du sang qui coulait d'un amas de chevaux abattus. Les carcasses ensanglantées étaient entassées dans des stalles de chêne, les têtes coupées fichées sur une rangée de piquets. Des torches, introduites dans toutes les lézardes possibles, illuminaient ce macabre spectacle. Les têtes, surtout, avaient quelque chose de monstrueux avec leurs yeux exorbités, vitreux, leurs bouches entrouvertes, lèvres retroussées, dévoilant des dents longues qui commençaient à jaunir.

Cranston s'avança vers deux massives figures en longs tabliers de cuir, les bras et les mains teintés de rouge vif, qui sortaient d'une dépendance. Athelstan qui, à première vue, avait cru qu'il s'agissait encore de sang, comprit que c'était une teinture de mauvaise qualité. Les deux hommes se présentèrent sous les noms de Hengist et Horsa, ne nièrent pas qu'ils connaissaient Sir John et dirent avoir entendu parler de frère Athelstan. Ils étaient, l'un comme l'autre, chauves comme un œuf, et leur face disparaissait presque sous une barbe et une moustache touffues. Ils se contentèrent de saluer d'un geste de la main. Hengist, l'aîné, expliqua que, la teinture résistant au lavage, il valait mieux éviter le contact.

Cranston ne put qu'approuver. Il déclina toute offre de rafraîchissement et, indiquant la vaste cour de l'abattoir, demanda :

— C'est ici que vous amenez les chevaux abattus ?

— Nous achetons des bêtes à la réforme. Nous les tuons, leur coupons la tête et la queue, puis, avec le crin, nous confectionnons, ou ce sont plutôt nos femmes qui le font, des perruques.

— Qui les achète ?

— Eh bien, Sir John, tous les souteneurs, toutes les maquerelles et prostituées de la ville. Tous viennent ici. (Hengist se fit plus loquace.) Nous jouissons d'une bonne réputation. Nous ne vendons que de la qualité. Personne…

— Oui, bien sûr, interrompit le coroner, recouvrant son équilibre sur les pavés couverts d'eau bourbeuse.

— Nous utilisons la crinière et la queue, reprit Hengist, c'est là que le crin est le plus fin. Vous voyez, plus il est grossier…

— C'est bon, je comprends, coupa Cranston, quelque peu agacé. Mais, dites-moi, avez-vous, récemment, vendu un lot important de perruques à quelqu'un en particulier ?

— En effet, il y a quelques semaines. Mathilde, une fille qui travaille pour Plaisirs d'amour, est arrivée avec de bonnes livres sterling. Elle voulait acheter des sacs de perruques et les faire livrer à une adresse qu'elle nous a donnée…

Hengist s'interrompit.

— Et ?

— Je les ai chargées sur un vieux tombereau à crottin et, sous la conduite de Mathilde, je les ai portées à un vieux hangar délabré, dans une ruelle déserte de Queenhithe. J'ai déchargé et je l'ai laissée s'en occuper. Quelques jours plus tard, j'ai appris que Mathilde avait été tuée. Je me suis précipité au hangar, mais il n'y avait plus rien.

— Tu ne lui as pas parlé de la conversation que tu as eue avec elle, dit Horsa en donnant un petit coup de coude à son frère.

Athelstan s'efforçait de ne pas marquer de recul devant l'odeur de sueur dont les deux hommes étaient imprégnés.

— Voyons, mes gaillards, dit Cranston en tapant du pied. Je suis coroner, chargé de résoudre un effroyable meurtre. Mathilde a été cruellement assassinée. Par conséquent, ce qu'elle a pu dire dans les jours qui ont précédé sa mort est important.

— Quand j'ai conduit le tombereau, Mathilde trottait à mes côtés. Elle bavardait comme une pie sur un arbre, parlait d'un de ses clients qui aimait la culbuter dans une ruelle, en la plaquant au mur. Elle disait qu'elle était habituée à toutes sortes d'ébats quand il s'agissait de faire la bête à deux dos. Ça lui était tout à fait égal tant qu'on la payait bien et qu'on lui offrait à boire et à manger. Celui-là était généreux. En tout cas, conclut Hengist, pressé d'en finir, ce client, qui voulait les perruques, aimait porter un masque blanc et se couvrir la tête d'un capuchon. Mathilde n'a jamais su à quoi il ressemblait.

— En êtes-vous sûr ? N'a-t-elle jamais demandé à voir sa figure ? s'enquit Cranston.

— Sir John, Mathilde était une catin. Elle était là pour le plaisir.

— Elle devait bien se demander pourquoi il voulait acheter tant de perruques ?

— Bien sûr qu'elle a demandé ! Il a répondu qu'il envisageait d'ouvrir sa propre maison des délices et, s'il y parvenait, Mathilde en serait la maquerelle.

— Ah ! je vois, intervint Athelstan, cet individu avait suborné la pauvre Mathilde en lui faisant miroiter qu'elle deviendrait une dame, l'égale de Plaisirs d'amour.

— C'est ce qu'elle disait, déclara Horsa. Elle avait plein de projets sur ce qu'elle ferait dans sa propre maison, avec ses filles.

— Avez-vous quelque chose à ajouter ?

— Non, Sir John, je vous l'assure. Rien du tout. Tout ce que je crois c'est que Mathilde a remis ces perruques et que, quelques jours plus tard, elle a été tuée. Je soupçonne ce client d'avoir été son assassin.

— C'est juste, c'est juste, dit Athelstan d'une voix à peine audible. Mon ami, je pense que vous avez raison.

Le prêtre et le coroner quittèrent la cour de l'abattoir et revinrent dans la ruelle. À mi-chemin, Cranston prit une rasade à sa gourde avant de poursuivre, une main sur l'épaule de son compagnon.

— Vous voyez, mon petit frère. Je me demande…

— Quoi, Sir John ?

— Eh bien, les Luciferi, tout envoyés du roi de France qu'ils sont, n'en sont pas moins des assassins. Je n'arrête pas de penser à Falaise. A-t-il été tué par Oriflamme ?

— N'oubliez pas ces perruques, Sir John. Elles constituent presque le sceau personnel de ce tueur.

— C'est vrai, mon frère. Et si les Luciferi avaient décidé de se charger de l'exécution de quiconque ayant trempé dans cette affaire de barge de guerre, *Le Sans Dieu*, et les méfaits d'Oriflamme ? Pourquoi ne pas se saisir d'un homme comme Falaise et faire en sorte qu'il se pende, puis abandonner ces perruques en signe d'insultant défi ? (Cranston se gratta la joue puis retira sa main.) Ce n'est qu'une idée, mon petit frère. Je me demande si nous avons affaire à un ou à deux tueurs. Mais seuls le temps et la vérité nous le diront.

Benedicta était accroupie devant le feu chez Athelstan. Elle se pencha et raviva les braises. À côté d'elle, Bonaventure s'étira et ronronna de pur contentement. La veuve était sortie dans la nuit pour s'assurer que tout allait bien. Elle avait abandonné les autres paroissiens assis devant un feu ronflant au *Cheval pie*. Il faisait froid. Il commençait à geler. Néanmoins, accompagnée de Crim, Benedicta était passée à l'église, qui était vide et glaciale, puis elle était allée vérifier que Philomel se délectait de sa pâture avant de se rendre ici. Le chat l'attendait, comme il se devait, ombre silencieuse près de la porte. Elle caressa le grand matou et se demanda à quelle heure Athelstan rentrerait. Elle avait des choses à lui narrer sur ce qui s'était passé dans la paroisse. Elle avait, en particulier, surveillé de près leur visiteur, Senlac, même si ce dernier paraissait plutôt inoffensif. Il est vrai qu'il avait violemment protesté en se voyant convoqué à la réunion à St Olaf, mais il était revenu annonçant d'autres meurtres. Le nouveau venu avait vite accédé à la place d'honneur au coin du feu au *Cheval pie* et il régalait tous les clients de ce qu'il avait appris de l'autre côté du fleuve.

Benedicta, la bouche sèche soudain, sentit la peur l'envahir. Les bruits sur l'assassin à la perruque rouge se répandaient et elle craignait pour ce petit frère qu'elle aimait si tendrement. Elle avait aussi prêté une oreille attentive à Cecily et Clarissa. Ces deux dames de la nuit tenaient tous les détails de leurs sœurs dans le métier. Ce tueur semblait se complaire dans ses expéditions meurtrières. Moleskin en avait révélé autant. À dire vrai, le batelier avait l'air affolé et il ne cessait de marmotter sur le passé, sur des péchés anciens qui le traquaient comme des chiens sortis de l'Enfer. Benedicta avait déjà rencontré cette sorte de sentiment de culpabilité. La guerre, en France, avait été âpre. Ils étaient nombreux, dans la paroisse, ceux qui, comme Watkin et Pike, s'étaient battus à travers toute la Normandie. Ils faisaient partie des libres compagnies, des cohortes de mercenaires qui ne craignaient ni Dieu ni diable. Ils avaient pillé tout leur saoul : châteaux, églises, palais et même, à l'occasion, une abbaye ou un monastère. Il est vrai qu'ils n'étaient pas des tueurs, mais ils avaient causé de terribles dégâts et destructions. Pis encore, ils avaient rapporté leur fortune mal acquise pour financer de nouvelles entreprises : qu'il s'agisse de Crispin le charpentier, de Simon le peaussier, de Bladdersmith le bedeau ou de Merrylegs le rôtisseur. Benedicta avait remarqué que ces hommes évitaient de parler du passé. Tout au fond d'eux-mêmes, ils savaient, quelle que soit leur excuse, qu'ils avaient mal agi en portant atteinte aux biens et à la vie d'autrui. Ces hommes rechignaient à rappeler le passé et, comme l'avait fait remarquer Athelstan un jour, rechignaient d'autant plus à le faire que, s'ils le faisaient, il leur faudrait réparer le mal.

La nouvelle de la venue du Français Hugh Levigne et de ses Luciferi avait causé un malaise chez bon nombre de paroissiens. Un nouveau traité de paix avait été signé entre l'Angleterre et la France. À en croire Mauger, qui était fort bien renseigné sur tout, car il savait non seulement lire mais aussi écouter aux portes, les maîtres du Louvre tenaient à s'emparer des capitaines de certaines libres compagnies afin de les interroger et de les juger à Paris. Giles de Sempringham, le Bourreau de Rochester, avait aussi entendu dire que d'anciens mercenaires avaient été arrêtés dans sa ville natale de Cantorbéry ainsi que dans d'autres villes du comté. Les Français étaient si ardents dans leur quête qu'ils offraient faveurs et pots-de-vin au régent et à son Maître des Secrets dans l'espoir qu'ils leur livrent certains individus dont ils précisaient le nom. Benedicta se demandait ce qui allait arriver.

Les yeux fixés sur le feu, elle sentit ses paupières se faire lourdes. Un bruit la fit sursauter. Elle se souvint soudain qu'elle n'avait pas fermé la porte à clé derrière elle. Complètement éveillée maintenant, la sueur perlant sur son corps, elle se leva, se retourna lentement pour se trouver face à la sinistre apparition, debout, appuyée à la porte : longue robe grise de femme, perruque rouge sang et visage couvert d'un masque blanc. L'intrus tenait un poignard acéré dans une main et, dans l'autre, un rouleau de corde.

— Au nom du Ciel ! haleta Benedicta.

— Tout juste, la veuve, et au nom de Satan, je vous salue.

La voix était celle d'un homme, mais lourdement contrefaite, comme s'il avait quelque chose dans la bouche.

— Que me voulez-vous, messire ?

Benedicta s'efforçait de garder son sang-froid tout en regardant à droite et à gauche, à la recherche d'une arme, mais il n'y avait rien.

— Voyons, Benedicta ! (Usant de la corde, il lui fit signe de s'approcher ; il brandit la lame et la pointa vers elle.) Venez sans un mot, sinon je ferai céans ce que j'ai à faire. Venez.

L'ignoble créature s'avança. Benedicta fit mine de se lancer vers la table. Son assaillant fit un pas de côté. Elle se retourna, saisit le tisonnier en même temps que la porte s'ouvrait à toute volée, heurtant violemment l'intrus, tandis que Crim faisait irruption dans la maison. L'enfant de chœur, qui était venu chercher Benedicta, chancela puis s'immobilisa, les yeux exorbités et la bouche béante. Il jeta un coup d'œil à la veuve, puis à l'intrus, qui était tombé de côté. Crim se jeta en avant, mais l'assassin le repoussa et s'enfuit dans la nuit.

Athelstan était assis dans sa chapelle préférée, au fond du transept nord de St Erconwald. Il aimait ce modeste sanctuaire dédié à son saint patron, un lieu de sérénité, beau et sacré. La petite fenêtre, située en haut du mur extérieur, à sa gauche, était garnie d'un délicat vitrail, don de Sir John. Le sol était recouvert de ce que l'on faisait de mieux en matière de tapis de Turquie, d'un bleu profond, et si épais qu'ils amortissaient tous les bruits. Le mobilier était du meilleur bois de chêne et d'orme ciré, et la croix de bois était bordée d'un liseré d'argent, rappelant les chandeliers posés sur la nappe d'autel immaculée. Deux braseros répandaient chaleur et doux parfum. C'était vraiment, avait confié Athelstan à Cranston, un endroit qui vous apportait le réconfort tant physique que spirituel.

Le prêtre prit une profonde inspiration et contempla la statue de St Erconwald debout sur son socle dans l'angle à gauche de l'autel. Fermant les yeux, il pria le Seigneur de lui donner la force. Ce lieu des plus sacrés avait été profané. Athelstan était rentré la veille au soir pour trouver toute la paroisse bouleversée par l'agression dont Benedicta avait été victime. Le dominicain s'était senti défaillir sitôt que Watkin l'en avait informé, il fut vite rassuré toutefois en apprenant que son amie très chère s'en était tirée sans mal. Le ramasseur de crottin avait fait appel à un mire voisin, qui avait fait boire à Benedicta le meilleur bordeaux du *Cheval pie* additionné d'un opiat. La veuve se reposait maintenant dans une chambre de la taverne, gardée par des paroissiens. Athelstan était allé la voir dès le réveil. Cependant, comme elle dormait encore, il était retourné à ses activités paroissiales.

Il avait célébré l'office funèbre de Godbless puis enterré le pauvre homme et les restes de son petit bouc au fond du cimetière. Pendant la cérémonie, les paroissiens avaient constaté que leur prêtre était bouleversé. Ils avaient fait de leur mieux pour participer au requiem du mendiant ; ils avaient aussi apporté des nouvelles de Benedicta, qui dormait encore ; en dehors de cela ils avaient laissé Athelstan tranquille, ce dont il se félicitait. Il s'était bien gardé d'informer ses ouailles de l'autre abomination qui avait été perpétrée. À son retour, la veille, il était entré dans l'église afin d'éteindre les chandelles et de s'assurer que tout allait bien. Comme à son habitude, il était allé à la petite chapelle et, à son horreur indignée, avait découvert la statue de St Erconwald coiffée d'une grotesque perruque rouge. C'était non seulement un sacrilège mais encore une menace claire ; on l'avertissait par ce geste, ajouté à l'agression contre Benedicta, que ni elle, ni aucun des êtres qui lui étaient chers ne se trouvaient en sécurité. Luttant contre le voile rouge qui, parfois, descendait sur lui, Athelstan avait arraché la perruque et l'avait jetée dans un égout, derrière l'église.

Le prêtre leva la tête et sourit à travers ses larmes à la statue.

— Je suis navré, chuchota-t-il. J'implore votre pardon pour cette grave offense.

Athelstan avait fini par se calmer. Il avait aspergé la statue d'eau bénite, néanmoins le terrible sacrilège lui restait sur le cœur. Il se signa, ferma les yeux et murmura :

— Vous êtes un véritable enfant de l'enfer, un démon perfide qui se délecte des souffrances qu'il inflige, et en même temps vous êtes arrogant. Vous avez toute l'outrecuidance de votre diabolique père. Mon interférence vous gêne. Vous pensez que les miens et moi devrions être punis pour ne serait-ce qu'oser vous pourchasser.

Athelstan s'accota au dossier de la chaire du célébrant. Tant de massacres et de destructions, se dit-il. Il récapitula, dans sa tête, la litanie de méfaits sanglants qu'avait récemment provoqués Oriflamme. *Le Valet de cœur* et tout son équipage disparus. Ces pauvres catins, tournées en dérision, abandonnées au fil de la Tamise. Le meurtre de Godbless, comme en offrande à un dieu païen ; Falaise torturé jusqu'à ce qu'il fasse une erreur, glisse et meure étranglé ; ces pauvres Hommes Justes, qui cherchaient tant à fuir, capturés maintenant et promis à la pendaison devant Newgate ; Benedicta et Crim menacés et terrifiés.

— Oh ! je réglerai mes comptes avec vous, dit-il à mi-voix. C'est un cas d'*usque ad mortem* – jusqu'à la mort. Mais la mort de qui ?

Athelstan se sentait profondément menacé. Il s'était enfermé dans l'église, seule la petite porte latérale était restée ouverte. Il s'était assuré que l'ordre était revenu dans la paroisse et il était même entré dans l'ancien dépositoire. Il y avait trouvé Senlac, occupé à soulever les dalles de pierre mais, comme pouvait le constater le prêtre, il n'y avait rien en dessous, hormis de la terre tassée, rien qui indiquât comment on avait pu assassiner Godbless de si cruelle façon. Aucune cachette sous les pierres qui avaient été retirées.

Athelstan entendit du bruit. Il se leva, ouvrit la porte pratiquée dans le treillis de clôture de la chapelle et aperçut une silhouette qui sortait de l'ombre du transept. Il fut pris de sueur froide, mais il se ressaisit à la vue du père Ambrose qui, enveloppé dans une épaisse chape, arrivait les mains tendues. Soulagé, Athelstan serra ces mains en signe de bienvenue et attira le prêtre à lui pour échanger le baiser de paix avant de le faire entrer dans le sanctuaire. Ambrose s'installa sur la banquette capitonnée le long du mur, écarta les pans de son vêtement et s'extasia, à mi-voix, sur la beauté du lieu.

— Il fait si froid dehors, dit-il en adressant à Athelstan un sourire qui adoucit les traits rudes de sa face ridée. Je suis d'abord allé au *Cheval pie*. Moleskin m'a appris ce qui s'était passé. (Il se pencha.) Mon frère, je vous avoue, à vous qui, comme moi, travaillez à la vigne du Seigneur, que je suis proprement terrifié. Ce que nous avons sous les yeux…

— … est le mal incarné, compléta avec brusquerie Athelstan, qui avait encore les nerfs à vif.

— Je suis du même avis.

Le visiteur détourna les yeux. Athelstan, regrettant son mouvement d'humeur, se détendit sans quitter Ambrose des yeux : les cheveux noirs, qui se faisaient plus rares, la cicatrice à droite sur le cou, le large front, le menton ferme et le regard intelligent. De la maîtrise de soi, un homme bien dans sa peau, se dit-il.

— Pourquoi ce regard scrutateur, mon frère ?

— Parce que je suis curieux, répondit Athelstan, avec un sourire. Pourquoi, au nom du Ciel, vous trouvez-vous ici ? Pourquoi avoir traversé le fleuve par ce temps glacial ?

— Pour parler net, mon frère, je suis terrifié. Mes paroissiens sont terrifiés. La Guilde des Bateliers l'est également. Ce tueur à la perruque rouge nous traque comme une belette le fait des lapins dans une garenne. Voilà qu'il s'attaque maintenant à vous et aux vôtres. Du moins c'est ce qu'ils m'ont dit au *Cheval pie*.

— Et vous n'avez aucun soupçon sur l'identité de ce meurtrier ?

— Mon frère, ce pourrait être un des membres de notre ancienne compagnie, un de mes paroissiens ou bien un démon qui, après avoir erré dans le domaine des morts, est revenu tirer vengeance des péchés des hommes.

— Tout à fait poétique ! répliqua Athelstan, s'efforçant de détendre l'atmosphère. D'où venez-vous, mon père ?

— De Bardby, dans le Lincolnshire. Je suis le fils d'un franc-tenancier[1], j'ai été recruté dans l'arroi de Lacy et expédié en Normandie. Une fois là-bas, je me suis évadé. J'ai quelques connaissances en matière de barges et j'ai donc suivi le cours de la Seine jusqu'à ce que j'atteigne *Le Bouc qui danse* et les Flammes de l'Enfer, qui n'ont, d'ailleurs, acquis ce titre que plus tard, ajouta-t-il en haussant les épaules. Quoi qu'il en soit, je me suis plu en leur compagnie et ils m'ont accepté. Nous étions cantonnés dans cette vaste taverne, notre barge amarrée à la rive. Nous faisions la fête et puis nous partions en expédition.

— Et Oriflamme est apparu ?

— En effet, un peu avant que je me joigne à la compagnie, soupira Ambrose. Apparemment, il était arrivé en conquérant, à son habitude, vêtu de cette robe de femme, coiffé d'une perruque rouge, le visage caché sous un masque blanc, promettant à notre compagnie de nouveaux lieux de pillage. Il connaissait bien la région et parlait l'anglo-normand. Il savait aussi manier la dague, son coup était mortel et il ne le cédait en rien au renard pour la ruse. Il avait un nez pour sentir mutinerie et rébellion. Comme nous vous l'avons dit, mon frère, il avait tissé sa toile et nous tenait par la terreur qu'il nous inspirait.

— Mais pas vous ?

1. Qui exploite des terres dont il a acheté les droits.

— Bien sûr que si, mon frère ! Tout ce que je voulais, c'était ne rien avoir à faire avec lui et j'y avais réussi. J'évitais de me joindre à toute expédition organisée par Oriflamme. Je ne l'importunais pas, je gardais ma langue et par conséquent il me laissait tranquille. Un vrai monstre, mon frère, une âme remplie de haine qui méprisait les prêtres et les femmes pour une raison qui m'échappe, conclut Ambrose en secouant tristement la tête.

— Et vous ne pouvez pas dire à quoi il ressemblait, donner un signe particulier ?

— Je prends Dieu à témoin que si je le pouvais je le ferais.

— Dans ce cas, pourquoi êtes-vous ici ?

— Comme je vous l'ai dit, mon frère, nous sommes terrifiés. Je suis venu demander le droit d'asile pour moi et mes paroissiens, du moins ceux qui appartiennent au petit groupe des bateliers et mariniers. Mon frère, nous ne nous sentons pas en sécurité. St Erconwald dispose du droit d'asile. (Ambrose reprit son souffle. Il leva la main droite comme pour prêter serment.) Au nom de nous tous, j'en appelle aux droits de notre Sainte Mère l'Église. Je sollicite le droit d'asile en cette enceinte sacrée.

Athelstan allait répondre quand il entendit du bruit à l'extérieur de la chapelle, comme un écho de pas dans la nef, un bruit perçant qui se répercutait, suivi d'un silence. Il fit signe à Ambrose de rester assis, ouvrit la porte de la chapelle. Il dissimula son inquiétude en traversant le jubé pour se retrouver au milieu de la nef. Il savait que toutes les portes de l'église étaient fermées à clé à l'exception de la petite porte latérale. Il se dirigea à pas prudents vers cette dernière. À sa grande surprise il trouva les verrous tirés en haut et en bas et comprit qu'Ambrose avait dû le faire une fois à l'intérieur. Athelstan regarda autour de lui mais ne put ni voir ni entendre rien d'anormal. Une fois satisfait, il revint à la chapelle où Ambrose était toujours assis, la tête penchée vers le sol.

— Mon père ?

Ambrose enleva ses mains, releva la tête, les joues inondées de larmes.

— Je suis navré, mon frère, murmura-t-il, mais je suis vraiment terrifié. Il nous faut amener ici les membres de la guilde et leurs familles. Je sais que St Erconwald a le droit d'accorder l'asile à ceux qui fuient la loi et ce privilège s'étend aussi à tous les chrétiens qui estiment que leur vie est en grand danger. Croyez-moi, c'est bien mon cas et celui de mes paroissiens. Ils viendront tous ici. Maîtresse Alice restera à St Olaf pour prendre soin de l'église et du presbytère. J'écrirai aussi à maître Tuddenham à la chancellerie de l'archidiacre. Je vous promets, mon frère…

Il ne put en dire plus. Athelstan sursauta au moment où, la porte de la chapelle s'ouvrant soudain, la figure macabre que Crim avait si précisément décrite, se glissait, ombre sinistre, dans le sanctuaire sacré. Le dominicain fit mine de s'avancer, mais le fantomatique intrus brandit une petite arbalète, flèche encochée, corde bandée. Il en avait une autre toute semblable suspendue à sa ceinture. Athelstan s'efforça de garder son calme devant ce spectre issu des royaumes de la nuit. L'apparition portait une longue robe grise avec un ceinturon autour de la taille, un masque blanc et une grotesque perruque rouge.

— Vous êtes Oriflamme, murmura le dominicain d'une voix enrouée, en désignant l'intrus. Vous êtes remonté de l'enfer, car c'est là que vous résidez.

Oriflamme ne répondit pas mais avança d'un pas menaçant, brandit l'arbalète en faisant signe aux deux prêtres de s'agenouiller. Ambrose se montrant plus lent qu'Athelstan à obtempérer, Oriflamme lui lança un coup de sa botte qui l'atteignit au genou. Il poussa un gémissement et s'empressa d'obéir.

— Pourquoi ? (La voix était pâteuse comme s'il avait la bouche pleine de ces petites éponges qui absorbaient le sang lorsqu'on vous arrachait une dent.) Pourquoi tenez-vous à réveiller le chien qui dort ? Pourquoi vous mêlez-vous de rappeler le passé ?

Athelstan perçut le grincement de la corde suivi du bruit sourd de la flèche qui alla se ficher dans le plâtre du mur derrière lui.

— Que cela vous serve d'avertissement, haleta la voix. Je vous connais, Ambrose Rookwood, lâche bâtard que vous êtes. Vous l'avez toujours été. Vous voici donc devenu un pleurnicheur de prêtre. Vous pouvez toujours chercher asile, mais ce n'est pas ça qui vous protégera. Quant à vous, Athelstan, qui fourrez votre nez partout, avec le gros Cranston, ne vous mêlez point de mes affaires. Dites au coroner de renvoyer les Français et je disparaîtrai tout comme je vais le faire. Donc, couchez-vous tous les deux.

Athelstan leva les yeux. L'agresseur tenait la deuxième arbalète, prêt à décocher.

— Face à terre, ordonna la voix.

Athelstan jeta un coup d'œil à Ambrose et acquiesça. Les deux ecclésiastiques se couchèrent sur le sol. La porte de la chapelle s'ouvrit, se referma, puis ce fut le silence. Assuré d'être hors de danger, Athelstan aida Ambrose à se relever et se précipita dans la nef. La petite porte latérale était grande ouverte mais, quand il sortit et parcourut le cimetière des yeux, il ne vit rien d'autre que les demeures des morts, les ajoncs et les ronciers que couchait le vent glacé. Athelstan revint à la chapelle où Ambrose, tremblant de tous ses membres, était assis sur la banquette. Le dominicain aida le prêtre à descendre la nef. Il ouvrit la petite poterne et le fit sortir sur les marches. Tab le rétameur se tenait à la porte du cimetière. Athelstan lui demanda d'emmener Ambrose au *Cheval pie* en l'assurant que lui et tous ceux qui le désiraient pourraient demander asile à St Erconwald. Une fois le rétameur et le prêtre partis, Athelstan revint dans l'église, s'assura que tout allait bien, puis retourna au presbytère où il s'enferma à double tour. Il remplit un grand gobelet du meilleur bordeaux, don de Cranston, but une large rasade, s'assit à la table, se couvrit le visage de ses mains et fondit en larmes.

Sir John Cranston suivait, dans la pénombre, la silhouette massive du gardien de Newgate. Ils s'enfonçaient de plus en plus profondément dans cette antichambre de l'Enfer, la Maison de fer, un lieu d'extrême désolation et de souffrance. Le coroner était venu à la prison plus de fois qu'il ne souhaitait se le rappeler, mais cela n'atténuait en rien la peur glaçante, pour ne pas dire la terreur, que ce domaine stygien lui inspirait. Les couloirs et passages de la prison, véritable dédale du monde souterrain, dégageaient toutes les sortes d'odeurs pestilentielles possibles. Plafonds, murs et sols faits de pierre dure luisaient de crasse. D'agiles rats noirs s'affairaient en tous sens, sans s'occuper du reste. Des cafards et autres insectes couvraient le sol d'un tapis si épais qu'ils s'écrasaient sous les pieds de Cranston. Rien ne venait percer l'obscurité en dehors des torches enduites de goudron enfoncées dans leurs appliques sur les murs, uniques sources de lumière et de chaleur. Cranston se dit, *in petto*, que, avec ses portes cadenassées, ses judas, ses fosses, cages, cellules et cachots, la Maison de fer n'avait pas volé sa réputation. Un vacarme discordant, incessant, le faisait grincer des dents. Ce n'étaient que claquements de portes, cris de prisonniers et stridents jurons des geôliers. Le coroner enfouit le nez dans sa pomandre en passant devant une pièce ouverte où les pauvres restes de ceux qui avaient subi le supplice de la presse gisaient, en état de décomposition, avant qu'on les jette dans les fosses à chaux pour toutes funérailles. La pièce suivante recélait les membres coupés, arrachés, de traîtres exécutés ; on les faisait tremper dans de la saumure avant de les enduire de goudron afin de les exposer en haut des portes de la cité.

— Au nom du Christ ! murmura Cranston.

— Ne vous inquiétez pas, Sir John, répliqua le gardien d'un ton enjoué, sans s'émouvoir. Nous voici arrivés à ce que nous appelons notre « longue salle ».

Le gardien décrocha de sa ceinture le gros trousseau de clés et ouvrit une porte blindée de fer. La pièce était basse de plafond. En haut des murs brillaient des torches qui crachotaient dans le courant d'air froid. En bas, formant une rangée, des prisonniers étaient enchaînés les uns aux autres ainsi qu'au mur.

— Les Hommes Justes, plaisanta le gardien en faisant un salut théâtral. Plus debout[1] maintenant, pas vrai, Sir John ?

1. Les Hommes Justes : en anglais *The Upright Men*. Au sens physique, *upright* signifie « debout », au sens moral : « juste ». Ce dernier sens avait été choisi précédemment (voir *La Grande*

— Allez attendre dehors, Hubert, rétorqua Cranston.

Le coroner attendit que le gardien eût fermé la porte derrière lui, pour aller s'accroupir devant Grindcobbe, assis au milieu du groupe, ses camarades menottés de chaque côté de lui.

— Alors, Jack, s'enquit Grindcobbe en essuyant de la main son visage souillé de sueur et de crasse, vous êtes venu nous souhaiter bonne chance, nous offrir vos meilleures salutations avant que nous nous balancions à Smithfield ?

— Simon, mon ami, vous savez bien que ce ne sont pas les manières de Jack le Jovial. J'ai ouï dire que vous souhaitiez me parler.

— À une condition.

— Il y en a toujours. Alors ?

— Que l'on commue nos peines.

Grindcobbe bougea dans un cliquetis de chaînes et une bouffée d'odeurs nauséabondes.

— Nous partirons en exil, Jack, pour toujours par-delà le Détroit. Sous peine de mort si nous osons revenir.

Le prisonnier fit une pause tandis que ses camarades murmuraient leur acceptation, se balançant d'arrière en avant, dans un tintement de chaînes.

Cranston demeurait impassible. Il ne voulait pas la mort de ces hommes. La révolte était finie et maître Thibault lui avait donné droit de vie et de mort dans tous ces cas.

— C'est bon, c'est bon, dit-il en faisant une grimace. Si vous quittez ce pays, ça pourrait me faciliter la tâche. Je ne parle pas pour moi, mais frère Athelstan

Révolte, *op. cit.*), mais ici, le gardien de prison joue sur le double sens.

a toujours eu de la compassion envers vous et votre cause, même s'il réprouvait vos moyens d'agir.

— Des temps mouvementés, Jack. Nous avons tout mis sur la table. Nous avons tenté notre chance, un jeu dangereux, nous avons secoué le gobelet, et laissé rouler les dés.

— Bien vrai, acquiesça Cranston. Quoi qu'il en soit, qu'avez-vous à offrir ?

— Des renseignements.

— Je vous écoute.

— Bon, Jack, vous devez vous demander comment, enfermés dans ce trou d'enfer, nous pourrions bien savoir quoi que ce soit.

— Ça m'est venu à l'idée.

— Allons, allons, Jack, vous savez bien comment va le monde. Les nouvelles, à Londres, c'est pour ainsi dire l'air qu'on respire. Ça se diffuse partout, même dans un lieu comme celui-ci. Nous avons appris qu'on avait trouvé Falaise pendu à la corde d'une cloche dans son église.

— Et alors ?

— Falaise faisait partie de notre compagnie. Nous lui avions donné de l'or et de l'argent pour organiser notre traversée du Détroit et nous rendre en Flandres, dans le Hainaut ou le Brabant. C'était lui qui connaissait notre cachette et nos intentions.

— Donc c'est Falaise qui vous a trahis ?

— Non, non, protesta Grindcobbe, repris en écho par les autres captifs. Falaise était un Homme Juste, bon et franc jusqu'à la moelle. Il était des nôtres, corps et âme, mais il le cachait bien. Ce que je crois, c'est que, d'une façon ou d'une autre, cette créature issue du ventre de l'enfer, Oriflamme, a dû découvrir où nous étions et nos intentions.

— Et il nous a informés, les Français et moi, afin de distraire notre attention de lui.

— Ou d'elle !

— Simon ?

Grindcobbe haussa les épaules :

— Jack, ce ne serait pas la première fois qu'une gente dame se révèle une tueuse bon teint, mais…

Il fit une pause, passa la langue sur ses lèvres sèches pour les humecter. Cranston sortit la gourde miraculeuse de dessous sa chape et la fit passer de sorte que chacun des prisonniers pût en boire une gorgée. Quand elle lui revint, il essuya le goulot et but une rasade, fit rouler le vin généreux dans sa bouche pour en chasser les répugnantes humeurs de cet effroyable endroit.

— Continuez, encouragea-t-il.

— Eh bien, Sir John, c'est évident. Oriflamme avait très bien réussi et il est certain qu'il avait ridiculisé ces Français.

— Laissons-les de côté. Voyez-vous une raison quelconque d'assassiner Falaise ?

— Comme vous, Sir John. Falaise a pu commencer à soupçonner qui nous avait en fait trahis. Il avait dû en conclure que le traître et Oriflamme étaient une seule et même personne.

— Vous avez gagné un sursis à votre exécution, déclara Cranston en approchant de plus près. Mais je peux lire dans vos yeux, Simon, que vous n'avez pas encore tout dit. Quelles sont les dernières nouvelles ?

— Pour des dernières nouvelles, ce sont bien les dernières.

Grindcobbe donna un coup de coude à son voisin, un homme dont les longs cheveux blonds, la moustache et la barbe étaient d'une saleté repoussante, mais dont les yeux bleus avaient gardé leur éclat.

— Dis-lui, le pressa-t-il, dis-lui ce que tu nous as raconté.

— Je m'appelle Robin du Bois-Vert, dit l'homme d'une voix de rogomme. Je suis Robin du Bois-Vert, répéta-t-il.

— Je n'en doute pas, dit Cranston en le regardant de plus près. Mais, dans les mandats d'arrêt, on vous appelle aussi Robin Bonami, Petit Jean[1], et ainsi de suite. Peu importe qui vous êtes, dites-nous plutôt ce que vous savez, insista le coroner en agitant une main.

— J'étais capitaine des Vers de Terre quand notre chef, Wat Tyler, a envahi Londres. Nous avons pillé certaines maisons et autres lieux qui appartenaient à nos ennemis, les riches demeures des seigneurs de la terre.

— Comme, par exemple, le palais de Savoie du régent ? interrompit Cranston, et grâce à vous, plus un palais désormais, rien qu'un tas de ruines noircies, même si j'ai cru comprendre que maître Thibault se plaît à danser dessus car elles recouvrent une immense cave où un grand nombre de vos camarades ont été brûlés vifs.

— C'est la guerre, Sir John.

— Pour moi, c'est un crime, mais poursuivez.

— J'avais mission de parcourir les rues et ruelles du quartier de Queenhithe. Nous recherchions des étrangers et ceux qui avaient été mis en accusation par les Communes et les Hommes Justes. Il se trouve qu'il y avait une vieille maison au coin de Slops Alley, une de ces vieilles bâtisses croulantes, rien que du plâtre et du bois, rien de remarquable. Pourtant, à la

1. En anglais : Robin of the Green Wood, Robin Goodfellow, Little John

différence des autres, situées dans cette ruelle, elle n'avait pas été mise à sac. Au lieu de ça, nous y avons découvert les cadavres de deux vieilles femmes pendues à une poutre, frêles, pratiquement décharnées. Il fallait, néanmoins, que la haine éprouvée par le meurtrier à leur égard ait été forte, au point de le pousser à pénétrer dans la maison et à leur infliger une mort aussi cruelle. Écoutez (le prisonnier leva une main menottée), voilà qui va vous intéresser, Sir John. Leurs corps pendaient, mains et chevilles liées, mais ce n'est pas tout, elles avaient une grossière perruque rouge enfoncée sur le crâne.

Le prisonnier marqua une pause avant de reprendre :

— J'ai été soldat. J'ai parcouru ce royaume de long en large, mais je n'avais jamais vu ça, et mes camarades non plus. Ma curiosité a été piquée. Vous comprenez, Sir John, il n'y avait rien à voler dans cette maison, elle était sale, abandonnée, les meubles étaient misérables, le sol jonché de détritus, jusqu'aux habits des femmes qui étaient râpés et mangés aux mites. (Il prit une profonde inspiration.) J'ai cherché tout autour pour trouver qui avait infligé une telle mort à ces deux pauvres vieilles inoffensives. Je savais que ce n'était pas quelqu'un de notre compagnie. En fin de compte, j'ai découvert qu'elles n'étaient peut-être pas si inoffensives que ça.

— Que voulez-vous dire ?

— Ces deux vieilles harpies élevaient des enfants abandonnés, dans cette maison.

— Ah oui ! en effet, le Conseil paie bien, ou du moins le faisait. Et ces deux-là ?

— Eh bien, elles dirigeaient cet asile. Elles avaient la redoutable réputation de maltraiter les pauvres malheureux qui leur étaient confiés, elles les battaient, les privaient de nourriture, les punissaient très sévèrement. On a fini par fermer la maison. Les deux femmes, deux sœurs, ont disparu pour réapparaître peu avant la Grande Révolte. Si je calcule bien, ce devait être il y a environ neuf mois. Elles avaient déménagé, pour éviter les poursuites éventuelles mais avaient dû revenir, faute de moyens de subsistance ailleurs.

L'Homme Juste fit une nouvelle pause.

— Quelqu'un, un ancien pensionnaire, devenu adulte, a décidé de profiter du désordre pour régler ses comptes et, Sir John, Robin du Bois-Vert ne peut vous en dire plus.

— Je pense que si, mais je veux bien vous croire, vous et maître Grindcobbe. Encore une chose…

— Quoi ? demanda le chef des rebelles.

— Vous avez dû vous cacher çà et là dans la ville avant de trouver refuge dans cette maison en ruine de la paroisse de St Olaf. Qui était au courant ? Je veux dire qui, parmi les membres de la guilde, ces paroissiens ?

— Je pense que nous avons déjà répondu à cette question, Sir John, mais laissez-moi vous le redire. Falaise était le seul à le savoir. Il avait juré de n'en rien dire. Monseigneur le coroner, nous n'avons rien fait d'autre que ce qu'ont fait tous les Hommes Justes. Plus étaient nombreux ceux mis dans la confidence, plus grand était le risque d'être trahis. Oh ! je le reconnais, Molcskin et ses semblables ont pu avoir des soupçons, mais seul Falaise connaissait les détails précis. S'il avait été pris, il n'aurait jamais trahi aucun de ses compagnons. Pourtant, il semblerait, en fin de compte, qu'il ait informé quelqu'un.

— Oui, oui, je le pense aussi, dit le coroner. Et pouvez-vous ajouter quelque chose ?

— Rien, Sir John.

— Et il en va de même de tous les autres ?

La chambre caverneuse retentit de leur accord unanime.

— Et maintenant, Sir John ? fit Grindcobbe dans un bruit de chaînes.

— Pour vous, mon ami, et pour vos camarades : un coup de rasoir, un bain, de bonnes bottes et une chape bien chaude. On vous donnera deux pence, un pain frais, un petit bassin d'eau et un permis pour vous embarquer dans toute cogghe traversant le Détroit.

Cranston se mit debout.

— On vous libérera demain. Foutez le camp et ne revenez jamais. Si vous le faites, je vous pendrai de mes propres mains, conclut-il en rajustant son ceinturon.

— Dieu vous bénisse, Sir John.

— Dieu vous bénisse aussi, répliqua Cranston et, les acclamations des Hommes Justes l'accompagnant, il quitta ce trou de l'Enfer qu'était Newgate, en quête d'un réconfort bien nécessaire qui dirigea ses pas vers *L'Agneau de Dieu*.

Le plaisir qu'éprouvait Cranston en sortant de Newgate fut de courte durée. Il passa la lourde grille pour se retrouver sur le grand espace pavé qui s'étendait devant la prison. Le cortège quotidien d'exécutions s'assemblait. Les bourreaux s'activaient à préparer les tombereaux qui devaient conduire les condamnés soit à Smithfield soit à Tyburn. On poussait les prisonniers, enchaînés et menottés, dans les véhicules qui leur étaient attribués. Tout autour, les amis et les membres de la famille se bousculaient piteusement dans un effort désespéré de dire adieu à ceux qui, comme le proclamait l'un des exécuteurs, ne feraient pas le voyage de retour. La guilde des Pendus s'affairait à distribuer des pichets de bière aux condamnés comme à ceux qui tournaient autour des tombereaux. Un franciscain, debout sur un tonneau, entonnait des hymnes funèbres ainsi qu'un psaume pour les morts. Les grands chevaux de trait attelés piaffaient, impatients de partir. Quelques captifs reconnurent le coroner et lui crièrent des injures en lui promettant de le retrouver dans l'autre monde.

« J'en doute », se dit le coroner, qui se frayait un passage dans la cohue.

Il écarta du coude un troupeau de sorcières et magiciens vêtus de robes noires, poussiéreuses, qui fourmillaient alentour dans l'espoir de récolter quelque brimborion de ceux qui allaient mourir. Cranston détestait ces suceurs de sang issus des bas-fonds qui gravitaient autour des gibets et potences de Londres. Ces malfaisants ne pensaient qu'à découper les cadavres des pendus, persuadés des propriétés magiques de ces sinistres reliques. Le coroner se demanda si, dans son grand traité sur l'art de gouverner la cité, il ne devrait pas recommander que ces enfants de la nuit soient mis hors la loi et bannis.

Cranston perçut un mouvement rapide tout près de lui. Tournant la tête à gauche, il reconnut le Sanctus, le célèbre vendeur de reliques de Londres. L'homme vendait les choses les plus surprenantes, telles que le peigne de Samson, le prépuce de Goliath ou encore la robe que portait Naaman l'Araméen[1] quand il fut guéri de la lèpre après s'être baigné dans le Jourdain. Le Sanctus, avec sa face innocente de chérubin, salua le coroner de la main avant de disparaître dans la foule.

1. Deuxième Livre des Rois, 5.

— Pas aujourd'hui, dit le coroner tout bas, pas aujourd'hui, mais toi, mon gaillard, tu figures aussi sur ma liste.

Cranston, ayant réussi à se dégager de la foule, pénétra dans la grande cour de l'abattoir où les bouchers tuaient les bêtes achetées à Smithfield. Ils les vidaient et nettoyaient avant de suspendre les grosses pièces sanglantes à de grands échafauds de fortune tandis que leurs apprentis racolaient la clientèle. L'endroit empestait le sang et la tripaille. Sous le pied, le sol couvert de sang et de graisse était glissant et la vue d'innombrables rangées d'animaux massacrés, oies, poulets, lapins, cochons et canards, donna des haut-le-cœur au coroner. Il se pinça le nez et garda la bouche fermée pour se protéger de la puanteur fétide. À la vue de la belle enseigne dorée de *L'Agneau de Dieu*, il poussa un soupir de soulagement. Il allait profiter d'un intervalle entre les étals pour y pénétrer quand il s'entendit appeler. Il poussa un gémissement, se retourna pour se trouver face à Oswald et à Simon, son clerc et son scribe à l'échevinage. Entre eux se tenaient deux personnages qu'il reconnut sur le champ. Les désignant du doigt, il demanda d'un ton peu amène :

— Ma coupe déborde, que me veulent le Sicaire et son fidèle compagnon l'Anguille ?

— Ils sont venus vous voir, Sir John, déclara Oswald d'un ton lugubre. Ils traînaient autour de l'échevinage, refusant de partir avant de vous avoir vu.

— Eh bien voilà qui est fait, rétorqua Cranston, foudroyant du regard les deux silhouettes encapuchonnées qui ressemblaient, dans leur tenue modeste, à des moines cisterciens.

— Sir John, ils prétendent détenir des renseignements.

Cranston soupira et tira de son escarcelle une pièce qu'il lança à Oswald, lequel l'attrapa prestement. Le coroner claqua des doigts.

— Simon, Oswald, retournez à l'échevinage. (Tapant des pieds, il ajouta :) Payez-vous une tourte et un pichet de bière pour vous réchauffer. (Puis, désignant les deux autres, il ajouta :) Suivez-moi.

Simon et Oswald s'esquivèrent allègrement. Cranston se faufila entre les derniers étals et entra dans la chaleur accueillante de *L'Agneau de Dieu*. La tavernière vint à sa rencontre et le conduisit sans délai dans son solar personnel. Sir John ôta sa chape et prit aussitôt place dans la chaire majestueuse devant le feu, en spécifiant que ses deux invités, comme il les appelait, devaient s'asseoir sur des tabourets face à lui. Une fois que la tavernière eut servi des chopes de bière forte et des morceaux de poulet épicé, saupoudré d'herbes, les hôtes de Cranston consentirent enfin à repousser les capuches qui leur dissimulaient la tête et le visage.

Le coroner, gardant les yeux fixés sur eux, les salua sans dire mot, en levant son gobelet. Il connaissait ces deux-là depuis longtemps. Le Sicaire, avec sa face longue et maigre, ses yeux plissés, toujours aux aguets, faisait partie de la maison de Thibault, qu'il assistait et accompagnait partout. L'Anguille, qui le suivait comme son ombre, lui ressemblait en tous points, sauf qu'il était plus petit. Le Sicaire avait la réputation des plus détestables d'écouter aux portes, d'espionner et, à l'occasion, de tuer fort habilement. C'était un de ces êtres malins qui appartenaient au Maître des Secrets et qui vivaient dans ce monde crépusculaire situé entre la cour et la cité. Le Sicaire partageait ce nom avec d'autres de la même farine, des spadassins que l'on pouvait louer pour toutes sortes de besognes meurtrières. Son fidèle compagnon, l'Anguille, souple comme une baguette de coudrier, avec sa figure pointue et ses yeux qui ne cessaient de ciller, ressemblait au furet qu'il était. C'était un jouvenceau qui avait la redoutable réputation de percer les secrets des autres. L'Anguille tenait son surnom de sa très grande aptitude à s'insinuer dans n'importe quelle situation ou, encore, dans toute chambre, à recueillir des informations au profit de son maître, lequel, en ce moment, lui tenait la main en même temps qu'ils sirotaient leur bière, sur le qui-vive. Cranston but une dernière rasade et reposa sa chope.

— Eh bien, mes jolis, qu'êtes-vous donc venu me conter ?

— Mon ami et fidèle assistant (le Sicaire souleva la main de l'Anguille) a entendu parler des catins assassinées. Nous avons constaté qu'elles venaient toutes de *La Maison des délices* à Queenhithe. Nous savons également, ajouta-t-il d'une voix chuintante, que maître Thibault s'intéresse beaucoup, désormais, à ces meurtres.

— Jusqu'ici vous ne m'avez rien appris que je ne sache déjà.

— C'est bon, c'est bon, Sir John, mais écoutez bien. Mon excellent ami, ici présent, il y a quelques jours, avait à faire près du quai de Queenhithe quand il a aperçu Meg la Culbute qu'un inconnu accostait.

— Qui était-ce ?

— Sir John, si nous le savions, nous ne dirions pas un inconnu, pas vrai ?

— N'en rajoutez pas. Venez-en au fait, coupa Cranston, agacé.

— Bon, la prunelle de mes yeux, ici présente, a

filé l'inconnu et la putain jusqu'à des marches donnant accès à la rive. Le temps était gris, maussade, Sir John. L'Anguille pouvait se déplacer et se cacher sans se faire remarquer.

— Je n'en doute pas.

— Mon tendre ami a vu l'étranger trancher la gorge de la putain, mais il n'a rien pu faire pour l'en empêcher. Ensuite, l'assassin a déshabillé le cadavre, lui a fixé une perruque rouge sur la tête et l'a lancé sur le fleuve dans un petit rafiot.

— Je n'ignore rien de tout cela.

— Ah, Sir John ! c'est que, ce faisant, il a chanté, tout doucement, comme s'il éprouvait du plaisir.

— Et que chantait-il ?

— Sir John, « Le Chant de la mer ». Vous savez ce que c'est, c'est l'hymne officiel de l'Honorable Guilde des Bateliers et Mariniers. Et, tout en lançant la coquille de noix à la dérive, il s'est arrêté de chanter pour souhaiter bon vent au *Sans Dieu*.

— L'assassin pourrait donc être un membre de cette guilde. Je le soupçonne déjà.

— Très bien, Sir John. Cela ne m'étonne pas. Mais maintenant nous en venons à notre deuxième morceau de choix. Les Français sont à Londres, non ? Ils sont à la recherche d'Oriflamme et adoreraient s'emparer de sa tête parée de cette perruque rouge. Saviez-vous qu'ils ont offert une prime pour tout renseignement menant à l'arrestation de ce tueur ? De plus, ils ont promis de récompenser celui qui tuera Oriflamme et leur apportera sa tête.

— Vraiment ?

— Et saviez-vous, Sir John, qu'il y a des membres de la maisonnée de Levigne qui croient que quiconque a suivi Oriflamme devrait être exécuté sans autre forme de procès ici même à Londres. Je veux dire que nous avons appris la mort de Falaise. Ne faudrait-il pas y voir la main de nos amis français ?

— Savez-vous autre chose encore ?

— Non, Sir John. Mais je suis sûr que vous conviendrez que de tels renseignements méritent bien une pièce ?

— Je n'en disconviens pas, répondit le coroner qui sourit et, levant sa chope en guise de salutation, conclut : Je vous dis donc adieu.

Puis, se ravisant, il se leva et ajouta :

— En attendant, mes mignons, j'ai une tâche pour vous. Écoutez bien…

Cranston était en train de remettre sa chape et d'attacher son ceinturon quand Tiptoft, l'air solennel, se glissa, sans plus de bruit qu'un fantôme, dans le solar. Le courrier, la mine sévère, s'inclina.

— Je vous prie de m'excuser, Sir John, il se fait tard, mais nous avons reçu, à l'échevinage, des messages de maîtresse Alice Brun. Il s'agit de la réserve dans le cimetière de St Olaf qui serait verrouillée de l'intérieur. Matthew Hornsby, membre de la guilde et clerc des approvisionnements, se trouve, apparemment, à l'intérieur, mais il ne répond ni à nos appels ni à nos coups. J'ai pris la liberté de demander à Flaxwith de vous rejoindre dans le cimetière. Monseigneur le coroner, il vaut mieux que vous veniez.

C'était déjà le crépuscule quand Cranston arriva au cimetière de St Olaf. Il eut tout de suite l'impression d'une étrange menace tant dans le lieu que dans l'heure, l'heure de la chauve-souris et du renard. Le cimetière était plutôt petit. Des bouquets de très vieux ifs, noueux et tortus, se trouvaient à proximité, leurs branches, qui s'étalaient, s'agitaient légèrement dans la brise, semblables aux bras d'un monstre prêt à surgir de l'ombre. Quelques personnes étaient présentes, tenant des torches dont les flammes jaillissantes semblaient chercher à retenir les vrilles de fumée imprégnées de goudron. Ces gens s'agglutinaient au plus près de la réserve, un cube massif de solide grès que les ans avaient noirci et patiné. Les fenêtres étaient de simples meurtrières et quant à la porte, renforcée de gros clous, elle était faite de bon chêne. Cranston l'examina avec soin tandis que maîtresse Alice accourait dans la faible lumière, tenant par la main une autre femme qu'elle présenta sous le nom de Katherine, épouse de Matthew Hornsby. Petite, énergique sous une apparence frêle, cette dernière avançait d'un pas saccadé. Elle dit, d'une voix mouillée de larmes, que son mari était clerc des approvisionnements de la paroisse. Il était sorti pour remplir ses fonctions mais n'était pas revenu. Accompagnée des autres, elle était arrivée en hâte. Ils avaient frappé à la porte, crié à travers les meurtrières, sans obtenir de réponse. Elle était maintenant très inquiète, redoutant ce qui avait pu arriver.

— Et où se trouve votre curé ? demanda Cranston. Le père Ambrose et tous les autres ?

— Sir John, répliqua maîtresse Alice, je crois qu'ils sont partis de l'autre côté du fleuve, à St Erconwald. Le père Ambrose a l'intention de demander asile là-bas. Ils croient tous que vous et frère Athelstan êtes leur meilleur soutien.

Cranston approuva d'un signe de tête comme s'il comprenait la situation, bien que, en son for intérieur, il ne sût que penser.

— Sir John, implora Alice, que peut-on faire ?

— Faites-moi confiance, maîtresse.

Cranston s'entendit appeler, il se retourna : Flaxwith et ses hommes arrivaient. Le coroner donna ses ordres. Les sergents frappèrent à coups de pied et de poing sur la porte, crièrent à travers les meurtrières.

Flaxwith s'approcha du coroner.

— Sir John, on ne répond pas, je redoute le pire.

Cranston acquiesça. Il s'était déjà trouvé dans pareil endroit. Il observa la bâtisse et la peur le fit frissonner comme cela lui arrivait parfois lorsqu'il s'approchait d'un lieu où un meurtre avait pu être commis.

— Très bien, Flaxwith, dit-il en se ressaisissant. Dites à ceux qui n'ont rien à faire ici de partir. Seules maîtresse Alice et la veuve... (il se reprit :) l'épouse de maître Hornsby peuvent rester.

Flaxwith et ses hommes exécutèrent l'ordre du coroner. Ensuite ils allèrent chercher dans l'église un vieux banc dont ils firent un bélier. Cognant sur l'épaisse porte de bois, ils firent porter les coups sur le côté où se trouvaient la serrure et le verrou qui finirent par céder dans un crissement de métal et de bois. Cranston ordonna à tous de rester dehors. Il prit une lanterne en récapitulant dans sa tête tout ce qu'Athelstan ferait à sa place.

Il s'arrêta à l'entrée de la bâtisse pour examiner la serrure et le verrou : ils étaient bel et bien tordus et arrachés. Il eut confirmation qu'on n'avait usé ni de supercherie ni de tour de passe-passe pour faire croire que la porte était solidement fermée. Il s'aventura plus avant, leva la lanterne, regarda tout autour de lui les coffres, coffrets et sacs. Il émit un bruyant soupir en apercevant le corps étalé, bras et jambes écartés. Il s'approcha encore et découvrit Matthew Hornsby. La cause de sa mort était évidente. Une flèche était enfoncée si profondément dans son front que la chair et l'os avaient éclaté et que seul l'empennage apparaissait. Un peu de sang avait suinté de la blessure, mais il avait coulé à flots du nez et de la bouche au point de former un masque d'où n'émergeaient que les yeux exorbités et vitreux du mort.

Le coroner s'accroupit près du cadavre et se remémora ce qu'Athelstan ferait dans les circonstances. Il examina rapidement les poignets et les chevilles de la victime à la recherche de traces de liens et ligatures, sans en remarquer. Dissimulant sa répugnance, il souleva le justaucorps de cuir ensanglanté et la chemise de lin, sans rien trouver. Pour finir il scruta le crâne, mais n'y détecta aucune trace récente de coup. Il se signa et regarda autour de lui. Il avait déjà vu des constructions semblables dans d'autres cimetières paroissiaux, en particulier lorsqu'elles se trouvaient au bord du fleuve où les vols de pirates et autres malfaiteurs de passage étaient une menace constante. De telles chambres fortes étaient solidement construites. Celle-ci n'était pas différente. Cranston leva les yeux vers les poutres, serrées entre elles, recouvertes de tuiles si bien cimentées qu'elles ne laissaient pas filtrer la moindre lueur. Le sol était fait de pierre dure et le coroner eut l'impression que la réserve avait été édifiée sur les fondations d'une construction plus ancienne. Il soupira, se releva et revint à l'entrée. Il appela Flaxwith et cria à maîtresse Alice que personne d'autre ne devait pénétrer dans les lieux. Le chef des baillis entra d'un pas décidé, aperçut le corps et émit, en sourdine, un sifflement. Il resserra la laisse autour du cou de Samson en voyant le mâtin se précipiter vers le cadavre ensanglanté.

— Sir John, chuchota Flaxwith d'une voix enrouée,

voici un homme cruellement assassiné. Mais il n'y a personne ici ! Et comment le meurtrier aurait-il pu s'enfuir ? Cette porte était verrouillée de l'intérieur.

— Alors cherchons la réponse, répliqua Cranston, qui ajouta : Attachez Samson et prêtez-moi main-forte.

Le chef des baillis obtempéra et, ensemble, ils se livrèrent à une fouille complète des lieux. On déplaça les coffres, coffrets et sacs, mais rien ne vint démentir la première conclusion du coroner : la bâtisse était édifiée sur de la roche et n'offrait aucun moyen de pénétrer, que ce soit par le sol, le toit ou les murs.

— Dieu nous viendra en aide, souffla le magistrat, quand ils en eurent fini. Mieux encore, allez quérir assistance auprès de mon petit frère.

Athelstan avait eu le temps de se remettre de la terrible épreuve subie en début de journée lorsqu'il accueillit Cranston à St Erconwald. Il était allé voir Benedicta et le père Ambrose et il avait sollicité de ses paroissiens qu'ils aident ceux qui désiraient chercher asile dans son église. Les préparatifs, à cet effet, allaient maintenant bon train. Moleskin avait déjà fait savoir à Benedicta, Watkin et Pike, que le clan des bateliers et mariniers, avec femmes et enfants, accompagnerait leur curé. Ils logeraient dans l'église et recevraient leur subsistance de la cuisine du *Cheval pie* et de la boulangerie de Merrylegs.

Le prêtre les avait laissés s'affairer. Il était allé voir Senlac, toujours occupé à lever les pavés dans l'ancien dépositoire. La tâche était ardue et demandait du temps, reconnaissait-il, il n'en avait soulevé qu'un petit nombre et le résultat, jusque-là, était décevant : juste quelques pièces. Athelstan avait aussi reçu la visite de maître Tuddenham, homme aux traits inflexibles, bras droit de l'archidiacre. Ce légiste ecclésiastique avait déclaré que la requête du père Ambrose, à savoir obtenir le droit d'asile à St Erconwald, était en stricte conformité avec le droit canon. Il avait ajouté qu'il avait aussi accordé la permission au prêtre de se rendre en pèlerinage, de l'autre côté du Détroit, afin de visiter la cathédrale Notre-Dame à Boulogne.

La venue de Cranston, après celle de Tuddenham, apporta un soulagement bienvenu. Assis dans son presbytère bien verrouillé, Crim et Bonaventure montant la garde au-dehors, le dominicain informa le coroner de ce qui s'était passé : la profanation de la statue, les agressions dont Benedicta, Ambrose et lui-même avaient fait l'objet. Sir John émettait un petit sifflement continu et, quand Athelstan eut terminé, il frappa du poing sur la table.

— Je vais envoyer Tiptoft à la Tour. J'ordonnerai à Armitage de dépêcher une douzaine d'archers ; ces bougres de fainéants peuvent camper dans le dépositoire et veiller sur Ambrose et ses ouailles. Quant à vous, faites attention, mon petit frère. Bon, j'ai, moi aussi, eu à faire. (Il prit une généreuse rasade à la gourde miraculeuse.) Il y a encore eu un meurtre.

— Quoi ?

— Oui, mon frère. Je n'irai pas par quatre chemins, Matthew Hornsby.

Et, choisissant ses mots, il décrivit avec précision sa rencontre avec Grindcobbe, ainsi que ce qu'il avait vu à St Olaf.

Athelstan écouta avec une très grande attention, les yeux mi-clos, tandis qu'il se représentait la chambre forte, ce cube de pierre sans fenêtres, sans autre issue que cette porte renforcée et l'affreux crime commis dedans. Un homme abattu, sans avoir reçu l'absolution avant de se présenter devant Dieu. Il posa quelques questions et écouta sans en perdre un mot les réponses précises et détaillées du coroner.

— C'est une énigme, indéchiffrable, déclara Athelstan. Un homme s'enferme à double tour dans un lieu sûr et on le découvre assassiné, une flèche profondément enfoncée dans la cervelle. Il n'y a pas le moindre indice, ou preuve, indiquant comment le tueur est entré et sorti. Comme vous le dites, Sir John, Oriflamme a, sans aucun doute, encore frappé. Et pourtant il manque quelque chose.

— Mon frère ?

— Pas de perruque rouge sur la tête de la victime. Pourquoi ?

Athelstan eut un sourire sans joie.

— Oriflamme aurait-il épuisé ses réserves ? Ou bien chercherait-il à faire croire que quelqu'un d'autre a commis ce meurtre ?

— Mon frère, je suis désolé, mais ce que vous dites me dépasse.

— Je fais allusion à ce que le Sicaire et l'Anguille vous ont révélé : les récompenses promises par les Français à qui livrera Oriflamme et ses compagnons morts ou vifs. Bon, Sir John, ma conviction profonde, c'est que Hornsby a bien été tué par Oriflamme. Peut-être ce dernier veut-il réduire les soupçons à son égard en laissant entendre que la mort de Hornsby pourrait être le fait d'un autre, de quelqu'un payé par les Français. Ou encore, les membres de la guilde se seraient-ils dressés les uns contre les autres ? Quoi qu'il en soit, croyez-moi, que le tueur ait pu entrer et sortir sans encombre doit avoir une explication logique. Vous ne me ferez pas croire, mon ami, que les assassins jouissent des mêmes dons et qualités que le Christ ressuscité.

Athelstan sourit en lisant l'incompréhension sur les traits de Sir John.

— Je veux dire, mon excellent coroner, l'aptitude à traverser la pierre et le bois sans rencontrer d'obstacle.

Il marqua une pause.

— Laissez-moi réfléchir. Ce que le Sicaire et l'Anguille vous ont dit était intéressant et ce que vous leur avez demandé plus encore. Il nous faut aller voir cet endroit de malheur. Après tout, ce qu'a dit Robin du Bois-Vert désigne cette maison d'accueil d'enfants abandonnés comme la source de tout ce carnage.

— Vous avez raison, mon frère, déclara Cranston, qui se racla la gorge. Après avoir rencontré le Sicaire, je suis allé à l'échevinage faire des recherches dans les registres. J'ai découvert des requêtes d'anciens pensionnaires. Ils se plaignaient amèrement de la cruauté de ces mégères censées prendre soin d'eux : deux sœurs, Lucy et Magotta. À en croire ces maigres témoignages, ces deux donzelles ne le cédaient en rien, dans la méchanceté, aux geôliers de Newgate. Comme je viens de le dire, il ne s'agissait que de quelques morceaux de vélin à l'encre passée.

— Des noms ?

Le coroner eut un mince sourire.

— Certes oui. Rien de moins que Samuel Moleskin, un orphelin abandonné, élevé par les clarisses jusqu'à ce qu'on le confie (Cranston eut un éclat de rire ironique) à ces deux harpies. Écolier doué, il n'est pas resté longtemps, mais n'a jamais oublié. Il fait partie de ceux qui se sont plaints au Conseil de la maltraitance subie.

— Ainsi donc, reprit Athelstan, les deux sœurs étaient méchantes et il semble maintenant qu'un ancien pensionnaire ait mis à profit les événements sanglants récents pour régler ses comptes. Il s'agit probablement d'Oriflamme, qui a dû être élevé dans cet endroit infernal où on le punissait et maltraitait du matin au soir. Une fois adulte, il a pris l'accoutrement de ses tortionnaires lors de ses incursions en Normandie. La guerre finie en France, il a promptement disparu. Toutefois, il ne vient pas tout juste de sortir de l'ombre, il l'avait déjà fait lors de la Grande Révolte au printemps dernier. Peut-être le fait de pendre ces deux vieilles femmes a-t-il aiguisé son appétit et lui a donné l'envie d'en faire plus.

Cranston se leva et s'étira.

— Je suis de cet avis, mais n'oubliez pas, mon petit frère, que l'Oriflamme que nous pourchassons ici, à Londres, pourrait bien ne pas être celui qui hantait les bords de la Seine, il y a tant d'années de cela.

— Mais pourtant, Sir John ?

— Mon frère, et si c'était quelqu'un qui a connu Oriflamme ? Un autre, un ancien pensionnaire de cet asile (le coroner eut un geste d'ignorance), nous n'avons aucune preuve formelle que l'Oriflamme qui se trouve à Londres et celui qui agissait en Normandie soient une seule et même personne.

Le magistrat se rassit avant de demander :

— Voyons, que pensez-vous de mon entretien avec le Sicaire ?

Athelstan se gratta la tête :

— Eh bien, Sir John, la première partie de ses révélations confirme ce que nous soupçonnions déjà, à savoir qu'Oriflamme est membre de l'Honorable Guilde des Bateliers et Mariniers ou, du moins, qu'il a des liens très étroits avec elle. La suite est plus compliquée. Il n'est pas douteux que Levigne est prêt à offrir des récompenses, c'est la chose qui vient à l'esprit.

Il paierait cher pour s'emparer d'Oriflamme et de ses hommes, les flanquer à bord d'une cogghe quelconque et les expédier à Paris pour qu'ils soient jugés et exécutés. Cependant, dit Athelstan en tapant sur la table, je ne suis pas tout à fait certain que Levigne s'intéresse vraiment à des gens comme Falaise et Hornsby ou, à vrai dire, notre Samuel Moleskin.

— Certes, il nous faut garder l'œil sur notre batelier paroissial et ne pas oublier notre nouveau venu, Senlac. Il se pourrait qu'il soit mêlé à toute cette mystérieuse affaire de meurtres.

— Exact, c'est un suspect possible mais, là encore, précisa Athelstan en grimaçant, quand Benedicta a été agressée hier soir et qu'Ambrose et moi avons été menacés, Senlac était, soit au *Cheval pie*, en train de boire jusqu'à plus soif ou bien à l'œuvre dans l'ancien dépositoire. Non, ne vous méprenez pas, nous progressons, Sir John, c'est juste que nous nous heurtons encore à des obstacles et que nous nous égarons. Allons, il serait grand temps que je me mette au travail. Et vous, Sir John ?

— Mon ami, encore un petit tour dans votre paroisse. Je ferai une visite à votre église ainsi qu'à ces mécréants du *Cheval pie*, puis je retournerai vers les tendres charmes de Lady Maude.

CINQUIÈME PARTIE

De profundis clamavi ad Te :
des profondeurs, je crie vers Toi

Le coroner partit, tout affairé. Athelstan l'entendit sortir, tout en réfléchissant à ce qu'il avait vu et entendu. Il se remémora ce que Cranston lui avait narré au sujet de cette réserve où gisait le corps sans vie de Hornsby.

— Mais, s'étonnait-il, si l'assassin n'est entré ni par la porte ni par le sol, les murs ou le plafond, alors comment a-t-il fait ? Pour passer par le plafond il lui fallait grimper sur le toit, enlever des tuiles bien scellées entre elles. On aurait pu le voir. Le sol, à en croire notre excellent coroner, est dallé de pierre dure. Il ne reste que les murs. Toujours selon Cranston, ceux-ci sont faits de blocs de grès.

Il tendit les mains vers le feu tout en passant les différentes possibilités en revue.

— Que Dieu me vienne en aide, dit-il, mais contempler les flammes ne me sera d'aucun secours, pas actuellement.

Athelstan quitta le presbytère, franchit le portail du cimetière et se dirigea vers l'ancien dépositoire.

Il entra et fit une courte pause afin de réciter le Requiem et le *De profundis* à l'intention de ceux dont on avait amené les corps en ces lieux, et tout particulièrement pour le pauvre Godbless. Puis il fit le tour de la pièce, remarqua que l'on avait soulevé quelques dalles de plus, mais il ne trouva rien en dessous en dehors d'un mélange compact de terre et de gravier. Il continua de marcher, l'esprit ailleurs, fit un faux pas et tomba à la renverse.

— Idiot que je suis, marmonna-t-il, j'aurais pu me blesser.

Il resta au sol un certain temps, les bras en croix. Ouvrant les yeux, il contempla le plafond et eut le souffle coupé à la vue des peintures aux couleurs passées. Il se releva avec gaucherie et bredouilla une prière en action de grâce. Regardant à droite et à gauche, il avança en mesurant ses pas, notant, encore une fois, les dalles qui avaient été soulevées et celles restées en place. Toutes ces dernières portaient une marque en partie effacée, un petit triangle à l'intérieur d'un rectangle, très semblable à ce qui se trouvait sur la vieille carte au trésor. Il demeura immobile quelques instants, à envisager les différentes hypothèses. Sa curiosité se trouva stimulée : sa maladresse lui avait ouvert une voie qui pourrait bien le conduire à la vérité. Il était désormais déterminé, quoi qu'il arrive, à faire front aux terreurs qui s'étaient emparées de lui. Il se dégagerait de leur étreinte pour rechercher la vérité et, plaise à Dieu, imposer Sa justice et celle du roi, afin de démêler ce mystérieux chaos.

Athelstan quitta le dépositoire. Comme Cranston était déjà parti, il alla à la recherche de Watkin et Pike. Faisant fi de leurs questions, il leur donna les instructions les plus strictes au sujet de la vieille bâtisse : ils devaient veiller à ce qu'elle soit bien verrouillée et étroitement surveillée. Personne ne devait y pénétrer sans qu'il en ait donné l'autorisation. Puis il revint au presbytère et s'efforça de faire le point sur tout ce qu'il avait vu, entendu et éprouvé.

— J'ai aperçu quelque chose, confia-t-il à Bonaventure, qui se prélassait sur la table de son maître. Je sais que j'ai vu quelque chose d'autre, de grande importance, mais cela m'échappe. Que Dieu m'éclaire, car je n'arrive pas à m'en souvenir.

Toujours tourmenté par ces meurtres énigmatiques qui lui encombraient l'esprit et engourdissaient sa réflexion, il sortit pour aller accueillir le père Ambrose et le clan de l'Honorable Guilde des Bateliers et Mariniers et les installer dans l'église.

Il prit le temps d'aller et venir dans les deux transepts, salua les différentes familles qui, dans leur anxiété, restaient groupées autour de leur curé. Ambrose faisait de son mieux pour les rassurer, mais on voyait bien qu'il était, lui aussi, très angoissé. Athelstan aperçut Moleskin accompagné de son épouse, une femme au doux visage, aux yeux rêveurs, avec de bonnes joues rouges comme une pomme en automne. Le batelier se sentit regardé et détourna les yeux, une expression amère sur le visage. Selon Ambrose, Moleskin était terrifié, craignant que des fantômes venus du passé ne viennent s'emparer de lui. Athelstan esquissa une bénédiction à son adresse puis se dirigea vers la petite porte latérale. Quelque chose, une fois de plus, le troublait, sans qu'il pût cerner la raison de l'anxiété qui le taraudait. Il se remémora l'enseignement qu'il avait reçu à Oxford. Ses maîtres le sermonnaient sans cesse sur les dangers de son tempérament fougueux, lui démontrant que, lorsque le voile rouge descendait, son humeur belliqueuse ne servait à rien qu'à faire obstacle à la froide pensée logique.

— Pour l'amour du Ciel, murmura Athelstan en se pinçant le bras, calme-toi, observe et rappelle-toi. C'est alors que tu pourras agir. Garde les yeux ouverts et tiens ta langue.

Il remarqua les biens entassés des nouveaux venus. Il se baissa pour déplacer un petit coffret ouvragé, admira la finesse du travail de son revêtement métallique, son système de fermeture. Son observation se fit minutieuse. Il s'accroupit, peut-être un autre indice qui permettrait de résoudre ces mystères se trouvait-il là. Il regarda autour de lui. Personne ne lui prêtait attention, il revint donc à son examen en murmurant une prière, implorant les puissances d'en haut de ne pas l'abandonner et de l'éclairer. Il se releva ensuite et alla scruter d'autres coffres et cassettes. Il savait à qui ils appartenaient et rendit grâce à Dieu d'avoir laissé son funeste adversaire commettre une erreur aussi simple que révélatrice.

Abandonnant l'église, il revint chez lui, posa une petite arbalète amorcée sur la table de la cuisine sans oublier de vérifier que les portes étaient bien verrouillées et les volets tirés. Il amena sa chaire devant l'âtre, se versa une chope de bière légère et s'assit, les yeux fixés sur les flammes.

— Cette fois-ci il est essentiel de réfléchir, murmura-t-il.

Il s'efforça de reconstituer cette sinistre tapisserie à partir des fils qu'il lui fallait tisser. En premier lieu, l'anéantissement du *Valet de cœur*. À en croire les derniers mots de son maître, Oriflamme était réapparu sur la cogghe, avec toutes ces horreurs qui avaient fait suite. Mais comment était-il monté à bord et comment s'était-il enfui ? Comment avait-il pu avoir raison des gardes, des archers vétérans ainsi que de l'équipage ? Pourquoi se trouvait-il là ? Pour se venger ? Certes, Dorset et son second, Bramley, avaient servi ensemble sur la barge *Le Sans Dieu*. Mais Oriflamme avait sans doute un meilleur motif que cela. S'agissait-il du trésor que l'on disait se trouver à bord, bien que, en fait, le *Valet de cœur* ne transportât que des munitions. En second lieu, quels secrets Bramley détenait-il ? Pourquoi était-il si terrifié ? Pourquoi sa famille avait-elle été l'objet de menaces si brutales ? Pour quelle raison ? Obtenir des renseignements ? Ou bien, aurait-on contraint Bramley de faire passer quelqu'un clandestinement ? Pourtant, tout portait à croire que maître Dorset exerçait une stricte surveillance sur quiconque montait à bord. Tous s'accordaient à dire que seul le père Benedict de St Mary-le-Bow l'avait fait. Cranston avait expliqué que ce vieux curé était venu donner une solennelle bénédiction au navire et à son équipage, juste avant le départ. Que s'était-il donc passé sur ce bateau ? Pourquoi ? Comment ? Et qui était le responsable ?

Athelstan élargit sa réflexion. Qui était Oriflamme ? Un membre de la guilde, qui avait décidé de revenir à sa criminelle carrière ? Mais au cours des années qui s'étaient écoulées depuis la fin de la guerre il était resté caché. Alors pourquoi reparaître maintenant ? Se pouvait-il que l'arrivée de Levigne à Londres ait joué un rôle dans cette affaire ? Athelstan ferma les yeux. Levigne était venu avec la stricte consigne d'utiliser tous les moyens en sa possession pour mettre la main sur Oriflamme et son second. Tout partait-il de là ? Oriflamme, dans sa fureur, avait-il décidé de se venger sur toute catin appréciée de la délégation française ?

De plus, Levigne n'avait pas amélioré les choses en promettant récompense à quiconque l'aiderait à capturer le tueur. Ce dernier voyait-il, dans la mission du Français, tout à la fois une insulte personnelle et une raison de renforcer sa détermination à se protéger dans le présent et l'avenir ?

Athelstan se pencha et, s'aidant du long tisonnier noirci, ajouta une petite bûche dans la cheminée. Et il y avait une énigme de plus, ici, à St Erconwald, avec la réapparition de Senlac et cette prétendue carte au trésor secrète. Il sourit à part lui. Il leva le tisonnier et regarda attentivement le manche en forme de singe.

— Je pense connaître la vérité, dit-il à mi-voix, mais seul le temps nous le dira. Venons-en au pauvre Godbless maintenant.

Il se remémora l'assassinat sordide du mendiant, revit son corps étalé sur cette table, comme un sacrifice blasphématoire avec les restes sanglants du petit bouc à ses côtés. Qui était l'auteur d'un acte aussi répugnant ? Et pourquoi le pauvre homme avait-il laissé entrer son meurtrier en pleine nuit ? Le prêtre se redressa sur sa chaire. Il se rappela que, le matin où l'on avait découvert le cadavre de Godbless, il était certain d'avoir vu ou entendu quelque chose d'insolite, d'inhabituel, d'illogique. Et que dire des autres meurtres ? Il soupira et se leva. Le pauvre Falaise, torturé, forcé de se tenir debout, sans pouvoir bouger, tandis qu'il tentait de relâcher ce nœud si serré. Et Hornsby, abattu dans cette bâtisse à St Olaf qui était si fermement verrouillée de l'intérieur. Il s'y était rendu de son plein gré, Dieu sait pour quelle raison. Il y avait rencontré son assassin, qui était parti, son acte accompli, comme s'il était passé à travers l'épais mur de pierre. On avait découvert les verrous tirés en haut et en bas et la clé dans la serrure, quant aux fenêtres, ce n'étaient que des meurtrières, et il n'y avait aucune trace au sol.

Athelstan se retourna en entendant gratter à la porte. On disait son nom. Il saisit l'arbalète d'une main et, de l'autre, déverrouilla la porte. Benedicta, enveloppée de la tête aux pieds dans une chaude mante rouge foncé, se glissa dans la cuisine.

Ils échangèrent le baiser de paix, le prêtre fit asseoir la veuve dans sa chaire et alla chercher un tabouret pour s'installer à côté d'elle. Benedicta repoussa son capuchon, découvrant une simple guimpe blanche dont la bande qui enserrait son front ne laissait échapper qu'une seule mèche de ses cheveux noirs. Elle sourit à Athelstan, qui lui prenait la main.

— Vous avez bonne mine, dit-il à voix basse.

— Je me sens mieux après avoir bien dormi et (son sourire s'épanouit) en vous voyant.

Elle serra les doigts du dominicain et poursuivit :

— Ne vous inquiétez pas, mon frère, ce qui est fait est fait. Je suis venue vous apporter des nouvelles. Écoutez bien, je suis allée à l'église, j'ai passé un moment avec Moleskin et ses compagnons. Ils ont mentionné une taverne sur la Seine où ils amarraient leur barge de guerre. Elle s'appelait *Le*… (Elle buta sur le français.) Oui, c'est bien ça, *Le Bouc qui danse*.

— Vous en êtes sûre ?

— Oui, mon père. C'est ce que Godbless ne cessait de crier la veille de sa mort. J'en suis certaine. Il délirait. On ne comprenait jamais bien ce qu'il disait, dans le meilleur des cas. Bien sûr, c'était de l'anglo-normand, mais embrouillé, les mots n'étaient pas très clairs, mais c'est bien ce qu'il criait.

— Doux Jésus ! s'exclama Athelstan. Godbless aurait-il été français, et qu'aurait-il eu à faire avec cette taverne et la libre compagnie qu'elle hébergeait ? Godbless jouait les imbéciles, mais peut-être n'était-ce qu'un masque, un moyen d'effacer les souvenirs. Appartenait-il à la libre compagnie ? J'ai rencontré des hommes qui ne se rappelaient pas leur passé, parce qu'ils ne le pouvaient ou bien qu'ils ne le voulaient pas.

Il se signa et reprit :

— Vous voyez, Benedicta, Godbless était l'une de ces pauvres âmes, comme il en existe un certain nombre, arrivées par hasard dans la paroisse et adoptées par la communauté. Nous avons essayé de lui venir en aide, nous lui avons trouvé un bon logement, fourni nourriture et vêtements et l'avons invité à toutes nos célébrations. Mais nous n'avons jamais su qui il était en fait, d'où il venait et pourquoi il se conduisait comme il le faisait. (Athelstan s'interrompit.) Vous êtes allée à l'église, est-ce que maîtresse Alice, paroissienne de St Olaf, est arrivée maintenant ?

— Non, fit Benedicta en hochant la tête, mais les archers de la Tour, oui.

— Bien, parfait. Écoutez-moi maintenant, Benedicta. Faites passer un message, de toute urgence, au capitaine des archers. Qu'il mette sous scellés et fasse garder l'ancien dépositoire. Envoyez Mauger voir Sir John. Il faut absolument que mon savant ami et moi ayons un entretien juste après la première messe demain matin. Mauger apportera à notre bon coroner un certain nombre de requêtes. Par conséquent…

Le lendemain matin, Athelstan se préparait à sortir. Il avait célébré la messe, pris congé de ses paroissiens et était revenu en toute hâte pour mettre le point final à ses préparatifs. Il venait de passer sa chape quand il entendit frapper à la porte. On essayait de tourner la poignée. Il saisit la petite arbalète, banda la corde afin qu'elle soit prête à tirer.

— Qui est là ? demanda-t-il. Je n'ouvrirai que lorsque vous aurez dit votre nom.

— Mon père, vous ne me croirez pas, je suis Robin du Bois-Vert, un ancien Homme Juste, relâché de Newgate ce matin et prêt à partir à l'étranger. J'ai traversé le pont à Southwark, où une cogghe est en attente. Avant la fin du jour, je serai parti pour ne plus jamais revenir. Je ne vous veux point de mal. J'en fais serment sur ce que j'ai de plus sacré.

Quelque chose dans cette voix sonore convainquit Athelstan des bonnes intentions de son visiteur. Il tira les verrous et ouvrit. Le brouillard qui montait du fleuve était encore épais, on eût cru de la vapeur d'eau en ébullition. Le prêtre distingua une forme humaine, encapuchonnée, enveloppée d'une chape, qui levait les mains en l'air.

— Mon père, pour l'amour de Dieu, j'ai faim et froid. On m'a relâché de Newgate grâce à Jack le Jovial dans sa grande miséricorde. Je suis venu en reconnaissance d'une faveur. Je sais des choses sur l'homme que vous recherchez, Oriflamme.

Athelstan se remémora ce que Cranston lui avait dit de sa visite à la prison, de la maison des enfants trouvés et de ce que les Hommes Justes avaient découvert durant la Grande Révolte. Rassuré, il autorisa son visiteur à entrer. Ce dernier alla droit à la cheminée, s'assit sur les talons et tendit les mains au-dessus des flammes dansantes. Athelstan attendit qu'il fût réchauffé avant de l'inviter à s'asseoir à la table devant un bol de bouillie d'avoine au miel fumante, un pichet de bière légère et du pain, que Benedicta avait apporté la veille. Il regarda l'homme engloutir nourriture et boisson. Robin, comme il disait s'appeler, était un homme de tout juste quarante ans. Il avait un visage allongé et rude, pourtant on lisait de la générosité dans ses yeux et une promptitude à sourire dans sa bouche. Il avait été récemment rasé, face et crâne, avec une lame bien affilée, sans trop de douceur, comme en témoignaient les rougeurs sur sa peau. Il était vêtu d'un justaucorps, de chausses et d'une chape usés jusqu'à la corde. Il revint à l'esprit d'Athelstan qu'il avait une bure presque neuve, don d'un pèlerin venu à St Erconwald. Il se leva, alla la chercher dans un coffre sous le galetas et voulut absolument que son visiteur l'emporte, en plus de deux pièces d'un penny pour le voyage.

Athelstan revint s'asseoir face à Robin :

— Vous ne m'êtes pas inconnu, Jack le Jovial, comme vous dites, vous connaît bien mais vos folles années sont derrière vous.

— C'est bien vrai, mon père, et elles ont passé fort vite. J'irai donc droit au but, car vous avez un autre visiteur qui vous attend, Moleskin ; il a dit qu'il resterait un moment dans l'église, le temps de me laisser me présenter. Il souhaite vous parler seul à seul, expliqua l'Homme Juste en réponse à la question qu'il lisait dans les yeux du prêtre.

— Alors dites-moi ce que vous savez, bien que je m'étonne que vous n'ayez pas parlé à Sir John en premier.

— Mon père, je suis et j'étais un Homme Juste. J'ai révélé au coroner ce que j'avais découvert dans cette maison à l'angle de Slops Alley. Ce que je ne lui ai pas dit, d'où ma présence ici, c'est que, quand nous avons fait irruption dans la maison, nous y avons trouvé Moleskin. Il était assis sur un tabouret, une gourde dans les bras, assez saoul et souriant aux deux corps qui pendaient à une poutre. Bon, je connais Moleskin de longue date. Je l'ai immédiatement reconnu : un Homme Juste de Southwark, qui avait fait traverser la Tamise dans les deux sens à bien des camarades. Je lui ai demandé ce qu'il faisait là et il m'a répondu que, tout comme moi, il faisait partie d'une cohorte de Vers de Terre ; c'était avant que les choses tournent mal et qu'il prenne la fuite.

« Vous devez vous rappeler, mon père, ajouta Robin, non sans ironie, qu'un certain nombre de vos paroissiens étaient dans l'impossibilité[1] de soutenir la violence qui a éclaté lorsque Wat Tyler a envahi la ville. En tout cas, Moleskin a dit qu'il avait appris que ces deux harpies étaient revenues à Londres et qu'il avait décidé de leur rendre visite. Je lui ai demandé si c'était lui qui les avait tuées. Il m'a dit que non, mais qu'il ferait volontiers traverser gratuitement la Tamise dans les deux sens à celui qui les avait pendues. Je l'ai interrogé sur les perruques rouges. Il s'est rembruni, vous connaissez cette humeur morose, cet air buté qu'il a souvent. Il m'a répondu qu'il en avait assez dit, s'est levé et a quitté la maison. Je ne voulais pas dire au coroner que Moleskin était un des nôtres. Il vaut mieux que ce détail ne soit pas révélé directement à un officier de la loi. Et je ne voulais pas non plus qu'on soupçonne Moleskin, qu'on l'arrête et l'accuse d'être cet Oriflamme.

Robin se mit debout, repoussa la chaire.

1. Voir *La Grande Révolte*, *op. cit.*

— Mon père, vous avez eu ma confession. Que Moleskin vous fasse la sienne.

— En ce cas (Athelstan se leva et prit les mains de l'homme dans les siennes), adieu, Robin. Que Dieu et ses anges vous protègent. Mais faites une dernière chose pour moi, allez dire à Moleskin que je le verrai tout de suite.

L'Homme Juste s'en alla tandis qu'Athelstan se préparait, faisant les cent pas dans sa cuisine, avec un petit sourire intérieur à la pensée du peu, qu'en fait, il savait sur ses ouailles. Benedicta y faisait souvent allusion. Les hommes et les femmes arrivaient, comme par hasard, à St Erconwald, en quête d'asile, une façon de faire table rase du passé et de commencer une nouvelle vie.

Un coup sec frappé à la porte sortit le prêtre de ses réflexions. Il tira les verrous et Moleskin s'introduisit dans la pièce, tête basse, emmitouflé dans sa chape, les traits dissimulés par son grand capuchon.

— Moleskin, vous avez l'air de vous cacher. Asseyez-vous. Voulez-vous de la bière, de la bouillie d'avoine ?

Le batelier repoussa son capuchon, desserra son vêtement et refusa d'un signe de tête tout en s'installant sur le tabouret qu'on lui présentait.

Athelstan s'assit en face de son visiteur et se pencha en avant afin de pouvoir le regarder droit dans les yeux.

— Comme je l'ai déjà dit, vous avez l'air d'un homme qui a fait une mauvaise affaire. Je pense aussi que vous auriez pu être plus franc avec votre curé. Certes, vous êtes membre de la guilde et vous avez, jadis, servi sur cette barge de guerre sur la Seine. Mais ce n'est pas tout, n'est-ce pas ?

Moleskin se contenta de répondre d'un regard mouillé de larmes.

— Ces deux harpies qu'on a découvertes pendues dans leur répugnante masure pendant la Grande Révolte, vous y étiez, n'est-ce pas ? Avez-vous eu part à leur mort ?

— Mon père, répondit le batelier en passant une main sur son visage, j'avoue que j'aurais pu être plus franc, mais vous ne savez pas ce que c'est que le passé.

— Oh que si ! intervint sèchement le prêtre, moi aussi j'ai un passé. J'aimerais lui fermer la porte, mais je préfère l'ouvrir, confronter les fantômes et traiter les soucis qu'ils m'apportent, soit par la prière, soit par l'aumône ou quelque autre acte charitable. Vous avez été soldat, vous avez servi en France. Vous avez le sang d'autrui sur les mains, c'est bien cela ?

— Mais je n'ai pas suivi Oriflamme, balbutia Moleskin. Je… je ne l'ai jamais fait (il détourna les yeux), j'ai fait d'autres choses, et je le regrette, mon père.

— C'est bon. Revenons à cette misérable maison et à l'exécution de ces deux mégères de sœurs. Avez-vous participé à leur mort ?

— Non, mon père, vous vous souvenez de la Grande Révolte. Nous étions tous entraînés dedans. Bon nombre de nous, ici présents, étaient des Hommes Justes. Nous pensions bâtir une Nouvelle Jérusalem, une vraie communauté où régneraient la loi et la justice, mais, bien sûr, nous nous trompions. Bien des rebelles ne valaient guère mieux que les grands seigneurs de la terre. Vous ne l'ignorez point, mon père, un tout petit nombre de paroissiens seulement a pu rejoindre les rebelles. Maître Thibault vous a fait la faveur de nous rafler et de nous mettre à l'abri. Tout au début de la révolte, j'étais aussi décidé à en découdre qu'un autre. Plus important encore (il était plus détendu maintenant, les yeux mi-clos, en se remémorant ce qui s'était passé plus tôt dans l'année), dans mes allées et venues sur la Tamise, j'ai appris que les deux sœurs chargées des enfants abandonnés étaient revenues dans leur tanière à l'angle de Slops Alley. Je les haïssais, mon père. J'avais envoyé une requête au Conseil, sans résultat. J'ai décidé de profiter de la situation chaotique pour aller les voir. (Moleskin tendit ses mains gantées de mitaines.) J'avoue que, Dieu sait ce que j'aurais fait si je les avais trouvées en vie, mais elles ne l'étaient pas. (Il passa la langue sur ses lèvres sèches.) Mon père, pourrais-je avoir de la bière ?

Athelstan lui remplit une chope. Moleskin y trempa les lèvres avec reconnaissance, puis reprit :

— Le désordre régnait partout. Les Vers de Terre allaient par les rues, mêlés à tous les félons de Londres qui les avaient rejoints. Qui allait s'intéresser à une maison abandonnée ? J'ai trouvé la porte ouverte et je suis entré.

— Y avait-il quelqu'un à l'intérieur ?

— Personne, mon père. Rien d'autre que des insectes qui rampaient partout et des rats et des souris qui couinaient. Les deux sœurs avaient un petit solar. C'est là que je les ai trouvées, pendues aux poutres du plafond. J'ai tâté la chair, elle était froide, les corps et les visages commençaient à gonfler. L'exécution devait remonter à bien des heures plus tôt, peut-être même à la veille. J'ai fouillé la maison, il n'y avait personne, alors je suis retourné dans le solar. Tout ce que je voulais, c'était contempler les deux garces qui nous avaient traités si cruellement, moi et les autres. Je reconnais que j'étais perdu dans le passé, si profondément plongé dans mes pensées que je ne me suis pas rendu compte que les Hommes Justes étaient arrivés. Je leur ai dit qui j'étais, leur ai montré mon médaillon, la preuve que j'étais un des leurs, et je suis parti.

— Moleskin, je suis votre curé, est-ce bien la vérité ?

— Mon père, je le jure.

— Donc, vous aviez été placé dans cet asile pour enfants abandonnés. Combien de temps y êtes-vous resté ?

— De l'âge de huit ans à onze, avant d'être recueilli par de braves gens, un batelier et sa femme. C'est lui qui m'a appris le métier ; il m'a même fait instruire jusqu'à ce que, comme beaucoup d'autres, je sois enrôlé par les racoleurs du roi, et expédié en France, avide de gloire et de butin.

— À quoi ressemblait la vie dans cette maison ?

— Extrêmement cruelle. Elles étaient mauvaises dans l'âme comme dans le cœur. Elles nous forçaient à les regarder boire et manger alors que nous, pauvres enfants, avions faim et soif. Elles aimaient par-dessus tout nous battre. Leur châtiment préféré, si nous étions pris en faute, c'était de nous mettre nus, une perruque rouge sur la tête, puis de nous faire danser à coups de bâton. Je les haïssais, mon père, et je les hais encore.

Athelstan remplit à nouveau la chope du batelier.

— Dites-moi, Moleskin, est-ce que d'autres membres de la guilde, ceux de St Olaf ou quelqu'un qui aurait servi en France avec vous…

— Oui, mon père ?

— Eh bien, y en a-t-il parmi eux qui auraient vécu dans cet asile ?

— Mon père, rappelez-vous que j'étais très jeune. Les gens changent, on oublie les visages, en particulier quand vous essayez d'effacer le passé.

— Mais vous bavardez avec vos compagnons. Vous avez bien dû apprendre si l'un d'eux avait souffert aussi dans cette maison.

— Non, mon père, peut-être Falaise, répondit le batelier en détournant les yeux.

— Vous ne me dites pas la vérité, Moleskin, je le sens.

— Bon, c'est comme un soupçon. Voyez-vous, la plupart des pensionnaires étaient des garçons. Parfois une petite fille venait grossir les rangs. Les deux sorcières, comme nous les appelions, s'étaient entichées de l'une d'elles, une gamine de cinq ou six printemps tout au plus.

Athelstan réprima un frisson et demeura impassible.

— Qui, Moleskin ?

— Vous devez pouvoir deviner son nom. Maîtresse Alice Brun, veuve, propriétaire du *Léviathan* et membre de notre guilde.

— En êtes-vous certain ? L'a-elle jamais reconnu ?

— Non, mon père. Ce n'est qu'un soupçon. C'est quelque chose dans ses traits, ses façons de faire, quelque chose de glaçant. Je ne lui ai jamais posé de questions et elle n'a jamais fait référence à son passé, sauf une fois, quand elle a dit venir d'un village dans l'Essex.

— Vous avez dit qu'elle avait quelque chose de glaçant. Votre prêtre, le père Ambrose, semble éprouver de l'attirance à son égard.

— Pas du tout, mon père, il est aussi soupçonneux que nous le sommes.

— Sur quoi portent ces soupçons ?

— Ce n'est qu'un soupçon. Son époux est bien tombé malade, mais je m'interroge parfois, et je crois que le père Ambrose en fait autant : maîtresse Alice n'aurait-elle pas aidé son mari à passer dans l'autre monde en lui faisant prendre quelque chose pour calmer ses douleurs ?

— À titre définitif ?

— Oui, mon père, à titre définitif. Voyez-vous, son époux était un excellent camarade. Je l'aimais bien et le père Ambrose l'appréciait aussi, il me l'avait dit. Je me demande, quelquefois, si notre curé ne chercherait pas à découvrir la vérité sur ce qui s'est effectivement passé.

Moleskin prit sa chope et la vida. Athelstan se remémora ce que Cranston lui avait dit. Il tapota la table.

— Mon ami, qui, parmi les membres de votre compagnie, savait que les Hommes Justes se cachaient dans cette maison ?

— Oh ! des bruits couraient. Nous savions qu'ils cherchaient désespérément un bateau. Cependant, pour autant que je sache, seul Falaise était au courant. C'est ainsi que ça se passait avec les Hommes Justes.

— Et pouvez-vous me dire encore autre chose ?

— Non, mon père, dit-il en hochant la tête, non. (Puis, comme il se levait, il ajouta :) Je ferais bien de m'en aller.

Cranston était l'image même de la vigueur quand Athelstan entra dans le solar du second lieu de détente favori du coroner, à Londres. Il avait choisi de revêtir une cotte-hardie de sarcenet et des chausses rouges avec un chapeau de castor assorti, une chemise de batiste d'un blanc éclatant et ses bottes préférées ainsi que son ceinturon en cuir de Cordoue. Ce dernier était jeté en travers de l'une des tables de la taverne, à côté de sa chape militaire. Le coroner frappa des mains et se leva pour échanger le baiser de paix avec son adjoint, puis, l'écartant à bout de bras, il l'examina de la tête aux pieds.

— Vous avez l'air fatigué, anxieux, mon ami. Venez rompre le jeûne avec le lard le plus croustillant et le pain le plus tendre qui soient. Et l'aube n'est pas plus fraîche que ce beurre. Bon, quelles sont vos nouvelles ?

Athelstan s'installa confortablement et fit, des visites de Robin du Bois-Vert et de Moleskin, un compte rendu fidèle. Cranston l'écouta sans l'interrompre puis eut un petit rire sec.

— Robin aurait dû m'informer mais, voyez-vous, je suis un officier de la loi et il ne voudrait pas nuire à un ancien camarade. Il n'empêche, et je vous le dis tout net, Athelstan : cet asile pour enfants abandonnés était un lieu vraiment infâme. Je me demande seulement si la petite fille dont parlait Moleskin est maîtresse Alice. Elle a un visage dur, mon frère. Elle a, peut-être, aidé son mari à mourir.

Il lança un regard inquisiteur à Athelstan :

— Mais vous avez exercé votre réflexion, n'est-ce pas, mon petit *secretarius* ?

Le dominicain se mit à l'aise et commença, d'une voix haletante au début, à exposer ses soupçons. Quand il eut terminé, Cranston avait déjà fini de déjeuner. Il s'adossa à son siège et émit un petit sifflement.

— L'heure approche, annonça-t-il, où nous pourrons mettre un terme à cette affaire. Je vais envoyer Flaxwith et ses joyeux drilles extraire toutes ces dalles. Les archers de la Tour monteront une garde implacable. Alors, comment comptez-vous piéger ce démon ?

— Je ne sais pas, Sir John. J'ai passé toute la journée, hier, enfermé, à inventorier tous mes soupçons et à essayer d'élaborer un plan d'action. (Il sourit au coroner.) Avec votre permission, je resterai céans, à *L'Agneau de Dieu*, en toute sécurité, et reprendrai ma tâche. Une pause bienvenue pour le corps, l'âme et l'esprit. Maintenant, avant de nous séparer, Sir John, revenons à cette réserve à St Olaf. Non, pas tout de suite. D'abord, je veux que vous envoyiez un message urgent au meilleur maître maçon que vous connaissiez. Il faut qu'il se rende à la chambre forte et l'examine de près. Ensuite, j'ai besoin que vous m'emmeniez voir une cogghe de guerre à Queenhithe afin que je questionne un maître vétéran sur ce qui a pu se produire à bord du *Valet de cœur* pendant ce fatal dernier voyage.

Il glissa un petit rôle dans la main de Cranston :

— Et voici une liste de questions à poser au Pêcheur d'hommes.

Sir John parut surpris, mais il promit de faire tout ce que lui demandait Athelstan, ajoutant que ce dernier devait rester en sécurité à *L'Agneau de Dieu* jusqu'à ce que tout soit prêt.

Un peu plus tard dans la matinée, le coroner vint arracher son *secretarius* aux petits soins de la tavernière. Après lui avoir communiqué le programme pour la journée, il l'emmena au quai principal de Queenhithe où mouillait *La Gloire de Dieu*, une cogghe de guerre prête à lever l'ancre. Cranston présenta Athelstan au capitaine, Adam Leyton, un ancien compagnon de campagne en France, et à Chingford, son second. Tous deux étaient de robustes marins qui, de leur propre aveu, « en avaient vu ». Assis dans la petite cabine du patron, sous la poupe, Leyton leva son gobelet en hommage à ses visiteurs. Athelstan l'avait prévenu de ce qu'il souhaitait apprendre sur *Le Valet de cœur* et Leyton avait répondu que son second et lui feraient de leur mieux pour le satisfaire.

— Je connaissais Dorset, déclara-t-il. *Le Valet de cœur* était un solide bateau en de bonnes mains. (Il s'éclaircit la gorge alors que Cranston se mettait à taper sur la table.) Il devait avoir environ dix hommes d'équipage, lui compris.

— Je dirais que ça me paraît juste. Et il disposait aussi de deux archers de la Tour, continua Athelstan, chargés de garder le coffre dans la cale. C'est bien ce que vous m'avez dit, Sir John ?

— Douze hommes en tout, confirma Cranston, un équipage plutôt léger, qu'en dites-vous, maître Leyton ? Mais la consigne était stricte : il devait faire vite et le plus secrètement possible pour atteindre Calais.

— Donc *Le Valet de cœur* quitte le mouillage, réfléchit Athelstan, prenant de petites gorgées au gobelet que Leyton lui avait versé. La nuit tombe. Où Dorset pouvait-il se trouver ? Comment avait-il déployé ses hommes ?

— Venez, je vais vous montrer.

Leyton les fit sortir de la cabine, descendre quelques marches au milieu du pont principal pour se retrouver dans la cale, tout au fond du navire où, en dépit de la lueur des lanternes, il faisait très sombre. L'air était imprégné de relents de goudron, de poix, de sel, ainsi que de la forte odeur de suint émanant des balles de laine juste tondue entassées contre les parois. Leyton expliqua que la partie de la cale située à l'avant, comme celle située à l'arrière, était isolée par une épaisse cloison percée d'une porte étroite au milieu : dans la première dormaient les membres de l'équipage, et la seconde servait de chambre forte. À la demande d'Athelstan, le capitaine ouvrit la porte de cette dernière et, une lanterne à la main, fit entrer le coroner et son *secretarius* dans le local où s'entassaient cassettes et coffrets autour d'un coffre cerclé de fer et cadenassé comme il se devait.

— Ce devait être pareil sur la cogghe de Dorset, fit remarquer Chingford. Tout comme je l'aurais fait, Bramley, le second, avait sans doute organisé une vigie : deux archers au-dedans ou au-dehors. Il est probable qu'il gardait sur lui la clé de la chambre et celle du coffre, ajouta-t-il en portant la main à la lourde chaîne suspendue à sa ceinture.

Athelstan fit le tour du sombre réduit. Il s'efforçait de conserver son équilibre dans le tangage qui augmentait à mesure que le courant se faisait plus turbulent. Il entendait le bruit des pas et les cris des marins qui s'affairaient sur le pont au-dessus d'eux. D'autres bruits parvenaient, assourdis, cordages que l'on manœuvrait, grincements de leviers et incessant criaillement des mouettes qui piquaient au ras du navire, en quête de provende. Athelstan s'arrêta, s'adossa à la paroi et ferma les yeux. Il tenta d'imaginer la vie sous le pont à bord du *Valet de cœur* au cours de cet ultime, ce fatal voyage.

— Mon frère ?

Athelstan rouvrit les yeux et sourit à Leyton.

— Imaginons que *La Gloire de Dieu* effectue le

même parcours en aval jusqu'à l'estuaire que *Le Valet de cœur*. Vous avez dû le faire bon nombre de fois. La nuit est tombée, le froid est glacial. Le brouillard enveloppe le fleuve, les falots sont donc allumés et la vigie est stricte. Je me trompe ?

Leyton se mit à rire.

— Excellent, mon frère, on arrivera à faire de vous un marin.

— Revenons à cette nuit-là, l'activité est grande. La marée est remontée et le courant est fort. Vous êtes à proximité de bancs de sable, comme Sodome et Gomorrhe, de très dangereux passages pour les imprudents.

— En effet, confirma Chingford.

— Donc, maître Leyton, où vous tiendriez-vous ?

— Sur le pont principal, juste sous le mât central, un falot accroché au-dessus de ma tête.

— Et maître Chingford ?

— À l'avant, l'œil sur nos veilleurs. Je prendrais la mesure du temps, prêt à faire modifier la voilure si le vent tournait ou forçait. La plus grande partie des hommes serait aussi à l'avant. Si tout se passe bien, on divise la vigie. Pendant que certains se reposent, les autres s'occupent des voiles, des cordages et des lanternes.

Athelstan remercia discrètement et scruta la chambre forte. Il pouvait imaginer Bramley, à bord du *Valet de cœur*, descendant dans la cale, assurant à tous que tout se passait bien. Qu'y avait-il d'autre encore ?

— Ah oui ! s'exclama-t-il, en tapant doucement dans ses mains, le canot, vous en avez un ?

— Bien sûr.

— Et on le remonte quand on navigue ?

— Pas obligatoirement, rétorqua Chingford. Et je

vois pourquoi vous me posez la question, mon frère. On raconte, chez les marins, que *Le Valet de cœur* remorquait son canot. Mais je peux vous assurer que la chose n'est pas inhabituelle. Beaucoup de cogghes le font jusqu'à ce qu'elles atteignent l'estuaire.

— Pour quelle raison ?

— Afin de permettre à l'équipage de dégager la végétation qui s'échappe des bancs de sable, sans parler de la vase et autres saletés qui en proviennent et s'amoncellent.

— Oui, bien sûr, je comprends pourquoi le canot n'est pas monté à bord. (Athelstan regarda autour de lui avant de poursuivre :) Il faut que je garde présent à l'esprit combien il fait sombre dans la cale d'un bateau comme celui-ci. De plus, ces lanternes créent un monde d'ombres mouvantes, ajouta-t-il en les désignant.

— C'est bien vrai, mon frère. Il peut faire noir comme dans un four dans un navire en pleine nuit, précisa Leyton.

— Mais, s'il fait aussi noir, est-ce qu'un clandestin pourrait se déplacer ?

Leyton éclata d'un rire sec et dit quelques mots à l'oreille de Chingford, lequel se rua sur l'échelle d'accès au pont.

— Mon frère, quand Sir John est venu me voir un peu plus tôt aujourd'hui, je me suis demandé si vous poseriez cette question, j'ai donc envoyé quérir Walter et ses belettes.

— Pardon ?

— Vous ne tarderez pas à les rencontrer, frère Athelstan. Soyez assuré, toutefois, que *Le Valet de cœur*, comme tout navire prêt à prendre la mer, n'a pas manqué d'être visité et fouillé de fond en comble avant d'appareiller. Et maintenant en attendant nos visiteurs, avez-vous d'autres questions ?

— Je crois savoir que Dorset avait fait venir un prêtre dans le but de bénir sa cogghe ?

Leyton fit une grimace.

— Certains capitaines le font, ce n'est pas inhabituel. Nous donnons une pièce au père Benedict, un vieux loup de mer, titulaire de nos jours du bénéfice à St Mary-le-Bow, pour qu'il vienne nous bénir quand nous nous apprêtons à naviguer dans des eaux dangereuses. Pourquoi cette question ?

Athelstan se contenta d'un hochement de tête.

— Et le canot du *Valet de cœur* ? demanda-t-il.

— Pour autant que je sache, mon frère, intervint Cranston, il a été confisqué, on le garde dans la cour du bailli du port un peu plus bas, sur le quai.

— Nous devrions y aller mais…

Un bruit de petits pas pressés sur le pont l'interrompit. Du haut de l'échelle, Chingford appela. Leyton lui répondit et un homme, sec comme un coup de trique, se précipita en bas de l'échelle, suivi d'au moins une douzaine de gamins en haillons, les cheveux enduits de graisse dressés sur la tête, le visage marbré de taches. La trique se présenta sous le nom de maître Walter, chef des belettes, une compagnie de fouilleurs de bateaux. Athelstan fit un signe de tête compréhensif et serra la main de l'homme. Une fois les présentations faites, le dominicain fit la connaissance des petits va-nu-pieds qui escortaient Walter. Ils lui rappelaient tous, se dit-il, les deux furets, Audax et Ferox, du preneur de rats, Ranulf. À la demande de Leyton, Walter expliqua qu'il était engagé par les capitaines et maîtres des différents bateaux pour fouiller cales, chargements et autres attirails avant que le bâtiment largue les amarres. Il le faisait pour *La Gloire de Dieu* comme il l'avait fait pour *Le Valet de cœur*.

— Et vous n'aviez rien trouvé d'anormal ce jour-là ?

— Rien. Je suis prêt à le jurer.

Il leva une main calleuse tandis que son entourage dansait autour de lui, tout en dévisageant le prêtre et le coroner. Le silence se fit soudain quand ce dernier ouvrit son escarcelle et en tira deux pièces d'argent qui miroitèrent dans la faible lumière.

— Je vous demande (la voix de Cranston résonna dans la cale comme une trompette) si vous avez remarqué quoi que ce soit, ajouta-t-il en brandissant les pièces, je dis bien quoi que ce soit, de suspect dans cette cogghe, *Le Valet de cœur*, avant son départ pour ce fatal voyage.

Les belettes, tel un chœur, l'œil rivé sur l'argent, d'une voix haut perchée, affirmèrent qu'ils n'avaient rien vu de suspect.

— Sauf… cria le plus jeune de la bande, un garçon mince comme un fil.

Athelstan s'accroupit devant l'enfant.

— Comment t'appelles-tu ?

— Belette dix.

— Et qu'as-tu vu, Belette dix ?

— Rien, rien.

Il s'approcha un peu et le prêtre fut frappé de pitié à la vue du petit visage émacié.

— Qu'y a-t-il, Belette dix ?

— En général quand je monte à bord d'une cogghe, les marins sont gentils. Je l'ai déjà vu, lui, vous voyez…

— Qui as-tu vu ?

— Bramley, le second de Dorset sur *Le Valet de cœur*. Il était toujours gentil. Il me disait qu'il avait des enfants, lui aussi, mais pas ce jour-là. Il…

La voix du garçon s'éteignit.

Athelstan sortit un penny de sa propre escarcelle et le mit dans la main de l'enfant :

— Dis-moi, maintenant, plaida-t-il.

— Bramley semblait avoir peur, comme un chien qui craint d'être battu. Il m'a crié dessus, m'a envoyé promener. Il ne l'avait jamais fait (Belette dix agrippa son menton), il avait l'air sévère, en colère. J'ai trouvé ça bizarre, surtout le jour où c'était la dernière fois que je le voyais.

Athelstan remercia Belette dix et demanda à Cranston de ramener tout le monde sur le pont.

— Ça commence à être un peu encombré ici, dit-il en souriant, et j'ai besoin de réfléchir.

Cranston brandit les pièces d'argent comme s'il s'agissait d'une bannière en tête d'une procession et conduisit toute la compagnie sur le pont. Une fois seul, Athelstan s'assit sur ses talons, déterminé à percer l'ombre, non pas celle qui l'environnait, mais celle qui régnait dans la cale du *Valet de cœur* tandis qu'il faisait route vers la mer. Il regarda sur sa gauche, l'avant où quelques matelots s'abritent en quête d'un repos bien gagné. « Sur sa droite, à la poupe, deux archers de la Tour chargés de veiller sur la chambre forte, sont probablement assis, accotés à la porte. Leurs arcs sont amorcés, mais ils sont à demi assoupis. Peut-être sont-ils inquiets en sentant l'étrange vibration du navire dans sa lutte contre le vent et le fort courant. Aucun bruit. Bramley arrive, mais il n'est pas seul. Le tueur, sans doute Oriflamme, l'accompagne, bien qu'Athelstan ne parvienne toujours pas à comprendre comment il a pu s'introduire sur le navire. Bramley assure aux gardes que tout va bien, il ouvre la porte de la chambre forte dans laquelle il pénètre avec l'assassin. Ce dernier le tue et s'empare des clés du coffre, que Bramley a sur lui, puis saisit le coffret contenant le trésor. Il se tourne alors vers la poudre, allume une mèche et prend la fuite. Il n'y a personne dehors à l'exception des deux archers à moitié endormis. Oriflamme les tue, sans doute d'une flèche. L'acte est si rapide que les deux malheureux n'ont pas le temps de comprendre ce qui se passe. L'assassin revêt ensuite son déguisement. Il sait que la longue mèche se consume et qu'il serait temps de quitter le navire. Il remonte sur le pont, place le coffret près de la lisse de couronnement de la poupe. C'est là qu'il se trouve face à Dorset, qu'il frappe d'un coup à la tête. Enfin, il se prépare à quitter le bateau, croyant emporter le trésor. »

Athelstan passa un doigt autour de ses lèvres. « Mais que font les autres équipiers ? Ont-ils eu le temps de réagir ? La mèche se consume. L'assassin part, saute dans le canot. Peut-être les hommes ont-ils été alertés, mais l'esquif est prêt, il s'éloigne. Peu après, la flamme atteint la poudre à canon et c'en est fini du *Valet de cœur*. »

« Il reste encore des failles, se dit Athelstan, des failles qu'il faut combler, et cela inclut ce qui s'est réellement passé à bord peu avant qu'Oriflamme prenne la fuite. Ah, bah… »

Il gravit l'échelle et retrouva Cranston, Leyton et Chingford, qui conversaient.

— Nous avons congédié Walter et ses belettes, annonça le coroner. Vous en avez fini, mon frère ?

— Il reste des questions, je le crains. Maître

Leyton, quand vous vous approchez des bancs de sable tels que Sodome et Gomorrhe, où postez-vous vos hommes ?

— Voyons, ça tombe sous le sens. La plus grande partie se dirige vers la proue, pour guetter les obstacles.

— Et vous, où vous tenez-vous ?

Leyton indiqua le mât.

— Je reste là, en général, à observer comment Chingford dirige les hommes.

Leyton fit une grimace et Athelstan crut discerner l'impatience du capitaine.

— Vous avez encore des questions ?

— Oui, s'empressa de répondre le dominicain en regardant autour de lui. Et celle-ci est bien étrange, maître Leyton, mais imaginez que votre navire descende le fleuve à marée remontante. La voile est déployée, l'équipage, rassemblé, ne quitte pas des yeux la surface des eaux, un tueur pourrait-il se déplacer à sa guise, pénétrer dans la chambre forte, prendre ce qui s'y trouve, assassiner l'homme qui l'a laissé entrer et tuer les deux gardes, puis, ayant allumé une longue mèche, remonter sur le pont pour infliger encore plus de dégâts avant de s'échapper dans votre canot ?

Leyton prit le temps de dévisager Athelstan.

— À première vue, je dirais non, commença-t-il mesurant ses mots. Mais, là encore, en pleine nuit, le bateau aux prises avec un fort courant, on a autre chose en tête qu'à regarder tout autour de soi. L'équipage s'affaire à ses différentes tâches. Les hommes sont séparés les uns des autres. L'obscurité qui vous enveloppe n'arrange rien et tout bruit incongru peut être imputé aux remous du fleuve. Plus important encore, les hommes se sentent à l'abri de tout danger venu de l'intérieur, ils n'ont d'yeux que pour la surface de l'eau, alors pourquoi auraient-ils peur ? L'assassin ne pourrait qu'en tirer profit.

— Bien sûr que oui, approuva Athelstan. Et vos hommes, ils sont sélectionnés ?

— Triés sur le volet, précisa Chingford. C'est le maître et moi qui les engageons. Nous ne prenons que des marins expérimentés et de bonne réputation. Nous signons des contrats avec chacun séparément.

— Et le registre ?

— On le garde dans la cabine du capitaine avec d'autres documents.

— Et sur *Le Valet de cœur*, Bramley devait aussi être responsable de l'engagement et du commandement de l'équipage ?

— Naturellement, Dorset et lui accueillaient chacun à bord, comme nous le faisons.

— Et s'il vous arrivait d'avoir une escorte d'archers de la Tour ?

Chingford haussa les épaules :

— Ils arrivent d'ordinaire par deux. Sir John, vous connaissez l'espèce. Ils se présentent au bateau, juste avant qu'on lève l'ancre, coiffe de mailles et capuchon sur la tête, vêtus du justaucorps de leur arme, vert et brun orné du cerf blanc, leur blason. Ils sont aussi porteurs de mandats au sceau du gouverneur de la Tour. C'est tout ce que je peux vous dire, mon frère.

— Merci, merci.

Athelstan se retourna et se dirigea vers la lisse, les yeux fixés sur le fleuve gris et gonflé tandis que peu à peu le brouillard montait. Il plissa les yeux et aperçut quelques rares embarcations : barge, esquif, harenguier et tout autre bateau de pêche, falots luisant devant une grossière représentation de leur saint patron, saint Pierre, le plus souvent, ou toute autre personne, homme ou femme, sanctifiée par l'Église pour avoir passé sa vie sur l'onde. Il s'appuya au bastingage et ferma les yeux. Le vent froid lui fouettant le visage, il imaginait ce qui avait pu se produire à bord du *Valet de cœur*. Il était maintenant parvenu à des conclusions solidement étayées, bien qu'il lui restât encore à mettre en place certains éléments dans cette mosaïque meurtrière.

— Frère Athelstan ?

Il se retourna. Cranston se tenait près de la lisse, de l'autre côté du pont. Le coroner lui fit signe de venir alors que le Pêcheur d'hommes, débouchant de la planche d'embarquement, faisait son apparition sur le pont. Le Pêcheur était craint et respecté de tous les gens du fleuve. Leyton et Chingford allèrent l'accueillir, mais, rejetant son capuchon, il refusa, d'un signe de tête, leur offre de rafraîchissement et désigna Athelstan.

— Sir John m'a fait passer vos questions et (donnant un petit coup à la sacoche qui pendait à son ceinturon) j'ai consulté mes registres.

Athelstan s'approcha, esquissa une bénédiction à l'adresse du Pêcheur :

— Bien, bien, et qu'avez-vous découvert ? Inutile de me montrer vos notes, dites-moi tout, de vive voix.

Le Pêcheur fit un pas en arrière, prit appui contre la paroi du bateau.

— Bon, vous m'avez demandé si nous avions trouvé un cadavre d'homme dénudé, défiguré au point d'être méconnaissable. En fait, nous avons trouvé plus que cela.

— Après le naufrage du *Valet de cœur* ?

— Oui, environ une semaine après ; pas un corps, mon frère, mais deux.

— Et les visages ?

— C'est bien là le problème, mon frère, ils n'en avaient pas, parce qu'ils n'avaient plus de tête. Ils avaient été décapités et nous n'avons pas retrouvé les têtes. Les cadavres ont été transportés à notre dépositoire. Personne n'est jamais venu les réclamer. On les a donc enterrés dans le carré des indigents à St Michel.

— Et aucun signe distinctif ? demanda Athelstan en se rapprochant.

— Mon frère, je dirais que tous deux étaient des soldats. Les cals sur deux doigts de la main droite indiquaient qu'ils tiraient à l'arc. Ils étaient ensemble quand on les a trouvés, pris dans les roseaux du bord, à un mile à peu près en aval.

— Évidemment, souffla le dominicain. Maître Leyton, si vous aviez des archers de la Tour sur votre bateau, des vétérans que l'idée de passer des jours en mer n'enchante guère, ils chercheraient le réconfort d'un bon repas chaud arrosé de quelques chopes de bière, n'est-ce pas ?

— Assurément.

— Et dans quelle taverne se rendraient-ils ?

— Sans le moindre doute, à *La Perspective de Whitby*.

La taverne était la plus splendide hôtellerie de Queenhithe. De toute sa hauteur, elle dominait l'activité sur cette partie du quai. La grand-salle, voûtée, était spacieuse, le sol était couvert d'une grosse natte et elle ne manquait ni de vraies chaises, ni de tabourets, ni de tables. L'air fleurait bon le fromage, les jambons et le lard fumé pendus aux poutres dans leurs sacs de mousseline blanche. La pièce entière baignait dans une douce chaleur émanant du feu qui étincelait dans l'âtre en forme de gueule de vouivre. Le tavernier, homme de petite taille, imbu de son importance, veillait au bon déroulement d'un service au rythme rapide, ainsi qu'au bien-être de la clientèle. Au début, il ne se montra pas très coopératif, jusqu'à ce que Cranston tape du poing sur la longue table de service, clamant haut et fort qui il était, qu'il avait des questions à poser et qu'il exigeait des réponses aussi honnêtes que possible. Le tavernier courba l'échine et le silence s'étendit sur toute la salle. Quelques clients, comprenant qui était Cranston, se dirigèrent aussitôt vers la porte la plus proche. Athelstan en repéra même un, un charlatan, dans un justaucorps enguirlandé de clochettes tintinnabulantes, qui repoussa les volets à sa portée et, leste comme un singe, escalada la fenêtre ouverte.

— Bien, dit Cranston, dominant le tavernier de sa haute taille, asseyons-nous là.

Il indiqua une embrasure sous une fenêtre avec un coussiège, une table propre et deux petits braseros. Une fois qu'ils furent installés et qu'on eut servi des bières, le tavernier, servile maintenant, balbutia qu'il était prêt à apporter son aide à Mgr le coroner dans ses recherches.

— Parfait, murmura Cranston. Vous rappelez-vous le soir où *Le Valet de cœur* a mis à la voile ?

— Bien sûr, Sir John, l'équipage était venu chez nous la veille car, vous ne l'ignorez pas, les maîtres de cogghes ne permettent pas que l'on boive le jour même du départ.

— Exact, acquiesça le magistrat.

— Allons droit au but, intervint Athelstan en reposant sa chope. (Il désigna le tavernier du doigt :) Je vous demande de bien réfléchir. Est-ce que, ce jour-là, deux archers de la Tour, arborant l'insigne du cerf blanc, sont venus céans ?

— Oui, en effet. Ils sont arrivés, l'air avantageux, comme toujours. Ils ont commandé à boire et à manger et, un peu plus tard, deux autres les ont rejoints.

— Des archers de la Tour ?

— Non, mon frère. Deux archers ordinaires. Vous savez comment ils sont. Je parierais que c'étaient des mercenaires, vêtus de ce vert de Lincoln, le visage en partie caché par leur capuchon. Ils sont allés vers les autres. (Le tavernier fit une grimace.) C'étaient de bons clients, qui ont commandé la bière au pichet. Ils ont mangé comme quatre et bu comme des trous. Puis, en début d'après-midi, ils sont partis tous les quatre ensemble, les archers de la Tour pas très frais.

— Et ces deux autres archers, avez-vous vu leur figure ?

— Mon frère, ces hommes-là jouent les guerriers, portent des poignets de force, de profonds capuchons et ces coiffes qui leur couvrent le front et remontent sur le menton. Non, je ne puis me rappeler leurs visages ni vous les décrire.

Cranston et Athelstan quittèrent la taverne. Le dominicain s'arrêta, agrippa le bras du coroner tout en levant les yeux vers le ciel.

— Venez, Sir John, le jour avance. Allons rendre visite au capitaine du port.

Ils suivirent le quai où régnait une intense activité. Athelstan regardait où il mettait les pieds : le sol étant couvert des entrailles, têtes et queues des poissons pêchés de bonne heure, le matin, les pavés gluants étaient glissants. En même temps il gardait un œil vigilant sur les chiens à demi sauvages qui accouraient pour se régaler et disputer à la légion de mendiants qui sillonnaient le quai quelque morceau comestible. L'air était imprégné de toutes les odeurs montant du fleuve auxquelles se mélangeaient celles émanant des fours, grils et poêles de fortune autour desquels s'assemblaient les malheureux, dans l'espoir de faire cuire les morceaux qu'ils avaient trouvés. Les agents des quais, armés de badines de saule pointues, tournaient autour de cette horde de démunis, toujours prêts à frapper.

Ils passèrent devant les potences de Queenhithe, un gibet à six fourches ornées de cages contenant les cadavres de pirates qui avaient commis leurs méfaits sur le fleuve, pendus un peu plus tôt ce jour-là. Ils atteignirent enfin le bout du quai interdit par une haute palissade de bois que gardaient deux officiers de la capitainerie ; l'un d'eux ouvrit le portillon et conduisit Cranston et Athelstan dans un enclos encombré de malles, de coffres en partie couverts par des tissus enduits de goudron. S'y trouvaient aussi une rangée de petits bateaux de toutes sortes dont des canots délabrés. Le capitaine du port consulta un parchemin graisseux, bougeant les lèvres dans son effort pour le déchiffrer.

— Ah oui ! vous êtes à la recherche du canot du *Valet de cœur*. C'est ce que vous avez dit, Sir John.

— Et c'est ce que je veux voir, rétorqua sèchement le coroner.

— Alors vous feriez bien de me suivre.

Le capitaine se fraya un chemin parmi différentes embarcations et désigna du doigt un canot de sauvetage ventru sur lequel était épinglé un petit morceau de parchemin huileux.

— Le voici, déclara-il, je crains bien qu'on n'ait pas retrouvé les rames mais il tient encore l'eau et le petit timon est en bon état.

Athelstan le remercia et mit le pied dans l'esquif avec précaution. Il ne détectait rien d'anormal à première vue, mais il finit par remarquer la corde attachée au timon, que l'on pouvait relier à un banc situé à l'arrière, bien qu'elle eût été sectionnée. Il s'accroupit et examina le nœud. Le prêtre eut un sourire satisfait.

— J'ai compris, murmura-t-il.

— Mon frère ? s'enquit le capitaine en s'approchant.

— Ce nœud n'est pas un nœud ordinaire, n'est-ce pas ?

Le robuste officier bouscula le dominicain et se pencha avec curiosité.

— Non, c'est un vrai nœud de marin, déclara-t-il.

Athelstan se releva, remercia l'homme et frotta ses mains l'une contre l'autre.

— Sir John, je veux que l'on coupe ce bout de corde et qu'on me le remette, en prenant garde de ne pas endommager le nœud.

Cela fait, Athelstan remercia le capitaine, et le coroner et lui quittèrent la cour.

— Où allons-nous maintenant, mon petit frère ?

— Vous avez fait venir le maître maçon ?

— Le meilleur de tous, mon ami, Henry Tunstal, maître maçon, et très haut placé au service du roi. Henry aime la pierre et passe tout son temps à rêver aux édifices qu'il pourrait réaliser. Il nous attend au cimetière de St Olaf. C'est un vieil ami et je sais qu'il fera tout ce que je lui demande, même au risque de geler dans l'humidité de ce sinistre endroit.

Arrivés à l'entrée du cimetière, ils trouvèrent deux archers de la Tour qui montaient la garde. Un sergent, arborant l'emblème personnel du jeune roi informa Sir John que le maçon était encore occupé dans la réserve. Il les conduisit, cheminant entre les tourbes, jusqu'à ce que Cranston appela, avec une emphase dramatique, « le lieu de la mort soudaine ». Athelstan jeta un rapide coup d'œil autour de lui. Le cimetière et l'église paraissaient bizarrement abandonnés et il éprouva une sensation de solitude, de froid à l'âme, comme si l'esprit même du lieu avait disparu. C'était si différent de St Erconwald, où le remue-ménage de la vie quotidienne débordait de l'église, traversait l'Arpent du Bon Dieu et pénétrait dans le foyer de ses ouailles. Il en allait autrement de St Olaf et en particulier de ce cimetière. C'était le domaine de la désolation : herbe envahissante, vieux ifs tors et rangée sur rangée de croix endommagées et de stèles croulantes. Le seul bruit rompant l'impressionnant silence était le croassement des corneilles et des corbeaux.

La réserve était en tout point ce à quoi s'attendait Athelstan : une construction basse, carrée, en pierre patinée par les ans, avec des meurtrières pour fenêtres et une impressionnante porte remise sur ses gonds de cuir par les charpentiers sous la direction du maître maçon. Henry Tunstal était un homme de petite taille, à la mine avenante et à la calvitie naissante. Ses vêtements étaient couverts d'une pellicule de fine poussière. Il serra la main des visiteurs, enchanté de ce qu'il avait découvert. Il refusa de leur dire quoi que ce soit et leur demanda d'attendre dehors, près de la porte, tandis qu'il pénétrait à l'intérieur. Cranston haussa les épaules et, d'un geste large, indiqua l'entrée. Le maçon sauta par-dessus le seuil et claqua la porte derrière lui en criant au coroner et au dominicain de s'attendre à un miracle.

— Dieu le bénisse, commenta Cranston à mi-voix. Henry a toujours été prompt à s'émouvoir. Le voilà comme un gamin qui a reçu un bol de friandises.

— Il a mis au jour le secret, répliqua Athelstan. Je devine ce que c'est, mais attendons ici.

Immobile, il contemplait la porte fortifiée et, bien qu'il s'y attendît, il sursauta en entendant Tunstal les appeler. Il se retourna et regarda la face épanouie du maçon.

— Par les tétons de Satan, chuchota le coroner, êtes-vous magicien, pouvez-vous vraiment traverser un mur de pierre ?

— Vous avez trouvé, n'est-ce pas ? demanda Athelstan.

— Oui, mon frère, venez.

Tunstal les emmena derrière la bâtisse et indiqua une des pierres carrées, en bas du mur, qui maintenant dépassait un peu. Le maçon se baissa, fit glisser la pierre et la plaça à portée de main lorsqu'il fut en position couchée. Il s'introduisit dans la fente ainsi créée, les pieds en avant, attira la pierre à lui puis, s'enfonçant lentement dans l'ouverture, il remit la pierre à sa place d'origine. Athelstan vit le maçon disparaître à l'intérieur, puis il s'accroupit et scruta le mur. Il remarqua que le lichen, le ciment séché et l'âge de l'édifice avaient formé une croûte, si bien que la pierre descellée ne dépassait pas de l'alignement. Il se remit debout, s'essuya les mains et épousseta sa bure. Il donna un petit coup de pied dans les herbes, les ronces et autres plantes sauvages qui poussaient au bas du mur, puis, se tournant vers Cranston :

— Personne ne pourrait rien déceler d'anormal. La pierre se trouve en bas du mur arrière, dissimulée, à première vue, sans rien qui la distingue des autres. Ce lieu est mal éclairé quelle que soit l'heure et les mauvaises herbes et les ronciers l'envahissent. Tout cela contribue à protéger l'entrée secrète.

Athelstan s'accroupit de nouveau et passa les doigts sur la pierre, jusqu'à ce qu'il rencontre une petite fente naturelle dans laquelle on pouvait insérer les doigts, ce qu'il fit. Il leva les yeux sur le coroner :

— Il y aura la même chose à l'intérieur, Sir John. En fait, c'est ce qui permet le passage.

Ils refirent le tour du bâtiment. Tunstal ouvrit la porte endommagée et leur fit signe d'entrer, puis il désigna le fond de la pièce, là où il avait retiré des sacs mangés par les mites ainsi que des coffres vermoulus.

— Parfait, maître Henry, dit Athelstan en s'asseyant sur un tonneau retourné tandis que Cranston reprenait des forces au goulot de la gourde miraculeuse et se laissait choir sur un coffre.

— Racontez-nous pourquoi et comment, reprit le dominicain en indiquant l'autre bout de la pièce.

Le visage du maître maçon s'épanouit de plaisir.

— Faites court, grommela le coroner. Henry, le jour tire à sa fin et nous avons encore à faire.

— Ceci est une chambre forte, déclara le maçon en levant les bras comme pour embrasser l'ensemble de la lugubre pièce, elle a été bâtie il y a bien longtemps. Les ouvriers ont tiré ces blocs sombres du grès le plus dur. C'était un lieu de refuge dans les époques troublées.

— Bien sûr, coupa Cranston.

— Exact, Sir John, approuva le maçon avec alacrité. Mettez-vous à la place d'un être qui a trouvé asile ici. Peut-être un prêtre, ou quelque autre personnalité de la paroisse. Les assaillants, on le comprend, vont faire porter tous leurs efforts sur la porte de devant. Le toit est trop dangereux et difficile à démanteler. Ce serait s'exposer à la lance, la flèche ou au trait. Les attaquants croient avoir affaire à un cube fait de grosses pierres avec des meurtrières pour fenêtres, il faut donc forcer la porte. À l'intérieur, le prisonnier, car c'est ainsi que le considèrent ses adversaires, n'a qu'à se rendre dans ce coin, au fond. Bon (un large sourire éclaira encore la face de Tunstal), frère Athelstan, vous devez avoir découvert la fente dans la pierre au-dehors ?

— Oui, en effet.

— Parfait, mon frère. Il y en a une autre, toute semblable au-dedans. Celui qui se prépare à s'évader n'a qu'à attirer la pierre à lui. Il passe tant bien que mal par le trou et ressort en tirant la pierre après lui. Imaginez la surprise de l'assaillant une fois qu'il aura enfin réussi à enfoncer la porte !

— Et cela aura demandé du temps.

— Certes, Sir John, peut-être même des heures, mais au bout du compte, le fugitif aura franchi les collines et sera bien loin.

— C'est vraiment prévu pour servir de l'intérieur ?

— Oui, mon frère, c'est un moyen facile de s'évader. On peut toujours vérifier par les meurtrières qu'il n'y a personne derrière le bâtiment. Cela fait, il n'y en a pas pour longtemps. Quant à pénétrer dans la chambre par ce trou ? Regardez autour de vous, ce pourrait être un peu plus difficile, mais c'est très faisable. En fin de compte, le cimetière est un lieu sombre, de plus, la pierre mobile est fort bien cachée.

Athelstan entendit du bruit au-dehors. Il se leva et alla dans le coin du fond.

— Pauvre Hornsby, dit-il sans se retourner. Je crois que son assassin est entré secrètement et qu'il l'attendait céans, dans l'ombre. Il l'a tué puis s'en est allé en dégageant la pierre et en passant par le trou…

Athelstan s'interrompit et se retourna. Tiptoft se tenait sur le seuil.

— J'ai enfin trouvé où vous étiez, dit le messager de Cranston d'une voix funèbre, et le Seigneur en soit loué. Sir John, frère Athelstan, on vous demande à St Erconwald.

— Je n'en doute pas, répliqua le dominicain. Pourtant, je crois savoir qu'il nous reste encore un endroit où nous rendre.

— Absolument : cette maison hantée à Slops Alley.

Tiptoft à leur suite, ils s'enfoncèrent dans le dédale des ruelles sales de Queenhithe. Cranston paraissait connaître chacune des venelles et il avançait d'un pas allègre qu'Athelstan s'efforçait de suivre. Ils atteignirent l'angle de Slops Alley pour découvrir le Sicaire et l'Anguille qui les attendaient en compagnie de corpulents ramasseurs d'ordures, que les deux gaillards avaient embauchés pour forcer la porte et, comme le Sicaire le confia à l'oreille de Sir John, extraire certains articles du grand égout derrière la maison. Cranston fit de rapides présentations. Le Sicaire et l'Anguille se répandirent en exclamations, disant qu'ils avaient entendu parler du redoutable frère Athelstan. Ce dernier sourit et remercia d'une inclinaison de la tête, en même temps que l'odeur infecte qui s'échappait de la porte entrouverte lui faisait froncer le nez. Le Sicaire fit signe aux hommes de s'éloigner, avant de mettre une pomandre dans les mains du coroner et du dominicain.

— Vous allez en avoir besoin, susurra-t-il. Suivez-moi.

C'est ce qu'ils firent, Athelstan avançant avec précaution, Cranston derrière lui, jurant dans sa barbe contre la puanteur et la malpropreté sordide de la maison. Les choses ne firent qu'empirer. Tiptoft, toussant et crachant, dit qu'il n'en pouvait plus, si bien que le coroner lui dit de retourner dehors, dans l'allée. Athelstan regardait à gauche et à droite le plâtre qui s'écaillait ; la saleté répandue sur les dalles collait à ses sandales et les couinements de la vermine qui grouillait étaient incessants. Il ressentit de nouveau la peur profonde, inexprimable qu'il avait éprouvée lors de sa visite dans cette pièce au *Cheval pie*.

— Voilà un lieu de grand mal, chuchota-t-il à Cranston, on devrait le raser jusqu'au sol.

— Oh ! ne vous inquiétez pas, j'ai une liste de choses à faire et la destruction de cette maison figure en tête.

Ils parvinrent au solar où le Sicaire et l'Anguille avaient laissé des lanternes. Les prenant en main, ils conduisirent le coroner et le dominicain, à travers la cuisine et la dépense, remplies d'ordures, jusqu'à un jardin abandonné. Le Sicaire, une pomandre sous le nez, indiqua une table branlante qu'il avait trouvée quelque part. Le corps d'une vieille femme y était étendu, une flèche encore fichée dans le front et deux têtes coupées à côté d'elle. Bien que lavées et, en gros, débarrassées de la saleté de l'égout où elles avaient été jetées, elles n'en étaient pas moins hideuses. Athelstan examina la vieille femme et reconnut en elle une de ces pauvres créatures qui, probablement, mendiaient dans la cité. Elle faisait peur à voir. La corruption avait déjà commencé à faire son œuvre : elle avait perdu un œil et l'affreuse blessure à sa gorge était remplie de vase. Gardant la pomandre sous le nez, le prêtre scruta ensuite les deux têtes.

— Des hommes jeunes, murmura-t-il. Regardez, Sir John, peut-être des soldats. Ils ont les cheveux coupés très court.

C'était plus que ne pouvait supporter Athelstan. Il bénit les restes à la hâte et, enfouissant son visage dans le pomandre, s'éloigna, faisant signe à ses compagnons de le rejoindre à quelque distance du funeste désordre.

— Au nom du Ciel, souffla le dominicain en levant la tête, dans l'espoir de capter la fraîcheur de l'air pur, qu'en pensez-vous ?

— Comme je vous l'ai dit lors de notre rencontre, j'ai demandé à ces deux gaillards de se rendre dans cette maison et de découvrir ce qu'ils pouvaient.

— Nous n'avons pas découvert grand-chose, ce qui nous a surpris, rétorqua le Sicaire, du moins jusqu'à ce que nous arrivions à l'égout. C'était d'une puanteur sans nom. J'ai embauché les ouvriers dehors, des ramasseurs d'ordures, avec leurs pelles, leurs pioches et leurs crocs. Je leur ai demandé de fouiller l'égout et voilà ce qu'ils ont trouvé.

— Et à votre avis, mon petit frère, qui sont-ils ?

— Monseigneur le coroner, je ne peux que formuler des hypothèses. Je soupçonne que la vieille dame s'est trouvée à un endroit où elle n'aurait pas dû être. J'ai aussi comme une idée qu'Oriflamme avait l'habitude de venir dans cette maison, un endroit qui doit hanter son âme. Du moins le faisait-il avant que nous ne commencions à le pourchasser. C'est maintenant devenu trop dangereux pour lui d'y venir.

— Et les deux têtes ?

— Rappelez-vous, Sir John, ces deux cadavres décapités dont nous a parlé le Pêcheur. J'ai mes soupçons, pourtant il me faut encore réfléchir. Mais assez pour le moment. Payez ces deux gaillards pour la tâche accomplie ainsi que pour faire le nécessaire concernant ces pauvres restes. Ma paroisse m'attend…

SIXIÈME PARTIE

Absolve me Domine :
Seigneur, absolvez-moi de mes péchés

En arrivant à St Erconwald, Cranston et Athelstan trouvèrent Flaxwith, qui les attendait à la porte du cimetière. D'autres agents patrouillaient autour du mur d'enceinte et quatre archers de la Tour montaient la garde devant l'ancien dépositoire. Flaxwith ne répondit que d'un hochement de tête aux questions du coroner.

— Sir John, frère Athelstan, il vaut mieux que vous voyiez par vous-mêmes.

Il les conduisit, dans le jour déclinant, jusqu'au vieux bâtiment, fit tourner la clé dans la serrure et les fit entrer. L'intérieur était éclairé par des lanternes et les flammes dansantes des torchères. Athelstan remarqua tout de suite que toutes les dalles avaient été soulevées. En dessous de certaines il n'y avait que de la terre battue, mais d'autres, sous des couches de terre compacte, dissimulaient des fosses qui avaient été recouvertes à la hâte et que renforçaient de solides châssis de bois. Flaxwith mena les deux visiteurs vers l'une d'elles et pointa du doigt le fouillis de squelettes, crânes, bras, jambes et cages thoraciques, qui avaient résisté à la chaux vive déversée sur ces pitoyables restes humains.

— Il y en a…

— … plusieurs, compléta Athelstan. Avez-vous aussi trouvé des objets de valeur ?

— Oui, dit le bailli en indiquant un sac de chanvre, juste sous une fenêtre aux volets fermés, il y a là-dedans des pièces de monnaie, des bracelets, des bagues et autres objets précieux. J'en ai reconnu un. Il avait appartenu à un courrier royal.

— Shoreditch, annonça Cranston. Je me souviens de lui. Matthew Shoreditch était en effet un messager royal. Si l'on en croit les rapports, il a disparu après avoir franchi le Pont de Londres. On m'y avait dépêché mais mes recherches sont restées vaines et, par la suite, on nous a fait savoir qu'il avait fait usage de ses licences dans différentes tavernes sur la route qui conduit les pèlerins à Cantorbéry.

Le coroner haussa les épaules.

— Roughkin a dû manigancer l'assassinat de Shoreditch et de ceux-là. Quand il a appris ma présence, il a décidé de prendre la fuite en se servant des mandats du courrier. Vous l'aviez deviné, n'est-ce pas, mon petit frère, conclut-il en lançant un clin d'œil à Athelstan.

Ce dernier pointa le plafond du doigt.

— Non, ce sont les morts qui sont intervenus. J'ai trébuché, suis tombé et j'ai levé les yeux. Vous voyez, Sir John, la fresque qui est peinte là-haut, très délavée maintenant. Je me suis rappelé cette phrase en latin de cuisine qui figurait sur cette prétendue carte au trésor : « Les anges baissent les yeux sur les trésors de la terre. » C'était ainsi que Roughkin se rappellerait les dalles sous lesquelles il avait enterré ses victimes et leurs biens.

Athelstan se baissa près de l'une de celles qui

avaient révélé la présence d'une fosse. Il tapota le coin situé à droite pour en faire tomber la terre qui s'y était incrustée.

— Vous voyez cette marque, un triangle grossier à l'intérieur d'un rectangle : cela indique une cachette. Roughkin entendait revenir un jour pour récupérer son butin en soulevant ces pierres.

— Mais il n'en a rien fait, lui. Ce n'est que son fils.

— Est-ce bien Senlac, s'interrogea Athelstan, ne serait-ce pas Roughkin ? C'est tout à fait possible. On m'a dit que Roughkin avait été père à un âge précoce. De plus, comment Senlac serait-il au courant de tout cela ?

— Il a pu avoir connaissance des secrets de son père et être venu pour fouiller. C'est la raison pour laquelle il a soulevé quelques-unes des dalles. C'est ce que vous m'avez dit en chemin.

— Sir John, il me vient une idée ! Même si je ne peux rien prouver, je suis toutefois persuadé maintenant qu'il s'agit de Roughkin ; il a soulevé ces pierres sous prétexte de chercher un passage secret qui pourrait expliquer le meurtre sanglant de Godbless. Mais en réalité il voulait détourner mon attention tout en faisant croire qu'il n'y avait rien sous ces pierres.

— Il a donc retiré uniquement celles sous lesquelles il n'y avait que de la terre battue ?

— Exactement, Sir John. Il essayait de me berner. Il voulait créer l'illusion qu'il n'y avait rien de caché dans ce dépositoire.

Athelstan marqua une pause en entendant frapper à la porte et à la vue de l'arrivée d'un des archers.

— Sir John, Flaxwith a quelque chose à vous montrer, déclara l'homme.

Ils sortirent de la bâtisse. L'un de ses hommes parlait à l'oreille du bailli, qui fit un signe d'acquiescement et lui indiqua de se joindre à eux.

Ils traversèrent le cimetière et pénétrèrent dans sa partie la plus abandonnée, tout au fond, près du mur d'enceinte. C'était un endroit désolé avec, çà et là, des pierres tombales qui se désagrégeaient, du bois en décomposition et de très vieux ifs, dont les branches s'étalaient jusqu'à couvrir le sol.

— Nous avons décidé de fouiller de ce côté-ci, déclara Flaxwith. J'avais cru apercevoir un reflet de couleur, comme si quelqu'un se hâtait en direction du mur. Je n'y avais pas prêté attention jusqu'à ce que j'entende parler de ce qu'on avait trouvé dans le dépositoire. Je suis revenu ici et…

Il se dirigea vers l'un des vieux ifs dont il écarta les branches. L'homme qui se disait Senlac gisait là, le dos contre le tronc, ses yeux exorbités, révulsés, comme pétrifié par le trait fiché dans son front. Athelstan dit une prière à voix basse et examina le corps. Il remarqua que la victime avait encore, accroché à son ceinturon, le fourreau de son poignard voisinant avec une méchante bourse qui contenait quelques pièces.

— Je soupçonne, déclara le dominicain qui s'enfonçait sous les branches coupantes, prenant garde à se protéger le front, je soupçonne que Senlac, ou plutôt Roughkin, a rencontré son assassin en ce lieu. Ce dernier a tiré presque à bout portant, voyez comme la flèche a pénétré. Quant aux questions qu'on se pose, les pourquoi et les raisons de ce geste, eh bien, nous verrons. Et maintenant, Sir John…

Athelstan tira Cranston par la manche et l'entraîna hors de portée des hommes de Flaxwith. Une fois seuls, il s'exprima avec rapidité et concision, repoussant les objections du coroner à qui il dit sans détour qu'il devait à tout prix suivre ses instructions s'ils voulaient démasquer, confronter aux faits et arrêter un assassin des plus retors. Puis il s'en fut et entra dans son église où il trouva le père Ambrose qui parlait à voix douce aux hommes de la guilde et à leurs familles. Il attendit patiemment que le prêtre eût fini avant de l'entraîner hors du groupe.

— Mon père, où se trouve maîtresse Alice Brun ? demanda-t-il.

— Eh bien, mon frère, répondit Ambrose, avec une petite moue embarrassée, je l'ai laissée à St Olaf, où elle a fort à faire. Je lui ai demandé de s'occuper de l'église et de la maison avant de nous rejoindre. Je m'étonne qu'elle ne soit pas arrivée.

— Dans ce cas, mon père, le mieux est d'aller la voir ensemble.

Puis, plus bas, il ajouta :

— Ce nouveau venu dans notre paroisse, Senlac, on l'a trouvé sauvagement assassiné. Il me faut, il nous faut interroger maîtresse Alice.

— Senlac ! En effet, je l'ai vu ici…

— Peu importe pour l'instant.

Athelstan regarda autour de lui. Il aperçut Moleskin, assis, adossé à un pilier. Il l'interpella :

— Moleskin, j'ai besoin de vous et de votre équipage.

Puis, se tournant vers Ambrose, il précisa :

— Il est important que Moleskin nous accompagne. Les apparences sont trompeuses, que ce soit dans cette paroisse-ci ou dans la vôtre, ajouta-t-il une main posée sur le bras du prêtre.

Ils sortirent de l'église, s'engagèrent dans le labyrinthe de ruelles nauséabondes, remplies d'ordures, conduisant au quai face à St Olaf. C'était un endroit peu recommandable, le terrain de chasse d'une légion de filous en tous genres, maquereaux et malfrats, qui profitaient de l'heure où tombe la nuit et où la brume monte du fleuve. En dépit de cela, on reconnut vite Athelstan. Des voix s'élevèrent pour qu'on laisse passer le curé et ses compagnons sans les inquiéter. Athelstan gardait la tête baissée, regardant à gauche et à droite tandis que les ombres qui avaient surgi des minables embrasures se retiraient sans demander leur reste.

Ils atteignirent la barge de Moleskin. Les archanges, restés tout près d'Athelstan depuis qu'ils avaient quitté St Erconwald, montèrent à bord. Le batelier s'assura que les deux prêtres étaient bien installés sous le taud à l'arrière, puis largua les amarres. Ils eurent vite fait de se trouver au milieu du courant, qui était rapide, sous la poussée d'un vent de plus en plus fort à mesure que tombait la nuit. On alluma les falots. Ils arrivèrent à Queenhithe. Athelstan dit à Moleskin d'attendre un peu dans un cabaret voisin avant de rentrer chez lui. Tirant Ambrose par la manche, Athelstan entraîna le prêtre jusqu'au *Léviathan*. La taverne était plongée dans les ténèbres, si l'on exceptait le petit rai de lumière qui filtrait à travers les volets d'une des fenêtres à l'étage.

Athelstan souleva le heurtoir en forme de baleine et frappa avec une telle force que le coup résonna dans toute la demeure. Un bruit de pas finit par se faire entendre, puis la voix de maîtresse Alice s'enquérant du visiteur. Ambrose répondit sans donner de précisions. On fit glisser la petite trappe qui occultait le judas, et le visage de la tavernière apparut, souriant, éclairé par une lanterne, à travers la grille. Les verrous furent tirés, la clé tourna dans la serrure et Alice, vêtue d'une épaisse mante bleue, leur fit signe d'entrer. Empruntant un long couloir sombre, elle les mena dans la grand-salle, qui était déserte. On commença par des questions et des explications. Alice fit remarquer qu'elle avait ouï dire qu'Athelstan et Cranston s'étaient rendus au cimetière et s'étonna qu'ils ne soient pas venus la voir. Le dominicain se contenta d'un sourire pour toute réponse tandis que la tavernière allumait des chandelles et des lanternes et demandait à Ambrose de rapprocher le brasero de l'âtre. Cela fait, Alice disposa des chaires pour elle-même et ses visiteurs et ranima le feu avec de la fougère sèche et des bûches. Elle proposa du vin, que les deux hommes refusèrent. Ambrose se leva et s'inclina devant Athelstan.

— Mon frère, j'ai été absent de ma paroisse. Je dois vérifier certaines choses tant dans l'église que chez moi. Vous m'excuserez ?

Athelstan acquiesça. Il se tut jusqu'au départ du prêtre et, après avoir décliné une nouvelle proposition de boisson et de nourriture, tendit les mains vers les flammes. La tavernière et lui s'en tinrent à un échange de banalités sur St Erconwald et St Olaf jusqu'à ce qu'Athelstan, comprenant que cette femme ignorait tout de ce que Cranston et lui recherchaient lors de leur précédente visite, se redresse sur son siège et la regarde droit dans les yeux.

— Vous vous préparez à partir, madame, en pèlerinage à Notre-Dame de Boulogne ?

— Oui, mon frère.

— Est-ce la vérité, dit-il en pointant un doigt sur elle, ou bien comptez-vous utiliser le pèlerinage comme prétexte pour que vous et votre amant, le père Ambrose, disparaissiez loin, au-delà du Détroit ? Car il est bien votre amant, n'est-ce pas ?

Maîtresse Alice se redressa, son sourire figé disparut et, dans la faible lumière, elle parut vieillie, la mine plus sévère. L'œil aux aguets, elle fixait Athelstan comme si elle le voyait pour la première fois.

— Vous prenez la fuite, hein ! affirma-t-il, et votre pauvre époux ? Est-il vrai qu'il est mort rongé par la maladie ou bien lui avez-vous facilité la route vers l'éternité ?

Alice, toutefois, ne fixait plus les yeux sur le dominicain, elle regardait, bouche bée, un point situé derrière lui. Athelstan se retourna et posa les yeux sur l'effroyable silhouette qui avait surgi de l'ombre, dans son dos. Cette vision de la nuit était vêtue de gris, un masque blanc lui couvrait le visage et une perruque flamboyante et hirsute était enfoncée sur sa tête.

— Ah ! dit Athelstan en se levant.

L'affreuse apparition leva la petite arbalète.

— Asseyez-vous, mon frère, ordonna le grotesque personnage.

— Bien sûr, père Ambrose. Me voici donc face à Oriflamme.

L'abominable créature, l'arbalète toujours à la main, fit signe à Athelstan de s'asseoir tandis qu'il installait une chaire de façon à lui faire face. Le curé de St Olaf retira son masque puis se laissa aller avec arrogance en esquissant un petit sourire.

— Pourquoi, s'enquit Athelstan, pourquoi cette confrontation maintenant, en ce lieu et à cette heure ?

— Parce que c'est ma volonté, parce que c'est la vôtre et ce n'est que justice. La nuit est tombée, frère Athelstan. L'heure est arrivée, l'instant est venu et je dois le saisir. Mais, bien sûr, si vous tenez à le savoir, je vous ai observé, mon petit frère. Je vous ai vu courir à droite et à gauche dans votre cimetière et votre église. J'ai deviné un certain nombre de choses, en particulier que vous étiez allé fouiner dans la réserve du cimetière de St Olaf, et j'en ai tiré les conclusions, quelles qu'elles soient, auxquelles vous étiez parvenu. Surtout je n'ai pas cru du tout à ce que vous nous avez raconté au sujet de maîtresse Alice. C'était un habile subterfuge pour m'éloigner de St Erconwald et m'attirer ici pour cette rencontre. Eh bien, vous l'avez maintenant, mais les choses ne vont pas se passer comme vous l'aviez envisagé.

Ambrose marqua un temps d'arrêt.

— En un mot, nous en avons fini, mon frère, vous et moi et elle. Mais il ne restera bientôt que nous deux, vous et moi.

Et braquant son arbalète, il lâcha un carreau qui se ficha dans le front d'Alice. Elle bascula, les yeux révulsés, toussant, gargouillant, le sang dégoulinant du nez et de la bouche, avant de retomber en arrière. Tout ce que put faire Athelstan fut d'agripper les bras de la chaire tandis que la pauvre femme, dans les affres de la mort, était prise de tremblements. Elle poussa enfin un long soupir et s'immobilisa. Bouleversé par la soudaine brutalité du geste, le prêtre tenta de se lever mais se rassit aussitôt. Ambrose avait encoché une nouvelle flèche et posé une deuxième arme toute semblable sur un tabouret à côté de lui.

— Au nom du Ciel ! s'exclama Athelstan.

— Comme il vous plaira, rétorqua Ambrose, qui lissait de la main les plis de sa robe grise. Ainsi que je vous l'ai dit, il ne reste que nous deux. Elle est partie et ne reviendra pas. Et maintenant continuons. J'ai dépêché un paroissien avec un message urgent à ce gros porc de Cranston. (Ambrose fit un signe de tête comme s'il s'efforçait de rassurer le dominicain.) Ce message annonce que vous vous pressez de rentrer à Southwark et qu'il doit vous attendre à St Erconwald, car vous avez des affaires de grande importance dont il est urgent de discuter avec lui. Donc, continua-t-il, pointant l'arbalète sur Athelstan, le gros Jack ne viendra pas ici. De plus, toutes les portes sont verrouillées, les volets sont clos. (La voix d'Ambrose se fit douce et caressante.) Nous voici, rien que nous deux.

— Vous allez me tuer ? C'est ce que vous faites, tuer pour le plaisir et pour supprimer tout ce qui vous barre la route. Ce que je me demande, c'est comment vous expliquerez ma mort.

— Bah ! c'est tout simple. Regardez Alice maintenant que sa mante est ouverte. Oui, elle porte la même robe grise que moi et, quand j'en aurai fini et que je vous aurai tué, comme, assurément, je le ferai, je dirai que vous avez eu une dispute avec elle. J'ai déjà expliqué aux paroissiens que j'ai vus que vous deviez la retrouver dans cette grand-salle. Je dirai donc que je suis revenu pour participer à la rencontre mais que, tout étant fermé, je suis reparti.

— Mais le message à Sir John ?

— Envoyé par mes soins, en votre nom, frère. Je dirai que vous m'avez demandé de le faire juste après votre arrivée céans et que je suis parti aussitôt. Vous êtes entré, avez eu un vif désaccord avec maîtresse Alice et c'est bien la vérité. Vous avez trouvé une arbalète, vous avez trouvé une arbalète, répéta-t-il en désignant le mur, pendue à un crochet. Vous l'avez encochée et vous avez lâché un trait mortel, mais pas avant qu'Alice vous ait sérieusement blessé avec sa propre arbalète qu'elle tenait cachée. Vous vous êtes effondré, perdant votre sang, et vous avez ainsi rejoint le chœur invisible de ce que vous, les religieux, vendez à vos stupides fidèles sous le nom de Ciel.

— Est-ce là ce que vous croyez ?

— Je ne crois en rien, frère, sauf en moi-même. Quoi qu'il en soit, revenons-en à notre histoire. Vous restez seul ici avec maîtresse Alice et la dispute a lieu. Encore de la violence et des épanchements de sang. Je m'inquiète et je force la porte. Je vous découvre morts tous les deux. Le gros Cranston et ses stupides baillis finissent par arriver et ma comédie a atteint son dénouement. Oh ! encore quelques petits détails. Alice sera coiffée d'une perruque rouge, un masque blanc sera fourré dans la poche de sa robe grise et l'on trouvera des déguisements semblables dissimulés au fond des caves de cette taverne pourrie.

— Et c'est ainsi que vous ferez passer Alice pour Oriflamme ?

— Non, ne soyez pas stupide. Je me contenterai de la faire passer pour une imitatrice du maître. J'ajouterai quelques détails qui sont exacts, à savoir qu'elle a tué des prostituées qui avaient pu contaminer feu son époux et lui transmettre la maladie dont il est mort plus tard. De toute façon, je ne resterai pas longtemps à St Olaf à répondre aux questions imbéciles de Cranston. Je ne ferai que mener à bien – et la tâche est à moitié accomplie – sa mort et la vôtre. Quant à tous les autres mystères, eh bien, qu'ils demeurent des mystères ! Je serai loin d'ici et, croyez-moi, je ne reviendrai jamais.

Athelstan fit signe qu'il comprenait en s'efforçant de maîtriser la peur qui le tenaillait. Ambrose était un meurtrier dans l'âme. Il prenait plaisir à tuer et le dominicain comprenait la subtile logique du plan que ce Judas de prêtre avait en tête. Il n'y aurait pas de solution à tous ces assassinats, le mystère demeurerait entier. Il n'y aurait que le doigt du soupçon pointé sur maîtresse Alice Brun, qui, hélas ! avait été tuée par l'homme qui l'avait prise au piège. Il décida de tenir bon, de ne pas se laisser décontenancer, avec l'espoir que le temps serait son meilleur allié. Il esquissa un petit sourire, comme s'il s'émerveillait de l'habileté d'Ambrose.

— Je serai seul à connaître la vérité et elle disparaîtra avec moi, concéda-t-il. Vous, bien sûr, allez partir en pèlerinage à Boulogne dans les prochains jours ?

Ambrose se mit à rire.

— Cela va de soi, et je ne reviendrai jamais (et, joignant le geste à la parole), j'emporterai avec moi toute chose de valeur dont pourront s'emparer mes petites pattes crochues.

— Et elle, pourquoi ? demanda Athelstan, esquissant une bénédiction à l'adresse de la morte. C'était votre amante. Connaissait-elle la vérité ? Ignorons cette sottise sur les prostituées qui auraient infecté son défunt mari. L'avez-vous aidée à se débarrasser de lui ? Avez-vous joué le prêtre dévoué, à genoux au chevet du malade, offrant toutes sortes de réconforts, y compris du vin empoisonné ?

Ambrose hocha la tête comme s'il pesait les mots que venait de dire Athelstan.

— Elle lui donnait des potions, je le sais. Elle achetait mon silence par ses splendides aptitudes au lit comme à la table. Elle a pu avoir des soupçons, deviner, mais qui s'en soucie ? Cette sotte chienne est morte maintenant.

— Vous n'aimez pas les femmes.

— Je les hais. Je les ai toujours haïes et je les haïrai toujours. Je hais les femmes et les prêtres, bien que je fasse semblant d'en être un. Je l'ai déjà dit, je ne crois qu'en moi-même.

Il eut un sourire hypocrite.

— Dites-moi, Athelstan, comment êtes-vous arrivé à votre conclusion ? C'est important, voyez-vous (son ton se fit protecteur comme celui d'un maître attendant la réponse d'un écolier), c'est important. Je m'instruis toujours à partir de mes erreurs (son rire se fit acerbe) et pourquoi pas ? Je suis le meilleur des maîtres. Maintenant, avant que vous ne commenciez, voulez-vous boire quelque chose, une coupe de vin, une chope de bière ? s'enquit-il en agitant une main.

— Je ne veux rien de vous.

Athelstan avait maintenant surmonté le choc causé par le meurtre inattendu d'Alice. Il était tenté de révéler à ce démon incarné que, en dépit de son arrogante assurance, il avait commis un certain nombre d'erreurs. Le dominicain ne pouvait que prier, à part lui, que les trappes qu'avait tendues ce tueur se retournent contre lui. Il s'éclaircit la voix.

— Je vous connais, vous en rendez-vous compte, Ambrose ? Je suis arrivé à cette conclusion. Vous êtes intelligent, mais je vous connais.

— Ne cherchez pas à m'énerver, frère.

— Quand vous étiez petit, continua Athelstan avec désinvolture, vous avez été maltraité. On vous a torturé et déformé l'âme. Une racine maligne a été plantée au plus profond de vous pour porter des fleurs plus malignes encore. (Il fixa des yeux la face lisse de ce démon de prêtre.) Je parie que vous étiez le fils de parents français. J'imagine que votre mère vous a élevé jusqu'à vos dix ans, puis vous avez été abandonné, par choix, ou bien était-ce le fait des circonstances ? On a fait de vous un orphelin, un enfant trouvé qui a été envoyé dans cette effroyable maison à l'angle de Slops Alley. Vous êtes tombé entre les mains de deux mauvaises sorcières qui, en robe grise, un masque blanc sur le visage et une perruque rouge sur la tête, ont fait de votre vie un enfer.

Athelstan fit une pause. L'expression d'Ambrose avait changé, elle s'était adoucie, la bouche molle, des larmes aux yeux. Le dominicain indiqua la morte.

— Se trouvait-elle dans cette maison ? Une petite fille que ces deux mégères formaient à l'exercice de la cruauté ?

— Oui, oui, elle y était (la voix d'Ambrose se fit rêveuse), je me la rappelais mais elle ne se souvenait pas de moi. J'en ai profité et je l'ai fait payer entre les draps. Elle croyait, chienne stupide, que j'étais un de ces prêtres qui, en chauds lapins qu'ils sont, cherchaient à lui faire ouvrir les cuisses (il secoua la tête), elle ignorait tout de mon passé d'enfant.

— Un temps de grande souffrance, déclara Athelstan, du moins pour vous. Dieu sait où vous êtes allé ensuite. Je parie que vous avez été instruit dans les transepts de St Paul, les écoles d'Oxford ou de Cambridge, peut-être même à la Sorbonne à Paris. Vous êtes fort intelligent. Il est certain que vous avez voyagé en France, vous parlez couramment la langue de ce pays. Vous êtes bien de votre personne, séduisant. Notre Sainte Mère l'Église recherche désespérément des prêtres instruits. Un évêque français vous aura ordonné, trouvé une paroisse et un bénéfice en Normandie, non loin de la Seine.

Athelstan s'interrompit comme pour écouter le vent qui faisait claquer les planches disjointes dans les volets, un bruit inquiétant qui ajoutait encore à l'horreur de la scène, au feu crépitant, aux flammes jaillissantes, semblant pourchasser les ombres qui voltigeaient dans l'âtre. Ambrose se laissait aller sur son siège, un sourire entendu aux lèvres. À côté de lui gisait le corps effondré d'Alice, la bouche béante et ensanglantée, le regard fixe et vitreux, et cette horrible blessure au front. Athelstan ferma les yeux et fit une prière silencieuse. Un sauveur de passage ne pouvait manquer d'arriver, se dit-il.

Ambrose plaça l'arbalète sur ses genoux et, moqueur, applaudit doucement.

— Frère, votre discours est presque juste, bien qu'inexact sur quelques points de détail. Peu importe, continuez, je vous en prie.

— La corruption se développe, reprit Athelstan, et envenime la plaie comme le fait le pus. C'est ce qui est arrivé à votre âme meurtrie par ces affreuses sœurs. La graine est semée, elle éclôt et ce sera bientôt le temps de la moisson. Je suis sûr que, dans quelque coin oublié de tous, en Normandie, où vous erriez, il y avait des catins, des prostituées de ville ou de village. Elles seraient vos premières victimes, massacrées, dénudées, couronnées de perruques rouges, à moins que cela ne se soit produit plus tard ?

Athelstan fixa les yeux sur Ambrose qui se contenta d'un regard glacial pour toute réponse.

— Ah bah ! poursuivit le dominicain avec un haussement d'épaules, la guerre en France vous a fourni des occasions diaboliques pour exercer votre démoniaque ingéniosité. Vous formez alliance avec un vaurien anglais, un meurtrier comme vous, ancien propriétaire de la taverne *Le Cheval pie* à Southwark et gardien du dépositoire à St Erconwald. Il devient votre bras droit. Vous apprenez qu'une libre compagnie anglaise s'abrite dans une taverne au bord du fleuve, *Le Bouc qui danse*. Vous rejoignez ces hommes et, par la ruse et la force, vous devenez leur capitaine lors des expéditions le long des rives de la Seine où vous pouvez laisser libre cours à tous vos mauvais instincts. Vous apparaissez toujours sous ce ridicule déguisement, perruque, masque et robe. Vous encouragez les autres à faire de même. Roughkin, déguisé lui aussi, vous seconde, bien que je soupçonne que vous le gardiez pour d'autres tâches scélérates telles que recueillir des renseignements sur les endroits que vous aviez décidé d'attaquer et de piller. Bien sûr, Roughkin pouvait aussi vous remplacer lorsque vous choisissiez de revenir à votre personnage de mercenaire ordinaire, membre de cette libre compagnie.

Athelstan s'interrompit, l'oreille tendue, à l'affût de tout bruit insolite. Il jeta un rapide coup d'œil à Ambrose qui pavoisait, fier de son intelligence, avant de poursuivre, soutenant le regard malveillant du prêtre.

— Vous avez prétendu que lorsque Oriflamme avait l'intention de venir voir la compagnie, vous étiez absent. Bien sûr que vous l'étiez puisque c'était tantôt vous, tantôt Roughkin qui revêtiez le déguisement de ce démon pour mener la compagnie du *Sans Dieu* dans l'une de ses expéditions. La chose faite, Oriflamme disparaissait et vous faisiez votre réapparition sous la forme du bon Ambrose Rookwood, ou le nom, quel qu'il soit, que vous vous donnez.

Athelstan secoua la tête.

— Une ruse habile. Vous prétendez être l'ennemi juré d'Oriflamme et, en même temps, vous recherchez toute trace de désaccord au sein du groupe. Et c'est ce que vous avez fait. Vous étiez le leurre idéal. Les hommes de la libre compagnie connaissaient la tiédeur de votre soutien à Oriflamme ou, plutôt l'absence. En y réfléchissant, j'ai trouvé cela fort suspect.

— Pourquoi, frère ?

— Oh ! parce que vous avez commis une erreur, fit le dominicain, sarcastique. Oriflamme était impitoyable. Il m'a été dit qu'il était inflexible avec les récalcitrants ; pourtant, il ne s'en prenait pas à vous. Pour quelle raison ?

Le sourire d'Ambrose s'effaça.

— Dieu sait quel a été le vrai rôle de Roughkin dans tout cela. (Athelstan se signa.) Je ne puis l'interroger puisqu'il est mort, tué de vos mains, mais je viendrai à cela peu à peu… Roughkin est mort sans se repentir. Un tueur, il a le sang de Godbless sur les mains. Mais comme je l'ai dit, j'y viendrai plus tard.

Athelstan contempla les flammes. Il lui fallait garder son meurtrier tout près et ne pas le lâcher des yeux.

— Frère ?

Le dominicain leva la tête en affichant un sourire las. Il ne fallait pas que cet assassin se rende compte déjà des erreurs qu'il avait commises. Au fil des ans, Athelstan s'était livré à une étude particulière des fils et des filles de Caïn. Des hommes et des femmes qui tuaient, non sous l'emprise d'une violente émotion mais, à l'inverse, qui préparaient à froid la fin d'un autre être humain. Il en avait conclu qu'ils partageaient un certain nombre de caractéristiques. Ils étaient arrogants. Ils tiraient jouissance de ce qu'ils faisaient et de pousser jusqu'au bout leur jeu assassin. Plus important encore, ils paraissaient dénués de conscience, n'avaient ni sens de culpabilité, ni remords. Une seule exception : nul n'avait le droit de s'en prendre à eux. Le faire les incitait à tuer toujours plus. Athelstan était résolu à ne pas éveiller en Ambrose une rage meurtrière.

— Eh, frère, vous dormez ?

— Oh non ! Je réfléchis, tout simplement, à votre ingéniosité et je contemple le passé. Vous aviez un autre second, Jacques Mornay, le tavernier du *Bouc qui danse*. Mornay, en fait, était dérangé, fou. Il ne se dissimulait pas derrière un déguisement, mais il était, à coup sûr, l'un des vôtres.

— Et ?

La brusquerie de la réaction incita Athelstan à renouveler sa résolution de ne pas aller trop loin dans la provocation. Il écarta les bras :

— Eh bien, vous le savez, Mornay le tavernier avait les moyens de vous cacher, vous et vos déguisements. Il vous fournissait tout le nécessaire quand, d'Ambrose Rookwood, vous passiez à Oriflamme et vice versa.

— Et vous allez y venir petit à petit. Oh, que j'aime cela ! s'exclama Ambrose en croisant les bras. C'est bien meilleur que n'importe quel jeu de hasard. Vous ne vous trompez pas, frère, au sujet de mes nombreux déguisements. Vous rappelez-vous cette scène dans les Évangiles où le Christ est censé avoir exorcisé un homme qui était possédé ? Le bon Dieu, quel qu'il soit, demande au démon quel est son nom et le démoniaque de répondre que son nom est Légion, car ils sont nombreux en lui.

Ambrose caressa l'arbalète.

— C'est exactement ce que je ressens ; tous ces êtres en moi qui veulent sortir, qui frappent à la porte de mon âme, qui regardent par les fentes des volets de mon esprit. Parfois, la nuit, je les entends chuchoter, ils parlent tout seuls en s'assemblant dans l'ombre d'un coin ou d'un autre. Oh ! je vais leur en faire voir de toutes les couleurs.

— Ne craignez-vous pas d'être capturé un jour et pendu, ici ou ailleurs ?

— Ouais, et la lune pourrait se changer en sang et le soleil danser dans le ciel[1]. Mais il suffit. Continuez,

1. Parodie de la prophétie de la fin des temps, Livre de Joël, 3-4.

je vous prie. (Le ton d'Ambrose se fit plus âpre.) J'y tiens. Le temps passe et je dois partir bientôt.

— La guerre a pris fin. Les chefs français ont commencé à refouler les garnisons anglaises jusqu'à leurs forteresses, sur la côte, à Boulogne, Harfleur et Calais. La compagnie du *Sans Dieu* s'est débandée. Les hommes sont rentrés au pays pour revêtir la chape de la respectabilité et se mettre au travail. Vous vous êtes présenté à un évêque, bien sûr, ici à Londres avec les documents appropriés. Dieu sait où et comment vous les aviez trouvés. Je dois reconnaître que je n'ai pas découvert toutes les pièces de cette mosaïque assassine. Mais vous parlez bien et vous avez une bonne apparence. Les officiers du clergé, tel le clerc de l'archidiacre, maître Tuddenham, cherchent désespérément des prêtres instruits à qui confier les paroisses de Londres. Séduisant comme vous l'êtes, vous êtes recruté. On vous donne la paroisse que vous désiriez, le bénéfice de St Olaf, à quelques pas seulement du *Léviathan.*

Athelstan soutint le regard d'Ambrose. Il avait cru entendre un bruit différent du reste au-dehors, mais l'instant passa.

— Une fois nommé, vous n'êtes pas revenu à vos pratiques meurtrières. Après tout, vous aviez une confortable sinécure ici, à Queenhithe, tout en bénéficiant des attentions de l'avenante Alice, abattue maintenant. Vous l'avez sans doute aidée à se débarrasser d'un mari maladif. Elle satisfaisait vos désirs luxurieux et, en même temps, vous permettait de vous venger du rôle qu'elle avait pu jouer dans cet abominable asile pour enfants trouvés au coin de Slops Alley. Quoi qu'il en soit, les années ont passé et la roue a tourné une fois de plus. Vous jouiez la bête à deux dos avec maîtresse

Alice, mais cela ne vous empêchait pas de fréquenter les prostituées, en particulier celles de *La Maison des délices* que tient cette reine de la nuit, Plaisirs d'amour. C'est par l'une d'elles, Mathilde, que vous avez appris une nouvelle surprenante et, pour vous, fort dangereuse : l'arrivée en Angleterre de Français, les espions qu'on appelle les Luciferi et leur chef, le Maître des Flambeaux, Hugh Levigne. Ils venaient à la recherche d'Oriflamme, qui avait perpétré d'horribles crimes en Normandie et, en particulier, l'effroyable viol et l'assassinat d'une noble dame, Madeline de Clisson. Les Luciferi étaient tout prêts à traiter avec la Couronne d'Angleterre pour que leur proie soit démasquée, arrêtée et expédiée à Paris. Une fois là-bas, Oriflamme serait jugé, reconnu coupable et condamné à la mort la plus abominable au grand échafaud de Montfaucon. Ils en recherchaient d'autres, mais je soupçonne qu'Oriflamme était leur priorité. Vous avez dû être alarmé, effrayé ?

— Non, pas effrayé.

— Bien sûr que non, marmonna Athelstan. Pour être effrayé, il faut avoir une conscience, ce dont vous manquez en tous points. Vous êtes arrogant, Ambrose. Vous vouliez qu'on vous laisse tranquille. Quand vous êtes apparu chez moi sous votre forme cauchemardesque, vous avez demandé, *exigé*, qu'on vous laisse tranquille, qu'on ne réveille pas le chat qui dort. Une telle requête émanait de la rage. Les Français ne l'avaient pas respectée. Ils étaient prêts à dépenser temps et fortune à vous pourchasser. Vous avez donc décidé de tourner votre hargne contre eux. Vous avez recommencé à perpétrer les mêmes atrocités que celles que vous aviez commises le long des bords de la Seine, en choisissant les prostituées préférées des Français. Vous vous êtes servi de Mathilde pour l'achat des perruques rouges. Je suis sûr qu'elles sont conservées quelque part dans cette maison de malheur. Mathilde a été la première victime. Il le fallait, elle en savait trop, n'est-ce pas ?

— Ils auraient dû me laisser tranquille.

Ambrose, les yeux mi-clos, bougea l'arbalète de sorte qu'Athelstan puisse constater que la flèche meurtrière avec son empennage et sa pointe acérée était dirigée droit sur lui.

— Ils auraient dû me laisser tranquille, répéta-t-il. J'étais heureux (il leva une main), ma maison est confortable, ma paroisse petite. J'avais à la fois le lit et la table. Oh ! à propos, frère, vous n'avez pas fouillé ma maison, mais vous n'y trouverez rien. Continuez, je vous prie.

— Vous étiez furieux aussi de voir comment la Couronne d'Angleterre se préparait à coopérer avec les Français. Cela contrariait vos projets si bien préparés pour quitter ce royaume à la recherche de nouveaux horizons. Mais, bien entendu, pour cela, vous aviez besoin d'argent. Vous êtes tout à la fois le curé de la paroisse et le chapelain des membres de l'Honorable Guilde des Bateliers et Mariniers, céans. Tous faisaient partie de l'équipage de la barge de guerre, *Le Sans Dieu*. Vous avez dû connaître, à coup sûr rencontré, Bramley, le second de Dorset sur la cogghe *Le Valet de cœur*, et ancien membre de cette libre compagnie anglaise. D'une façon ou d'une autre, vous avez eu vent du projet de Thibault concernant l'envoi d'or à Calais à bord de ce bateau, vous avez donc, avec Roughkin, élaboré un plan pour vous emparer du trésor et vous enfuir.

— Pourquoi Bramley aurait-il coopéré ? C'était Dorset, le maître.

— Non, non, rectifia Athelstan, vous connaissez la

compagnie du *Sans Dieu*, les souvenirs, les craintes, les remords. Après tout, vous êtes un prêtre, le chapelain de la guilde, un homme à qui ils pouvaient se confier. Je suis certain que Bramley le faisait. Il s'est confessé à vous, Janus à deux têtes, aux yeux de tous un prêtre bienveillant, en réalité un tueur dans l'âme.

— Vous ignorez ce qui m'a façonné, frère. Vous ne savez pas tout.

— Je le reconnais, je ne sais pas tout, mais je sais de quel bois est faite votre âme. Vous tuez et vous aimez le faire. Vous prenez le masque et le retirez à votre guise. Le bon prêtre disparaît et Oriflamme émerge pour terrifier Bramley et sa famille. Maintenant (Athelstan frappa les bras de sa chaire), c'est la suite que je suis curieux de connaître. J'admets que je ne peux que me perdre en conjectures.

Athelstan se tut, l'oreille toujours tendue, gardant espoir.

— Frère ?

— Dieu sait comment vous avez eu connaissance du *Valet de cœur*. Peut-être est-ce par Bramley ou par les prostituées qu'employait Plaisirs d'amour, peut-être même grâce aux ragots courant sur le fleuve. À ce stade, la détermination des Français à pourchasser et capturer Oriflamme et ses acolytes vous alarmait déjà. Vous avez refait alliance avec le plus important : maître Roughkin. Ce scélérat était revenu à Londres, prétendant être son propre fils, Senlac. Il ne pouvait manquer de se rendre compte du réel danger que Levigne représentait. Il serait sans nul doute fort tenté de s'emparer du trésor censé être à bord. Roughkin et vous êtes frères dans le mal. Vous pouvez être Oriflamme et, quand cela vous convient, mettre toute la distance possible entre votre rôle de bon prêtre et votre vie secrète d'assassin. Quand Oriflamme est requis et que vous n'êtes pas disponible ou que vous êtes incapable de tenir le rôle, Roughkin prend la relève. Après tout, vous aviez mis au point ce jeu mortel en Normandie : face et tête cachées sous un masque et une perruque, corps dissimulé sous une robe grise de femme. Je pense que vous changiez votre voix en plaçant de petites éponges sur vos gencives.

Athelstan fit un signe de la main.

— Vous êtes experts en la matière, c'est très rusé, très malin. Deux tueurs jouant le même rôle, échangeant le déguisement à votre guise, comme des mimes dans une mascarade. C'est bien ce que vous faisiez au bord de la Seine, pas vrai ? Au fait, comment avez-vous rencontré Roughkin ? (Athelstan se força à sourire.) Bien que, là encore, inutile de me le dire. Qui se ressemble s'assemble.

— Prenez garde, frère, menaça Ambrose en touchant l'arbalète, vous partirez quand je le dirai.

— Bien sûr, concéda Athelstan. Mais vous étiez de connivence dans cette entreprise, n'est-ce pas ? Vous avez décidé ensemble de piller *Le Valet de cœur*, de le détruire et de vous enfuir. Bramley était la cheville ouvrière. Vous avez ordonné à Roughkin de terrifier le pauvre homme, sa femme et ses enfants. Ce ne pouvait être que lui car Bramley vous aurait reconnu. (Athelstan dévisagea le prêtre.) Bon, peu importe, nous savons que Bramley, en proie à la terreur que lui inspirait Oriflamme, vous a fourni autant de renseignements qu'il le pouvait, en particulier sur la garde envoyée à bord, ces deux archers de la Tour. J'ignore les détails dans leur précision, bien que je puisse deviner ce qui s'est passé. Grâce à Bramley, vous avez appris le nom de ces deux archers et l'heure de leur arrivée à Queenhithe. Bramley leur a peut-être donné quelques pièces pour aller boire à *La Perspective de Whitby*. Cela paraît assez logique. Les archers ne faisaient pas partie de l'équipage, ce n'étaient que des gardes. Il était normal qu'ils aient envie de boire avant de prendre le large, peut-être une chope de bière, puis vous et Roughkin, vêtus comme eux, vous les avez rejoints.

— Très bien, frère, approuva Ambrose d'une voix douce. Très malin. Vous avez bien travaillé.

— Vous et votre complice jouez le rôle de vétérans, tâche facile au vu de votre expérience passée. Vous entrez d'un pas conquérant dans *La Perspective de Whitby*, la figure presque toute cachée sous un capuchon et une visière. Vous vous joignez à ces archers, leur offrez à boire. Vous échangez des histoires sur tel ou tel sujet. Vous jouez le rôle de deux mercenaires qui ont bien réussi, la bourse pleine, prêts à régaler et honorer deux frères d'armes. Les deux archers ont bu jusqu'à plus soif. Vous les avez alors persuadés de quitter les lieux, leur promettant d'autres plaisirs encore, peut-être à *La Maison des délices*. Peu importe, Roughkin et vous emmenez les deux hommes vers quelque endroit désert. Les archers ne s'attendent pas à mourir. La boisson leur a brouillé l'esprit, ils sont fatigués et font preuve d'une totale confiance envers ces deux camarades si bienveillants. Proies faciles, tuées par des carreaux tirés à bout portant. Aucune compassion, aucune miséricorde de votre part ni de Roughkin. Les archers sont décapités, les têtes jetées dans l'égout au fond du jardin de cette horrible maison située à l'angle de Slops Alley, les corps dénudés sont lancés comme des ordures dans la Tamise. Vous mettez leurs habits, ceintures, bottes et vous prenez leurs armes.

Peut-être vous êtes-vous dissimulé le visage sous une fausse barbe ou tout simplement en faisant usage de la coiffe de feutre que ces archers arborent pour se couvrir la tête et le bas du menton.

Athelstan repoussa sa chaire. Ambrose se redressa immédiatement en pointant son arbalète droit sur le dominicain.

— J'ai des crampes, j'ai besoin de bouger, confia Athelstan.

— Attention, prévint Ambrose. Vous, petit intrigant, qui fourrez votre nez partout, vous serez bientôt délivré de tout souci ou douleur. Je dois reconnaître (il abaissa l'arbalète) que vous êtes habile et futé. Mais continuez.

Athelstan allongea les jambes. L'arbalète fut à nouveau brandie.

— Vous avez donc endossé la tenue des archers. (Athelstan se détendit.) Bramley, naturellement, vous laisse monter à bord de la cogghe et vous descendez dans l'antre de la cale où vous vous tapissez, avec Roughkin, toujours sous votre fausse identité.

Le dominicain contempla les flammes dansantes. Il était sûr d'avoir entendu des bruits différents en même temps que le vent, qui se renforçait, secouait les volets.

— Deux ombres, voilà ce que vous êtes, Roughkin et vous. Vous vous passez le déguisement d'Oriflamme, tantôt lui, tantôt vous. C'est ce que vous avez fait quand Roughkin est entré chez moi lors de votre visite. Vous aviez cherché à m'effrayer et à brouiller les pistes, ruse qui a servi dans d'autres occasions.

— C'est ce que vous dites, continuez, trancha Ambrose.

— Ah bah ! *Le Valet de cœur* a largué les amarres

à la marée du soir. Quelques heures plus tard, il avait disparu de la surface de la terre de Notre-Seigneur.

Athelstan, toujours assis, bougea comme pour remettre de l'ordre dans les plis de sa bure. En fait, il essayait de percevoir tout son, tout bruit pouvant signifier qu'il n'était plus seul avec ce démon.

— Allons, frère, le temps passe.

— À bord, vous restez tapis dans les ténèbres de la cale, accroupis devant la chambre forte tandis que le navire descend, rapide comme une flèche, vers l'estuaire. Le canot, à la demande de Bramley, n'a pas été remonté à bord. Vous allez en avoir besoin.

— Bramley n'aurait-il pas protesté ? Après tout, la cogghe allait être détruite ?

— Ah ! mais le savait-il ? Il pensait que vous alliez voler l'or et prendre la fuite. Même dans son plus sombre cauchemar il n'aurait jamais imaginé ce qui allait arriver. Quoi qu'il en soit, la cogghe s'approche des deux grands bancs de sable, Sodome et Gomorrhe. La plus grande partie de l'équipage est à l'avant maintenant. Bramley, terrifié comme un lapin face à deux fouines, vous rejoint dans la cale. Vous le tuez, ouvrez la chambre et en sortez la cassette.

Athelstan se tut, se signa, les lèvres bougeant comme pour dire une prière pour les morts. Tout ce qu'il voulait, c'était s'assurer de ce qu'il avait entendu.

— Bramley meurt, sort réservé à tous ceux qui se seraient trouvés dans la cale. Vous endossez votre sinistre costume, prenez la cassette et montez sur le pont. Vous portez votre déguisement juste au cas où quelqu'un vous reconnaîtrait et survivrait. Vous et votre complice entendez vous enfuir en empruntant le canot. Les hommes d'équipage sont toujours à l'avant, mais maître Dorset vous fait face. Vous lui réglez son compte et, avec l'aide de Roughkin, vous vous empressez de fuir. Vous n'avez pas le choix. Avant de quitter la cale, vous aviez entamé la caisse de poudre à canon et allumé une longue mèche. Vous avez été soldats tous les deux, vous savez faire. Vous sautez dans le canot, tranchez la corde et l'accrochez au-dessus de la barre. Vous ramez de toutes vos forces. Là aussi vous avez de l'expérience, vous étiez des membres de l'équipage du *Sans Dieu*.

— Et mon second, Roughkin ? J'ai entendu dire qu'il se trouvait à boire dans une taverne, vous l'avez dit vous-même.

— Sottises, rétorqua Athelstan. Les gens s'embrouillent, ils mélangent tout, les personnes, le lieu, l'heure. Roughkin fréquentait les tavernes. Il allait et venait et il est fort possible qu'il ait décidé de retourner boire une dernière fois, même ce fameux soir. Bien, vous vous échappez tous les deux. Un terrible incendie anéantit *Le Valet de cœur*. Vous atteignez votre refuge et vous ouvrez la cassette. Ce n'est qu'à cet instant que la réalité vous apparaît : il ne contient pas de trésor, rien que des clous rouillés et autres saletés.

Athelstan sourit. Il avait décidé maintenant de se gausser de cet assassin.

— Je donnerais cher pour voir la tête que vous avez faite quand vous avez découvert la ruse de maître Thibault. Comme vous avez dû tempêter et jurer !

Athelstan se mit à rire, secouant la tête comme si ce qu'il avait dit l'amusait beaucoup. Le vent semblait être tombé maintenant. Une brume montée du fleuve s'était vite répandue, nuage épais, enveloppant, qui s'insinuait à travers les fentes et passait sous les portes et les volets. Athelstan, souriant toujours à part lui, se balançait d'avant en arrière.

— Faites attention, frère.

Le dominicain leva les yeux. Ambrose avait de nouveau brandi l'arbalète, son sourire avait disparu. Le prêtre démoniaque foudroyait Athelstan du regard.

— Je savais que j'avais été dupé, dit-il d'une voix âpre.

— Vous avez donc décidé de vous livrer à une petite fourberie personnelle. Vous avez répandu la rumeur qu'Oriflamme et ses acolytes se cachaient dans une maison abandonnée donnant sur la cour des Voleurs. Vous avez pris plaisir à envoyer Sir John et les Luciferi sur une fausse piste, à détourner leur attention d'autres affaires, n'est-ce pas ? Il y avait autre chose encore. Vous vouliez réduire au silence ces Hommes Justes, pas vrai ? L'un d'eux se rappelait un incident des plus bizarre datant de la Grande Révolte. Dans une maison délabrée, à l'angle de Slops Alley, on avait trouvé deux vieilles femmes, les occupantes, pendues, coiffées de perruques rouges.

Ambrose sourit, approuva d'un signe de tête.

— Vous savez ce qu'était cette maison autrefois, vous y étiez, un asile pour les orphelins ou pour les enfants abandonnés par leurs parents. Comme je l'ai déjà dit, vous, Ambrose Rookwood, ou quel que soit votre vrai nom, avez séjourné là un certain temps. La franche cruauté de vos gardiennes a laissé une marque profonde sur votre âme, nous ne pouvons qu'être d'accord sur ce point, vous l'admettrez. On a fini par retirer aux deux sœurs leur moyen de subsistance. Elles sont parties puis sont revenues. Vous l'avez appris et vous avez profité du grand désordre régnant dans la cité pour exercer votre vengeance.

Ambrose posa l'arbalète sur ses genoux et, railleur, applaudit sans bruit.

— Très malin, frère. J'avais l'habitude de me rendre dans cette maison et, oui, j'ai mis ces deux vieilles taupes en accusation pour leurs crimes. J'ai pris mon temps parce que vous pouvez imaginer que j'avais fort à faire. Je veux dire qu'il me fallait être tout à la fois, juge, accusateur et jury. Il va de soi que, au bout du compte je les ai déclarées coupables. J'avais pensé leur couper le cou mais, à ce stade, la ville était en ébullition. J'ai fini par les condamner à la pendaison. Je suis devenu leur exécuteur. J'ai pris plaisir à les regarder se débattre, voir ces vieilles figures ridées, grimaçantes, virer au pourpre, entendre le souffle de la vie sortir en sifflant de leurs infâmes bouches.

— Vous avez dû vous dire que les Hommes Justes apprendraient cela et s'en étonneraient ? Vous n'avez pas manqué d'y penser quand le membre de la guilde, Falaise, vous a dit en confidence que Grindcobbe et ses compagnons s'y cachaient, se préparant à fuir, dans l'attente que d'anciens camarades les emmènent, en barque, à quelque navire en partance. Falaise vous en a parlé, n'est-ce pas ? Après tout, vous étiez son curé et, j'en suis certain, vous aviez manifesté de la sympathie envers les Hommes Justes. Typique de vous, Ambrose, ami de tous. Falaise a pu se dire qu'il vous parlait sous le sceau du secret, mais cela n'a aucun sens pour vous, en vérité. Vous vous êtes servi des Hommes Justes dans l'unique but d'accroître la confusion. Mais Falaise, c'était une autre affaire (Athelstan fit un geste de la main), il a dû se demander, tôt ou tard, qui avait trahi ses anciens camarades. Peut-être n'a-t-il jamais envisagé que c'était vous. Avec le temps, à la réflexion, il en viendrait à conclure que vous étiez le seul à savoir et que vous pourriez bien être le traître. Il ne pouvait qu'être troublé. Il a pu venir vers vous à nouveau pour savoir la vérité et vous, impitoyable bête que vous êtes, n'avez pas attendu pour le tuer.

— Allons, frère Athelstan, vous faites une lourde erreur. D'autres ont dû savoir que les Hommes Justes s'abritaient dans la cour des Voleurs.

— Je ne suis pas de cet avis. Quoi que vous pensiez (Athelstan souligna son propos d'un rictus), vous ne savez pas tout. Sir John est allé voir Grindcobbe à Newgate. Les Hommes Justes étaient prêts à donner des renseignements pour avoir la vie sauve et Mgr le coroner était d'accord. Selon Grindcobbe, d'autres membres de la guilde, vos pauvres paroissiens, ont peut-être de la compassion pour leur triste état, mais seul Falaise savait où ils se cachaient et ce qu'ils avaient l'intention de faire. J'ai cru comprendre que les Hommes Justes gardaient le secret afin de réduire le risque d'être trahis. Seuls ceux qui devaient savoir seraient mis au courant. Falaise avait juré à Grindcobbe de n'en parler à personne. Je pense qu'il avait tenu parole, à une exception près, son curé. Il a mis du temps à se rendre compte de son erreur, vous l'avez donc occis, mais vous l'avez fait de sorte à vous protéger.

— Comme vous vous trompez ! fit Ambrose en hochant la tête. Je suis navré mais, petit fouineur qui se mêle de tout, vous croyez détenir la vérité. Celle qui m'a tout dit sur Falaise, c'est cette sotte de chienne, dit-il un doigt pointé vers la morte. Les Hommes Justes avaient besoin de manger. Falaise n'avait ni les moyens ni le temps de faire des provisions en secret pour une cohorte de désespérés affamés. Il s'est mis en rapport avec la tavernière du *Léviathan* afin qu'elle achète des vivres sous un stupide prétexte ou un autre. Elle me l'a dit. J'ai suivi Falaise qui se rendait à la cour des Voleurs avec sa charrette. Nous lui avons parlé, la sotte de chienne et moi. Nous avons vite compris dans quelle bêtise il s'était embarqué et le reste a suivi.

— Très astucieux, concéda Athelstan, vous avez été fort habile, même jusqu'au bout, lorsque Falaise a été assassiné. Après tout, au moment même où on donnait l'alarme, vous vous trouviez, ainsi que votre confidente, maîtresse Alice, en ma compagnie et celle de Sir John. Pauvre Falaise ! Sans défense sous l'influence du vin que vous l'aviez probablement forcé à boire, piégé, ligoté, obligé à se tenir debout sur la marche de ce clocher, s'efforçant de défaire le nœud savant qui l'étranglait !

— Que vous êtes perspicace ! coupa Ambrose. J'avais cru vous berner tout de bon.

— Pas du tout, rétorqua le dominicain. Falaise allait s'acharner sur le nœud, attentif à ne pas commettre de geste fatal. C'est ce qui a fini par arriver. Il a glissé, perdu pied, le nœud s'est resserré et c'en était fini de lui. Et qui pourrait vous soupçonner, vous qui étiez enfermé avec moi dans votre sacristie ?

Athelstan lissa les plis de sa bure. Il lui fallait provoquer, harceler, défier ce tueur, le maintenir absorbé dans ce jeu périlleux au fur et à mesure que se consumait la chandelle des heures.

— En tuant Falaise vous avez commis une autre erreur stupide.

Athelstan dut s'armer contre le rictus de fureur qui déformait la face d'Ambrose, mais ce ne fut que passager. Son arrogante curiosité l'emportait.

— Je sais, je sais, dit-il dans un souffle. C'était une faute idiote (il eut un rire bref), être trahi par un nœud ! Je m'en suis rendu compte plus tard. Je vous ai observé, petit fouineur de frère, quand vous examiniez les coffres et les sacs apportés par mes chers paroissiens. Vous vous êtes arrêté en arrivant au mien, exact ?

— Bien sûr. Vous aviez attaché votre coffre avec de la corde. Le nœud sur ce coffre était identique à celui que j'avais remarqué sur votre sacoche lors de ma première visite au *Léviathan*, et à celui qui enserrait la gorge du pauvre Falaise. Et pour finir, je l'ai remarqué aussi à bord du canot trouvé abandonné sur la Tamise après le désastre du *Valet de cœur*. Vous aviez attaché le timon à un banc, n'est-ce pas ? Des nœuds de cette sorte demandent une certaine habileté, et vous, qui aviez navigué, vous vous y connaissiez dans l'art d'attacher les cordes et cordages.

— Un autre aurait pu en faire autant !

— Certes. Mais, par élimination, vous êtes devenu le seul suspect.

Athelstan se pencha en avant d'un air protecteur.

— Pourquoi ne pas reconnaître votre terrible erreur. (Et, pointant du doigt le corps gisant d'Alice, il continua :) Je m'interroge, je m'interroge vraiment sur son rôle dans tout cela, mais elle n'est plus de ce monde et il lui faut répondre devant une instance plus haute.

— Vous cherchez à gagner du temps, frère, mais la chandelle brûle. Bientôt ce sera à votre tour d'être expédié dans le néant. Je ne crois pas qu'il y ait quoi que ce soit là-bas, il est donc inutile de vous emporter contre la montée des ténèbres. Savez-vous ce que l'on ressent à savoir qu'il n'existe rien ?

— Je crois qu'une fort désagréable surprise vous attend ainsi que Roughkin a dû le découvrir. Roughkin, votre complice…

— Êtes-vous certain que c'était lui et non son fils ?

— Quelle importance ? Je pense que c'était bien

Roughkin. Seuls les anges savent ce qu'il est advenu de son fils. Peut-être Senlac avait-il découvert la vérité sur le compte de son père et qu'il a fallu le faire taire. Passons. Pour mettre le point final à cette terrible tapisserie, Roughkin doit être décrit comme un assassin qui est revenu à St Erconwald. Roughkin était votre complice, il a dû être furieux en découvrant qu'il n'y avait pas de trésor à bord du *Valet de cœur*. Dans sa profonde déception, il s'est souvenu qu'il avait été le gardien du dépositoire à St Erconwald. Il s'est rappelé qu'il avait tué certains des clients qui avaient logé au minable *Cheval pie*, qu'il les avait enterrés, avec leurs possessions, sous la vieille bâtisse. Il s'était constitué un mémorandum dans un code grossier indiquant où il avait caché les corps et le butin. Il avait laissé une marque caractéristique sur des pierres particulières afin de savoir lesquelles soulever. Après tout, Roughkin avait été contraint de s'enfuir en toute hâte lorsque Sir John Cranston était venu enquêter.

Athelstan s'interrompit.

— Roughkin courait le risque d'être arrêté pour un crime ou un autre. Se prétendre son fils était un masque habile, qui lui permettait de circuler librement dans St Erconwald et de s'introduire dans la taverne du *Cheval pie*.

Athelstan contempla les flammes. Il aperçut le tisonnier posé sur un côté et se dit que ce pourrait être une arme utile. Il le prit et le poussa dans le feu.

— J'attends, frère.

— Roughkin connaissait fort bien l'endroit où se trouvait le plan, mais il ne pouvait s'y rendre directement. En fait, il n'avait pas le droit d'explorer la taverne. Plus important encore, la pièce à l'étage supérieur qui, je suppose, était une ancienne chancellerie, était fermée à clé et maître Jocelyn détenait cette clé.

Par conséquent, Roughkin a fait semblant d'être un honnête chercheur mais, tout comme vous, il brillait dans l'art du mensonge.

Athelstan retira le tisonnier du feu.

— Remettez-le, frère.

Le dominicain haussa les épaules et lâcha la barre de fer qui tomba sur le sol. Il décida de se montrer conciliant envers son adversaire.

— J'admets qu'il y a des manques dans la tapisserie que je tisse, dans ma narration. Je ne sais pas de façon précise qui tenait le rôle d'Oriflamme à tout instant. J'ai de fortes raisons de croire que c'était Roughkin qui terrifiait Bramley. Comment et quand le faisait-il, nous l'ignorons. Il est probable que c'est lui qui a renseigné Cranston et les Luciferi à propos des Hommes Justes. Il a dû aborder avec vous la possibilité de la présence d'un second trésor dans ma paroisse. Je reconnais, dit Athelstan en levant les mains, que vous êtes très, très malin, mais il y avait des obstacles. Les projets de Roughkin furent sérieusement compromis quand il se rendit compte que Godbless, le mendiant fol, vivait dans l'ancien dépositoire avec son petit bouc. Certes, Godbless avait perdu l'esprit, mais il était aussi très possessif. Il considérait la bâtisse comme sa maison, tout comme le ferait un seigneur de son manoir. D'autres chocs vous attendaient encore.

Athelstan fit une petite grimace tandis qu'il s'efforçait de prêter une oreille attentive à tout bruit venant de l'ombre qui l'environnait.

— Quels chocs, frère ?

— Vous le savez fort bien. Godbless était fou à lier. C'était aussi un vieil homme ratatiné, qui n'ayant plus sa tête, n'avait à coup sûr, plus de passé. Du moins, jusqu'à ce que Roughkin et vous apparaissiez. Vous avez compris que Godbless n'était autre que Jacques Mornay, patron du *Bouc qui danse*, une taverne sise sur les rives de la Seine, en Normandie, l'ancien cantonnement de la libre compagnie anglaise, les Sans-Dieu. Mornay, tout fol qu'il était, était aussi un de vos hommes de main. Au fil des ans, il avait glissé le long du mât de cocagne de la vie, il avait erré, mendiant, en Angleterre, apprenant ce qu'il pouvait de la langue jusqu'à ce qu'il arrive à St Erconwald, à la recherche désespérée d'une place dans notre communauté, ce que nous lui avons donné. La pauvre âme ne faisait jamais allusion à son passé. En fait, hormis la salutation « *Godbless* », il ne tenait guère de propos sensés à qui que ce soit.

— Vous êtes sûr que c'était Mornay ?

— Pour reprendre vos propres termes, « ne jouez pas avec moi, curé », c'est la vérité. Bon, Godbless était dérangé dans tous les sens du terme. Néanmoins, je le soupçonne d'avoir reconnu Roughkin pour l'avoir rencontré du temps où il se trouvait au bord de la Seine. Il vous avait peut-être reconnu aussi.

— Reconnu, reconnu, rétorqua Ambrose d'une voix chantante. Si Godbless était ce tavernier, des membres de la guilde n'auraient pas manqué de le reconnaître tout comme lui les aurait reconnus.

— Vous connaissez la réponse à cela. Il y a presque vingt ans que la libre compagnie a quitté la France. Les gens changent, ils vieillissent, leur aspect se modifie. C'est arrivé à Roughkin et assurément à Godbless. Tout ce que nous savons du tavernier du *Bouc qui danse*, c'est qu'il avait une épaisse chevelure, une moustache et une barbe broussailleuses. Vous le savez bien. Les années ont passé, Godbless a perdu du poids. Sans un cheveu sur la tête, sans un poil au menton, il était quasi méconnaissable. Bien sûr, il avait l'esprit dérangé, mais je ne crois pas qu'il aurait oublié son camarade en méfaits, Roughkin.

— Godbless était fou.

— Il avait de rares moments de lucidité. Il n'avait pas oublié *Le Bouc qui danse*, ce qui explique pourquoi il avait un bouc comme animal de compagnie. J'imagine aussi que le pauvre fol reconnaissait des visages de son passé. La veille de son assassinat, on l'avait entendu crier « le bouc qui danse » à maintes reprises, à sa manière habituelle d'égaré. Vous estimiez qu'il fallait le réduire au silence. D'abord pour le faire taire, ensuite afin que Roughkin puisse s'emparer du butin qu'il avait caché sous les pavés de ce ténébreux dépositoire.

— C'est donc Roughkin qui l'a tué ?

— Non, c'est vous. Ce soir-là, Roughkin s'est donné en spectacle, buvant et festoyant au *Cheval pie*. Pas de danger qu'il se rende au cimetière et, de toute façon, Godbless ne lui aurait pas ouvert. Il se peut qu'il vous ait ouvert à vous, un prêtre, mais j'imagine, là encore, qu'il y avait deux clés. Godbless en possédait une et Roughkin avait conservé l'autre, soit sur sa personne, soit dans une cachette de l'Arpent du Bon Dieu. Vous vous êtes servi de l'une de ces clés pour entrer et tuer le pauvre homme. Vous avez ajouté au mystère en insérant la clé du mort dans la serrure, mais pas jusqu'au fond, puis vous avez fermé de l'extérieur en emportant la deuxième clé avec vous : c'est ainsi que vous êtes, Ambrose, n'est-ce pas ? Vous tuez encore et encore, mais vous aimez entourer vos actes de mystère, comme si l'important était le jeu. La vie d'autrui est telle la flamme de la chandelle, on la souffle sans y penser à deux fois, à sa guise. (Athelstan s'interrompit.) Rien ni personne n'est sacré à vos yeux, qu'il s'agisse d'une pauvre veuve ou d'une statue dans ma petite chapelle ! Vous flétrissez tout sur votre chemin.

— Ils méritaient tous de mourir, répliqua Ambrose d'un ton rêveur. Nous ne pouvions pas nous emparer de ce trésor et juste partir à la rame. Quant aux Français… j'avais envisagé de frapper Levigne, mais la mort de ces stupides prostituées était un châtiment suffisant. Et il en va de même des autres, qu'il s'agisse de Falaise ou de Godbless.

— Vous avez dû être inquiet au sujet de Roughkin ? Vous l'avez été, n'est-ce pas ? Il n'avait pas votre intelligence. Le matin où l'on a découvert Godbless, Roughkin est arrivé et il a fait la plus curieuse remarque. Il n'était pas entré dans le dépositoire, il n'avait pu voir le cadavre et pourtant il savait que la gorge du mendiant avait été tranchée. J'en ai conclu, par la suite, qu'il était le meurtrier ou bien qu'il avait été informé par l'assassin.

— Vous en avez presque fini, frère ?

— Le meurtre de Hornsby était une action calculée, faite de sang-froid, due à la pure malignité plus qu'à toute autre chose. Vous n'aviez aucun véritable motif pour tuer ce batelier. Il avait pu avoir ses propres soupçons. Quoi qu'il en soit, quand vous en êtes venu à le tuer, vous étiez totalement plongé dans votre jeu meurtrier. Vous avez mis en scène un acte énigmatique en apparence, dans un local verrouillé, scellé, construit en solide pierre, sans autre entrée qu'une porte renforcée close de l'intérieur.

— Et ?

— Oh ! c'est aussi évident que logique. Vous êtes le curé de St Olaf. La pierre au bas du mur à l'arrière vous était connue, vous saviez que l'on pouvait l'enlever et la remettre. Hornsby avait sans doute mentionné qu'il irait travailler dans la réserve, ce jour-là. Ou, mieux encore, lui avez-vous dit de se rendre là-bas à une certaine heure, peut-être afin qu'il vérifie que tout était en ordre avant qu'il vous rejoigne en compagnie des autres à St Erconwald ? Vous avez pénétré par l'entrée secrète et attendu. Hornsby est arrivé. De nos jours, le bâtiment ne sert qu'à garder diverses choses. Hornsby était sans doute inquiet, après la mort de Falaise. Par conséquent, il a verrouillé la porte derrière lui. En fait, il s'est enfermé avec son assassin : vous.

— Et la raison pour cela, frère ?

— Comme je l'ai déjà dit, vous aimez vos jeux meurtriers. Vous jouissez du pouvoir de provoquer les semblables de Sir John, de vous sentir supérieur à tout un chacun, en particulier à ceux qui vous font obstacle. Vous êtes un tueur impénitent, un méchant homme toujours en quête d'une proie, acharné à vous protéger des conséquences de votre péché. Falaise et Hornsby ont été tués pour les réduire au silence et vous entendiez en faire autant de tous ceux qui pourraient représenter une menace.

Athelstan s'éclaircit la gorge.

— À un moment ou un autre, un de vos anciens camarades a pu tomber sur la véritable identité de leur prêtre. Vous avez pensé qu'il était temps de décamper. (Esquissant un signe de croix à l'adresse du corps de maîtresse Alice, il poursuivit :) Elle devait disparaître, de même que Roughkin. Je suppose que la mort de ce dernier a été plutôt facile à mettre en œuvre. Il est venu vous consulter. Vous lui avez dit d'aller vous attendre dans cette partie désolée du cimetière de St Erconwald. Il s'abriterait sous un if, dont vous avez fait sa tombe. Une flèche dans le front et une autre langue bavarde se tait. Ah bah !

Athelstan entendit un déclic, un son très distinct venu de l'obscurité à l'autre bout de la grand-salle. Il se retourna et perçut une ombre massive qui se déplaçait.

— Que regardez-vous, frère ?

Ambrose aussi était alarmé. D'une part, il lui fallait affronter Athelstan mais, d'autre part, il commençait à se méfier. Il sentait que quelque chose de nouveau intervenait, quelque chose de dangereux qui avançait avec lenteur dans cette salle d'ombres mouvantes. Il se leva, le dos au feu, un peu de côté, de sorte que l'arbalète demeure pointée sur Athelstan.

— Qu'y a-t-il, frère ?

— La guerre en France.

— Ne jouez pas avec moi, petit merdeux, gronda Ambrose.

— Sir John Cranston fut jadis chevalier de la maison royale, répliqua Athelstan d'une voix forte. Malgré sa corpulence, il était capable de se glisser dans l'ombre comme un souple serpent. Il pouvait pénétrer dans le camp ennemi et infliger les plus graves dommages à ses adversaires. Il peut être gros, massif, grossier à vos yeux, mais, en vérité, il est prompt et silencieux comme l'ombre. Et sachez, frère, que je crois qu'il est présent ici. Non loin de nous…

SEPTIÈME PARTIE

Dies irae *: jour de colère*

Ambrose se retourna. Athelstan se jeta sur lui mais le prêtre, souple et rapide comme un limier, se dégagea d'un coup de reins. Il tira sur la détente, sans succès, le trait tomba au sol. Se servant de son arme comme d'une matraque, il écarta d'un coup le dominicain. Puis il courut à travers la grand-salle sombre, se réfugia dans la dépense et claqua la porte derrière lui. Athelstan, l'épaule meurtrie, se releva péniblement et se heurta presque à Cranston qui, rapide et silencieux comme un chat se jetant sur sa proie, émergea de l'ombre. Le coroner remit l'épée et la dague au fourreau et étreignit son ami si fort qu'il dut le relâcher lorsque ce dernier haleta qu'il ne pouvait plus respirer et que son épaule le faisait souffrir. Il se rassit sur sa chaire tandis que Cranston, maintenant rejoint par Flaxwith et ses hommes, qui avaient enfoncé une porte, se précipitaient vers la dépense, Athelstan les avertissant que le criminel s'y était réfugié. La porte, toutefois, avait été verrouillée de l'intérieur et une fois que serrures et verrous eurent lâché, il n'y avait plus personne dans la pièce. Ambrose avait tiré un banc qui se trouvait contre le mur ainsi qu'un fragment de natte grossière pour découvrir un passage secret dont la trappe était posée contre un tabouret. Cranston beugla à Flaxwith et à sa troupe de se lancer à la poursuite du criminel ainsi que de s'occuper du corps d'Alice. Une fois qu'il eut imposé un semblant d'ordre, il revint dans la grand-salle et tira une chaire pour s'installer face à Athelstan.

— Dieu soit loué ! dit le dominicain qui se pencha en avant et saisit la main gantée du coroner. Dieu soit loué, répéta-t-il, tandis qu'il se redressait et esquissait une bénédiction à l'adresse du corps d'Alice, maintenant enveloppé d'un linceul et prêt à être emporté.

— Par les tétons de Satan ! fit Cranston dans un souffle. J'avais eu vent de quelque chose, j'ai compris que vous étiez en train de confronter Ambrose aux faits. Voyons, que s'est-il passé ?

Le dominicain résuma brièvement ce qu'il appelait son acte d'accusation envers le prêtre. Le coroner l'écouta sans l'interrompre, secouant la tête et jurant à mi-voix. Il resta un moment sans rien dire, les yeux dans le vague. Athelstan le pria de l'excuser et tira de sa sacoche ses flacons de saintes huiles. Il se leva, repoussa le linceul de fortune, bénit et oignit hâtivement la morte. Il appuya les doigts sur la chair froide qui se rigidifiait, traça une croix sur sa face ensanglantée et ses lèvres béantes tandis qu'il prononçait un requiem, implorant le Christ de pardonner ses péchés à cette femme. À peine avait-il fini que Flaxwith, accompagné de son mâtin Samson, faisait son entrée, surexcité après son aventure dans le passage secret. Il repoussa le capuchon de sa chape.

— Sir John, déclara-t-il, Nous sommes descendus dans le tunnel et nous l'avons suivi. Il aboutit à la nef de St Olaf, juste devant le jubé.

— Et ? s'enquit Cranston avec brusquerie.

— Sir John, frère Athelstan, vous ne le croirez pas. Le prêtre fugitif, le père Ambrose réclame déjà le bénéfice de clergie, dit qu'il est un ecclésiastique, soumis non à la justice royale mais à celle de l'Église. Plus important encore, ajouta le bailli d'un ton lugubre, il réclame aussi le droit d'asile. Apparemment, St Olaf peut accorder ce droit à qui est poursuivi par les officiers de la cité ou du roi. Il y avait quelques paroissiens à l'intérieur de l'église. Le prêtre proteste déjà qu'il est innocent et revendique ses privilèges en tant qu'ecclésiastique…

Flaxwith s'interrompit.

— Ne soyez pas fâché, Sir John. Nous n'avons rien pu faire. Le fugitif a déjà dépêché deux de ses paroissiens à Lambeth auprès de maître Tuddenham, le secrétaire de l'archidiacre. Vous vous rappelez ce que vous m'avez dit, Sir John ? Nous ne croisons jamais le fer avec notre Sainte Mère l'Église, en particulier à l'intérieur d'une église. En bref, il n'y a fichtrement rien que nous puissions faire.

Cranston gémit, se couvrit le visage des mains tout en écartant Samson du bout de sa botte.

— Finalement, Sir John, reprit Flaxwith qui claqua des doigts à l'adresse du mâtin, lequel quitta le coroner à regret et vint s'asseoir près de son maître, quand nous sommes entrés dans le tunnel, nous sommes passés devant un recoin secret. Un de mes hommes a trébuché et sa main a heurté un panneau de bois dissimulant une cache dans la profondeur du mur. Nous l'avons ouverte et…

Flaxwith se retourna et tonna dans le noir. Un des hommes se précipita et remit à son chef un sac qui fut vidé sur le champ. Athelstan et Cranston, ébahis, contemplèrent le tas de perruques de crin grossier teintes d'un sinistre rouge sombre.

— Par les tétons de Satan ! murmura Cranston, c'est l'œuvre du démon. Bravo, Flaxwith. Emportez-les. Emmenez le cadavre de cette femme au dépositoire d'une autre église. Et n'oubliez pas de monter une solide garde autour de St Olaf et de notre homme. Faites-le sans attendre. Dépêchez votre plus rapide courrier au gouverneur de la Tour. Il me faut vingt archers du Cheshire ici le plus tôt possible (il frappa dans ses mains), il importe d'agir vite. Et, Flaxwith, un de vos hommes est bien surnommé « le Blaireau » ?

— Exact, Sir John, il est capable de tout déterrer.

— Parfait. Demandez-lui de fouiller la demeure du prêtre, de tout retourner et de tout secouer. Avec le peu que je sais de ce rusé bâtard, je doute fort que vous trouviez quoi que ce soit de suspect, mais vous et vos gars avez fait du bon travail. Les biens du prêtre ne sont pas couverts par le droit d'asile, ils reviennent à la Couronne. Je veux que vous et vos petits gars établissiez une liste honnête et je vous en donnerai une part.

— C'est fort généreux, Sir John.

— C'est mon deuxième prénom, mon ami, allez, partez.

Cranston et Athelstan, assis, gardèrent le silence tandis que le bailli et ses hommes s'affairaient à enlever le corps d'Alice en même temps qu'ils leur apportaient, de la cuisine, de la bière fraîchement brassée et une écuelle d'aliments. Ils se restaurèrent pendant que la grand-salle se vidait. La chose faite, Athelstan se signa et repoussa l'écuelle.

— Sir John, mon ami, encore une fois merci. Vous vous êtes douté qu'il se passait quelque chose de sérieux, je me trompe ? Ambrose a fait une terrible erreur. Personne, en dehors de Benedicta, ne vous envoie de messages de ma part, venus de l'autre côté du fleuve, en utilisant un courrier inconnu de vous.

— Exactement, mon petit moine.

— Frère, Sir John.

— C'est exact, répéta Cranston. Pourquoi Ambrose aurait-il agi en votre nom ? Pourquoi me dire d'attendre à Southwark et non de me rendre ici, aussi vite que le permettent les anges, afin de vous retrouver, si la chose était si importante ? Non, non (il secoua la tête), ce courrier était un simple paroissien, il avait l'air plutôt innocent. Il s'est contenté de répéter ce qu'on lui avait dit, ajoutant que vous vous trouviez avec le curé au moment où il transmettait le message. Moleskin est arrivé alors. Il m'a dit ce qu'il savait et j'ai soupçonné qu'il se passait quelque chose de très grave. Fort inquiet, je me suis dépêché de traverser en donnant l'ordre à Flaxwith et sa brigade de suivre. Bon (le visage du coroner se fendit d'un sourire), au cours de ma longue et pas si glorieuse carrière, j'ai eu affaire à toutes les sortes de coupe-bourses, larrons et autres voleurs que l'on peut trouver en ce royaume. Ils m'ont appris leurs astuces ainsi qu'une vérité irréfutable.

— Qui est ?

— Dans chaque demeure, il y a toujours, au rez-de-chaussée, un volet, une porte que l'on peut enfoncer, une serrure que l'on peut crocheter. J'ai trouvé une fenêtre dont les volets ne demandaient qu'à être forcés et me voici.

Le coroner poussa un profond soupir.

— J'aurais voulu attraper cette créature néfaste. Maintenant il va utiliser la loi du roi et celle de l'Église pour se protéger et s'en sortir libre comme l'air. Venez, mon frère, allons au moins affronter ce bâtard.

Ils se levèrent. Cranston serra son ceinturon, enfila sa chape et aida Athelstan à ramasser sa sacoche. Le dominicain était encore faible et las après son périlleux affrontement avec Oriflamme, mais il éprouvait une détermination grandissante à s'assurer qu'un pécheur aussi endurci dans le mal n'échappe point à la justice de Dieu ou du roi. Ils allèrent dans la dépense et descendirent dans le passage secret. C'était un tunnel creusé dans la roche, solidement étayé par de gros poteaux de bois et des piliers. Athelstan fut d'avis que cet étroit passage avait jadis servi à s'enfuir soit de l'église soit de la taverne durant ces temps troublés qui avaient souvent envahi la ville. Des torches fixées dans des crevasses et des flambeaux avaient été allumés, les flammes nourries de goudron et de poix créaient de larges cercles de lumière. Il régnait une odeur de moisi, mais ce n'était pas trop désagréable et, sous le pied, le sol était dur et sec. Deux des hommes de Flaxwith faisaient une ronde et, quand le coroner et son *secretarius* remontèrent dans la nef, d'autres agents étaient de garde à l'entrée du vieux jubé.

Athelstan et Cranston gravirent les marches d'accès au chœur. Le froid glacial régnant dans cette vieille église les enveloppa. On avait allumé des braseros. Des officiers et un groupe de paroissiens mus par la curiosité s'y réchauffaient. L'heure était vraiment tardive, mais la nouvelle qu'il se passait quelque chose de grave à St Olaf s'était répandue dans les ruelles et venelles de la paroisse. Flaxwith vint à eux, chuchota à l'oreille du coroner. Il leur fit traverser le chœur, à lui et à Athelstan. Toutes les chandelles, lanternes et torchères avaient été allumées. Le bailli indiqua la porte de la sacristie.

— Deux de mes garçons sont à l'intérieur. Ils

accompagneront le prisonnier au cas où il voudrait utiliser les latrines.

Athelstan aperçut, sur un pilier à droite du chœur, une peinture dont les vives couleurs accrochaient la lumière.

— Cela a été fait il y a peu, observa-t-il. Sir John, laissez-moi regarder.

Intrigué, le dominicain s'approcha et scruta la scène. Elle représentait l'enfer, les pécheurs étaient attachés à des colonnes de feu, une mer de flammes les environnait jusqu'au menton, des chaînes chauffées au rouge, en forme de serpents, leur enserraient la taille. Les visages des damnés flamboyaient dans leur tourment, autour d'eux s'assemblait une horde de démons armés de gourdins enflammés.

— De quoi s'agit-il, mon petit frère ? murmura Cranston.

— C'est une vision de l'enfer, répondit Athelstan, assez répandue dans les vieilles églises. Rien de suspect à première vue.

— Mais ?

— Habituellement, on y voit une forme de rédemption, un avertissement horrifiant du bon Dieu entouré de ses anges, pour montrer que l'enfer même fait partie de Son royaume. Regardez, Sir John, il n'y a rien de tel ici. Si j'étais venu dans cette église un mois plus tôt, je n'y aurais pas prêté attention mais, maintenant, sachant ce que je sais…

Athelstan tira le coroner par la manche et le ramena en arrière.

— Où se trouve le prisonnier ? s'enquit-il.

Flaxwith les conduisit dans l'abside, derrière le maître-autel. Le déambulatoire était étroit. Il passait devant une alcôve où Ambrose se prélassait sur la chaire de miséricorde comme s'il n'avait pas le moindre souci au monde. Sur la petite table à côté de lui se trouvaient un pichet de vin, un gobelet et une écuelle de fruits secs ainsi qu'une petite lanterne et des chandelles dans une jarre. À proximité, deux braseros sur des roulettes procuraient chaleur et lumière. Ambrose ne bougea guère sauf pour montrer du doigt la paillasse et sa couverture, qui se trouvaient sur le sol derrière lui.

— Je ne tarderai pas à aller me coucher, déclara-t-il.

— Je m'étonne que vous puissiez dormir, remarqua le dominicain d'un ton âpre.

— J'espère bien que vous n'êtes pas venus me menacer, dit Ambrose, se levant d'un bond. J'ai fait appel à tous mes fidèles.

La voix puissante du prêtre résonna dans le sanctuaire et deux paroissiens, contournant le maître-autel, apparurent comme s'ils s'étaient attendus à cet appel. Ils se dirigèrent vers l'alcôve, mais Cranston leur intima de ne pas aller plus avant.

— Notre curé, bêla l'un des deux, un vieil homme en vêtements passés et tachés, notre curé a été accusé à tort. Il…

— Cela ne vous regarde pas, tonna Cranston.

— Restez, cria Ambrose, tenez-vous près de l'entrée du jubé. Si l'on viole mon sanctuaire, criez « Haro ! » et donnez l'alarme. Compris ?

Les deux hommes acquiescèrent à l'unisson avant de laisser Flaxwith les expédier sans plus de façons. Ambrose les regarda s'éloigner et revint s'asseoir. Il croisa les jambes et sourit à ses deux visiteurs.

— Ces innocents, dit-il à mi-voix, n'ont pas encore compris que le renard est dans le poulailler. Ils me regardent toujours avec leur habituelle stupide dévotion comme si j'étais le coq Chantecler, pas Renart[1], mais (il émit un bruyant soupir) ce renard sera bientôt parti.

Son sourire s'effaça tandis qu'il foudroyait du regard Cranston et Athelstan.

— Dois-je vous rappeler que je suis Ambrose Rookwood, un authentique ecclésiastique, régulièrement et légalement ordonné par Richard, évêque de Londres et formellement nommé curé de la paroisse de St Olaf, céans, à Queenhithe. (Tapotant sa sacoche :) J'ai ici les lettres nécessaires. Elles témoignent que je ne suis pas soumis à la justice royale, qu'elle soit anglaise ou française. Arrêtez-moi et traduisez-moi devant n'importe quel tribunal en ce royaume et je plaiderai bénéfice de clergie. Maître Tuddenham et son archidiacre me feront remettre entre les mains de la juridiction de notre Sainte Mère l'Église. (Avec un nouveau sourire :) Je sais ce que vous pensez.

Il fixa Cranston.

— Les tribunaux ecclésiastiques n'ont pas le pouvoir de vie et de mort. Je serai fouetté et relâché et je partirai en dansant, libre et innocent comme une pucelle autour du mât le jour de mai.

— Vous êtes un faux prêtre, dit Cranston en se baissant et scrutant Ambrose. Vous êtes un buveur de sang humain. Vous vous régalez de la mort.

— Sir John, je suis tout à fait de votre avis. Mais qui s'en soucie ? Concentrez-vous sur le problème auquel nous faisons face. J'ai réclamé le droit d'asile, ici, à St Olaf, ma propre église qui jouit du droit ancien d'accorder, à ceux qui fuient la justice royale, un asile sûr. Vous connaissez la loi, Sir John. Dans quarante

1. Reynaud dans le texte, référence au renard dans les *Contes de Cantorbéry* de Chaucer.

jours, moi, Ambrose Rookwood, prêtre reconnu, quitterai cette église sous la protection des hommes du shérif, sans oublier l'escorte de maître Tuddenham. Par une froide journée d'hiver, habillé, chaudement couvert et chaussé de bottes, des provisions dans mon sac et de l'argent dans mon escarcelle, je m'empresserai de descendre vers le port le plus proche, qui est (il leva les yeux) Queenhithe. Une fois là, je m'embarquerai sur un bateau en partance pour l'étranger. Je m'enfuirai.

Il désigna Athelstan.

— Mais, on ne sait jamais, quand je pourrais revenir. Oh ! ce pourrait être dans un an, deux ans ; peut-être reviendrai-je sous forme de moine (sa physionomie se fit sérieuse), un moine, un soldat ou un marchand, et je guetterai dans les ténèbres autour de votre misérable petit presbytère ou de cette église sombre et froide qui est la vôtre. Vous aurez une surprise, que nous serons seuls à partager.

Ambrose se mit à rire, s'éventant le visage de ses doigts tout en fixant ses visiteurs des yeux.

Athelstan contint sa colère et, tirant sur la manche de Cranston :

— Laissons ce démon, marmonna-t-il, à la noirceur de ses semblables.

Cela parut amuser Ambrose, qui reprit d'un ton chantant :

— Je reviendrai. Je n'en ai pas fini avec vous tous. Comment va Lady Maude, Sir John ? et les deux marmousets ?

Athelstan agrippa la manche de Cranston et, d'une voix sifflante :

— N'y pensez pas, n'y pensez même pas.

Le coroner se rapprocha.

— Je dois vous remercier, dit-il.

— Me remercier ? railla Ambrose.

— Pour avoir tué Roughkin et m'avoir épargné l'inconvénient d'organiser sa pendaison. Maintenant, je dois concentrer tous mes efforts sur vous. Dites-moi...

Cranston pencha la tête de côté sans cesser de croiser son regard.

— Frère Athelstan m'a tout dit sur vous. Pourquoi avez-vous tué Roughkin, votre alter ego ? Je veux dire, vous étiez frères jumeaux dans le mal. Il était avec vous, bien sûr, quand vous avez agressé et violé cette noble dame, Madeline de Clisson ? D'après ce qu'on m'a dit, vous étiez bien trois, vous, Roughkin et ce fou de Godbless ?

— Pourquoi parlez-vous de ça ?

Cranston prit une profonde inspiration :

— Eh bien, vous voyez, les Français sont à votre recherche. La route est longue jusqu'à Queenhithe. Oh ! vous embarquerez sur une cogghe, mais les Français le sauront. Alors ne vous vantez pas de vous en tirer indemne. Le bateau ne sera pas le premier à être immobilisé et fouillé par nos excellents amis de France.

— Bah ! ne vous inquiétez pas. J'y ai déjà pensé et prendrai les précautions d'usage. Je m'enfuirai. Je reviendrai, gros Jack, petit frère, et vous pouvez transmettre l'avertissement aux semblables de ce pouilleux de Moleskin et de ces autres crétins de la guilde. Mais merci de m'avoir prévenu.

Il éclata d'un rire sonore, qui sonnait faux.

— Partons, siffla Athelstan.

Cranston acquiesça. Ils quittèrent tous deux le sanctuaire et descendirent la nef d'un pas rapide afin d'échapper aux sarcasmes de ce meurtrier.

Ils sortirent de St Olaf. L'église était à présent encerclée par les archers du Cheshire qui, en soldats professionnels qu'ils étaient, avaient vivement installé un camp de tentes de fortune. Ils avaient allumé des réchauds. Ceux qui n'étaient pas de faction se partageaient des vivres emportés du *Léviathan*. Cranston eut un bref échange avec leur capitaine puis revint à la taverne où Flaxwith et ses hommes avaient préparé des chambres au second étage tandis que l'un d'eux, qui avait été cuisinier, faisait cuire des morceaux de poulet et de jambon dans une sauce aux champignons, après avoir mis en perce une barrique de bordeaux. Le coroner et son *secretarius* s'assirent à une table dans la grand-salle. Athelstan bénit la nourriture et les deux hommes se mirent à manger, sans souffler mot, perdus dans leurs pensées. Athelstan était fort inquiet quant à la suite des événements. Il connaissait toute la fermeté des lois ecclésiastiques, particulièrement à Londres avec les semblables de maître Tuddenham.

— Il ne peut pas s'évader, dit Cranston en posant sa cuillère de corne.

Il se rapprocha d'Athelstan et poursuivit :

— Mon frère, vous avez entendu ce que disait cet être méprisable. Il a l'intention de s'échapper, de revenir et il a déjà des meurtres en tête. Il veut s'en prendre à Lady Maude. Croyez-moi, mon petit frère, s'il quitte cette église pour se rendre à Queenhithe, je lui couperai la tête de mes propres mains.

— Non, n'en faites rien, Sir John, répliqua Athelstan, saisissant le bras de son ami. Vous seriez alors coupable d'assassinat. Vous seriez jugé et notre Sainte Mère l'Église vous excommunierait. Ce serait une fin tragique à votre glorieuse carrière, Jack, et, dans sa perversité, ce prêtre espère que vous pourriez commettre un tel crime. Même mort, il ferait encore du mal. Croyez-moi, mon ami, il est des âmes possedées du démon. Elles sont légion et c'est assurément ce qu'il est. C'est un homme qui se réjouirait de voir le monde consumé par les flammes et qui danserait avec allégresse parmi elles. Soyez patient, attendez…

Cranston et Athelstan se retirèrent pour la nuit. Ils se levèrent de bonne heure pour rompre le jeûne dans la grand-salle. Le dominicain déclara ne pas vouloir dire la messe dans une église qui abritait un assassin de cette sorte. Il ajouta qu'il attendrait d'être de retour à St Erconwald pour le faire. Ils étaient encore assis à table à parler de cette décision quand maître Tuddenham et une escorte de bedeaux portant la livrée de l'archevêque de Cantorbéry firent leur entrée dans la taverne. Il y eut quelque confusion au début. Athelstan fit observer sans élever la voix que Sir John et lui n'étaient pas les criminels et qu'Ambrose, le prêtre parjure, avait trouvé asile dans le sanctuaire. Athelstan expliqua en détail ce qui s'était passé et le visage blanc et dur de Tuddenham se détendit. Il défit sa chape, la tendit à son principal bailli en lui demandant d'emmener son escorte à l'église rejoindre ceux qui étaient de garde. Une fois qu'il fut parti, Tuddenham accepta une chope de bière légère et se mit à la siroter tout en écoutant Athelstan, qui résumait une fois encore le chef d'accusation contre Ambrose. Tuddenham blêmit et son expression de sévère autorité céda à un air de profond tourment.

— C'est une chose abominable, dit-il. Néanmoins, l'archidiacre, qui parle au nom de Mgr de Cantorbéry est intraitable sur ce point. Un homme bénéficiant du droit d'asile est toujours sacré, en particulier quand il s'agit d'un ecclésiastique légitimement ordonné. Toutes les forces de l'Enfer (il joignit les mains comme pour prier) et je dis bien, les furies mêmes, s'abattront si vous violez les privilèges que nous devons à Thomas Becket et que notre Sainte Mère l'Église défend en ce pays et ailleurs.

— Donc, ce démon incarné sera… coupa Cranston au moment où Flaxwith faisait une entrée précipitée et se ruait sur le coroner pour lui dire quelque chose à l'oreille.

— Par les tétons de Satan, me voici comblé, soupira-t-il. Faites-le entrer… Hugh Levigne, ajouta-t-il revenant à ses compagnons, l'envoyé français vient d'arriver et demande audience.

Un bruit de bottes et le cliquetis de l'acier le firent s'interrompre.

— Eh bien, chuchota-t-il, le voici.

Levigne entra d'un pas décidé dans la grand-salle, deux de ses Luciferi sur les talons. Il s'arrêta, et dit quelques mots par-dessus son épaule à son escorte. Repoussant le capuchon de sa chape rouge sang, il prit un tabouret et alla rejoindre les autres à la table. Il posa sa sacoche à ses côtés et adressa un sourire rayonnant à Cranston, qui s'empressa de présenter maître Tuddenham. Ils se serrèrent la main, tandis que le clerc de l'archidiacre murmurait une bénédiction.

— Je ne suis pas le bienvenu, n'est-ce pas, Sir John ? ironisa Levigne.

— L'honorable envoyé de la cour de France est toujours le bienvenu – même si je dois vous demander pourquoi vous êtes ici, observa Cranston d'une voix douce bien que le ton fût menaçant.

— Pourquoi ? En fait, répliqua Levigne, ouvrant sa sacoche, vous savez bien que je paye pour avoir des renseignements et que, par conséquent, je suis au courant de ce qui s'est passé céans. Je sais qu'Oriflamme pourrait bien être Ambrose Rookwood, curé de St Olaf et ancien membre d'une libre compagnie anglaise.

Il tira un parchemin décoloré de sa sacoche.

— Or donc, selon les rôles de l'évêque de Beauvais, Ambrose Rookwood, ancien escholier de Cambridge et de la Sorbonne à Paris était prêtre ordonné, mais il est parti ensuite dans l'archidiocèse de Rouen. Une fois là, on lui a attribué un bénéfice à Moyaux.

Levigne fit une grimace.

— Nos clercs de la chancellerie ont fait d'incessantes et impitoyables recherches sur toute la compagnie du *Sans Dieu*. Nous avons découvert des petits détails sur Rookwood et quelques autres, dont votre Moleskin.

— Et ? questionna Athelstan. Ce paroissien m'intéresse.

— Non, Moleskin se contentait de suivre. C'était un mercenaire ordinaire qui ne s'adonnait qu'au pillage. Dans un village mis à sac par *Le Sans Dieu*, Moleskin s'était même montré chevaleresque envers un petit couvent de nonnes. Il avait donné son nom et promis qu'elles ne seraient pas inquiétées.

Levigne leva le parchemin :

— Un autre détail, maintenant, est vraiment important.

— C'est-à-dire ? demanda Athelstan, tentant de refréner son vif intérêt.

— Eh bien, l'évêque de Beauvais a laissé un mémorandum. Il avait reçu la visite d'une parente éloignée de Rookwood. Elle s'était rendue à Moyaux pour aller voir un membre de sa famille, à savoir le père Ambrose, or la personne qu'elle avait vue célébrer la messe n'était pas son parent. Perplexe, déconcertée, cette femme n'avait rien fait sur les lieux, mais, revenue à Beauvais, elle avait décrit aux gens de l'évêque l'homme qui servait de curé à la paroisse de St Simon, à Moyaux. Elle était allée à la messe du dimanche dans l'intention de le voir ensuite à la sacristie. Elle était toutefois tellement désorientée qu'elle avait décidé de n'en rien faire. Bon, elle admettait qu'elle avait pu se tromper et que le changement pouvait être un effet du passage du temps. On lui demanda de retourner à Moyaux pour confirmation. Elle partit sans jamais revenir. Bon, dit Levigne en levant une main, la guerre en Normandie battait son plein. Ce n'étaient que chaos, carnage et confusion causés par les goddams.

Levigne eut un sourire grimaçant tandis que Cranston se cabrait.

— Mon ami, reprit-il, vous autres, les Anglais, aviez fait de la Normandie un champ de bataille. En tout cas, l'évêque de Beauvais conclut aussi que la femme s'était peut-être trompée, avait reconnu son erreur et il avait abandonné l'affaire, du moins pour un certain temps.

— La preuve est mince, intervint Tuddenham.

— Certes, n'était un second mémorandum qui contient une description précise de son cousin éloigné, Rookwood, rapportée par cette parente comparée avec celle du prêtre mystérieux qu'elle avait vu à Moyaux. Bref, le portrait de ce curé de village correspond en tout point au criminel qui s'abrite actuellement à l'intérieur de St Olaf. Voyez par vous-même.

Levigne fit passer le document à Tuddenham, qui, surpris, s'exclama avant de le tendre à Cranston et Athelstan. Ils lurent l'élégante cursive et murmurèrent leur accord : le prêtre à Moyaux était bel et bien Ambrose Rookwood, celui qui avait trouvé asile dans l'église.

— Je pense, déclara Levigne, que le vrai Ambrose Rookwood a été tué, son cadavre caché et que le criminel que nous recherchons a usurpé son nom et son identité. Ce devait être un lettré et revêtir cette fonction lui a sans doute été aussi aisé que d'enfiler une paire de gants à sa taille.

— Vous voulez dire que l'évêque de Beauvais a abandonné l'affaire pendant un certain temps ?

— Oui, c'est cela. Mais ce qui est tout à fait significatif, c'est que, bien que le prêtre de Moyaux ait disparu par la suite, il en est de même de la parente. On fit des requêtes auprès de l'évêque à son sujet. Mais tout ce qu'il put dire, bien sûr, c'est qu'elle était venue le voir à deux reprises, un point c'est tout.

— Je pense savoir ce qui s'est passé, intervint Athelstan, d'un ton lugubre. Cette pauvre femme, parente du vrai Rookwood, est revenue à Moyaux et s'est confrontée à notre démon. Il a dû se montrer charmant, lui débiter quelque mensonge mais la réduire au silence pour de bon. Quelque part, dans le cimetière de Moyaux ou dans les bois alentour et, lorsque je servais dans les rangs de l'armée, j'ai traversé cette partie de la Normandie…

— Ah oui ? coupa Levigne.

— Bien sûr. Je crois que, quelque part dans ce paysage aux forêts denses, gît le corps d'une pauvre femme qui recherchait un parent et a rencontré un démon incarné.

— La chose est possible, concéda Levigne.

— J'en suis certain. La Normandie sombrait dans le chaos, son peuple était attaqué, harcelé. Villes et villages étaient anéantis, les gens jetés sur les routes, voués à l'errance. Prêtres, religieux, paysans et, bien sûr, la tribu des mendiants, des dupeurs et surtout des meurtriers était à l'affût de nouvelles proies.

— Dites-moi, mon ami, demanda Cranston, y a-t-il eu des meurtres semblables à ceux d'ici ? Des jeunes femmes, la gorge tranchée, coiffées d'une de ces répugnantes perruques rouges ? Frère Athelstan dit vrai, la Normandie offrait un excellent terrain de chasse pour les semblables de notre assassin.

— Non, non, répliqua Levigne. Nous avons mené les recherches les plus approfondies sans rien découvrir, à l'exception, bien entendu, de victimes telle Madeline de Clisson, des meurtres directement attribués à Oriflamme.

— Bien sûr, bien sûr, réfléchit Athelstan. C'est normal. Notre fugitif est capable de se retenir et de maîtriser ses effroyables envies, comme il l'a fait à Londres jusqu'à ces dernières semaines. Il était parfait dans l'art de dissimuler ses tendances prédatrices.

— Mais il a fini par y céder, soutint Cranston. La Normandie offrait tant d'occasions au tueur, à l'assassin, au violeur et au maraudeur. Le méchant, qui maintenant prétend s'appeler Rookwood, s'est lassé de sa paroisse, de son état de prêtre ; il est parti vers le sud et a rejoint cette libre compagnie connue maintenant sous le nom de « Sans-Dieu ». Une fois là, ce prêtre démoniaque pouvait revêtir son déguisement et, ayant exercé en Normandie, il connaissait bien le pays, savait où attaquer, quels endroits piller.

— Il reste une chose que nous n'avons pas partagée avec vous, reprit Levigne, mais nous allons le faire. Il s'agit des noms dont s'étaient affublés Oriflamme et ses acolytes. Je vous le dis maintenant car cela pourrait bien expliquer la rumeur selon laquelle nous sommes à la recherche d'autres membres de cette libre compagnie de mercenaires.

— Quels noms ? interrogea Cranston.

— Eh bien, l'identité revendiquée par Oriflamme et ses compagnons.

— Quoi ? s'exclama Cranston.

— Patience, monseigneur le coroner. Madeline de

Clisson avait été torturée et violée par Oriflamme et deux de ses seconds. Ils s'étaient enfuis à l'arrivée au château de ses proches. Ces trois criminels avaient verrouillé toutes les portes, mais en avaient laissé une ouverte pour s'échapper. Avant que les parents de Madeline n'aient réussi à s'introduire et qu'ils ne soient tombés sur les horreurs qui les attendaient, ces êtres maléfiques avaient réussi à s'enfuir. La région est couverte de forêts denses, une armée pourrait s'y cacher.

Levigne tapota le parchemin qui se trouvait devant lui.

— Bon, continua-t-il, Madeline de Clisson n'est pas morte sur le coup, elle a langui quelques jours. Elle a, avec difficulté, renseigné ceux qui la soignaient sur ses agresseurs, sur leur outrage et leur abominable déguisement. D'une voix affaiblie elle a parlé de trois visiteurs qui se disaient des mercenaires écossais se battant aux côtés des Français ; ils étaient arrivés la veille au soir. Il est clair que ce ne pouvait être que ceux qui l'avaient attaquée.

— Et ils avaient donné leurs noms ?

— Oui. Selon Madeline, Samuel Moleskin était leur chef, Matthew Hornsby et John Falaise, ses deux compagnons.

— Jamais de la vie !

— Bien sûr, frère Athelstan, nous ne l'avons pas cru. Aucun meurtrier ne donne son vrai nom et c'est pourtant ce qu'ont fait les visiteurs de Madeline. Néanmoins, quelle que soit leur véritable identité, il est certain qu'ils savaient tout de cette damnée compagnie, y compris le nom de ses membres.

— Il n'en reste pas moins que nous tenons tous pour sûr que celui qui se dit Ambrose Rookwood est et était Oriflamme. C'est lui qui est à l'initiative de l'agression contre la malheureuse châtelaine.

— Je pense comme vous, Sir John. Cette agression était bien l'œuvre de Rookwood. Il avait commis des outrages semblables sur d'autres êtres tombés entre ses mains, qu'il s'agisse de prêtres ou de femmes. Les trois hommes sont arrivés le soir, or le même jour, selon les témoignages reçus, ils avaient attaqué et tué un vieux curé solitaire, le père Ricard, qui tenait en bénéfice une petite église au fond des bois. Ricard, vu son grand âge, n'exerçait plus son ministère. Il finissait ses jours là tout en consacrant ses soins aux gens du château qui travaillaient dans la forêt, bûcherons, paysans, fermiers, charbonniers et chasseurs. Ricard a été assassiné, et sa chaumière mise à sac. En réalité, Oriflamme a volé un sceau, qu'utilisait le père de Madeline, pour faire un faux dans lequel il déclarait que les trois visiteurs venaient de sa part.

— Rien de surprenant, remarqua Athelstan, Rookwood connaissait fort bien la campagne normande. Peu lui échappe en matière de chancellerie. Il n'avait plus qu'à voler un document que conservait le prêtre, retirer le sceau et le mettre sur un autre parchemin.

Athelstan regarda Levigne :

— Mais pourquoi ne pas avoir commencé par nous en parler ?

— Parce qu'il y avait d'autres outrages similaires, n'est-ce pas ?

— Sir John, vous y êtes. Oriflamme et ses acolytes se dirigeaient maintenant vers la côte, au nord, empruntant toutes sortes d'étroits sentiers forestiers. Ils traversaient des hameaux et des villages où les hommes avaient été appelés sous les drapeaux et étendards de leur seigneur. Oriflamme et ses démoniaques compagnons pouvaient s'infiltrer en serpents qu'ils étaient dans ces communautés sans défense en faisant usage des noms dont ils s'étaient servis au château. C'est ce que nous a appris un autre témoin. Ils s'étaient, semble-t-il, arrêtés à une taverne locale, *Le Héron*, où ils avaient massacré deux colporteurs, avant de violer et de tuer avec sauvagerie deux femmes. Ce qu'ils ignoraient, c'est qu'il y avait eu un témoin de la funeste scène, Gaspard, un jeune tournebroche caché dans la cave. Ils avaient eu recours au même subterfuge qu'avec dame Madeline, en donnant les noms d'autres membres de la libre compagnie.

— En d'autres termes, intervint Athelstan, Oriflamme se livrait à ses odieux passe-temps tout en continuant de protéger sa véritable identité.

— Tout juste, mon frère, et à quoi pouvaient bien servir de tels mensonges ? (Levigne écarta les bras.) Nous ne pouvions guère débarquer en Angleterre en exigeant de saisir cette personne-ci ou celle-là sans preuve authentique. Vos maîtres, à Westminster, s'y seraient, à coup sûr, opposés. Nous ne souhaitions pas non plus nous laisser ridiculiser par Oriflamme. Il aurait été trop heureux de voir arrêter et emmener à Montfaucon un autre à sa place. Il nous fallait user de prudence, de ruse.

L'envoyé français joignit les mains comme pour prier et fit un petit salut.

— Nous avons donc décidé d'attendre et notre patience a été récompensée. Nous n'aurions pu demander meilleurs chasseurs, plus rapides ou plus habiles que vous et Sir John.

Athelstan sourit :

— La flatterie soulage mainte plaie.

— Frère Athelstan, Sir John (le beau visage mat de Levigne s'assombrit), au nom de mon royal maître et des autres seigneurs de la chancellerie secrète du

Louvre, je vous prie d'accepter nos plus sincères remerciements. Mgr Pierre de Clisson sera satisfait. Madeline était son unique fille bien-aimée et elle a été horriblement violentée. Ils l'ont dénudée, ainsi que sa chambrière, avant de les pendre aux poutres du plafond ; ces infâmes coquins ont passé toute la nuit à infliger tous les outrages possibles à leurs victimes. Ils se sont lassés de Béatrice et ils l'ont ouverte de la gorge au pubis comme un cochon. Madeline n'était que contusions, plaies et blessures. Elle a survécu à peine quelques jours, mais ce qu'elle a rapporté de l'événement a laissé une marque profonde à tous ceux qui la connaissaient et l'aimaient. C'était une jeune personne douée de talents.

Levigne reprit son souffle.

— Par conséquent, nous requerrons, en temps et lieu appropriés, que nous soit remis Oriflamme. Mgr Pierre a solennellement juré de pendre la dépouille de ce monstre devant le portail de son château. Veuillez accepter encore une fois l'expression de notre profonde gratitude pour avoir capturé ce démon incarné.

— Rookwood est un criminel, gronda Cranston en regardant partir Levigne, et il mérite bien la mort.

— Je suis de cet avis, répliqua Tuddenham, faisant un geste d'impuissance. Mais celui qui bénéficie de l'asile est un prêtre, un ecclésiastique qui a été ordonné dans les règles. Il a exercé la prêtrise et il pourrait sans aucun doute confondre toute cour en produisant les documents, mandats et licences nécessaires. J'imagine, du moins, qu'il les a. Il exigera donc la protection de la loi canon et tout le poids de l'Église. Plus important encore, il est protégé par le droit d'asile et, vous ne l'ignorez point, Sir John, s'il reste dans le sanctuaire pendant quarante jours, il peut alors sortir, se rendre au quai le plus proche, soit Queenhithe, et s'embarquer pour l'étranger. Jusque-là, je me dois d'insister pour qu'on exerce une garde tant à l'intérieur qu'à l'extérieur de St Olaf. Les gardes seront retirés la nuit à l'exception de deux, chargés de fermer à clé et de verrouiller l'église du dedans. Je requiers que l'on fasse appel à mes propres gardes. N'oubliez pas que c'est la seule façon d'arrêter un fugitif s'il quitte le sanctuaire de son propre chef. Frère Athelstan, Sir John, conclut-il en se levant, je vais installer ma garde et je prendrai congé.

Athelstan en fit autant puis, perdu dans ses pensées, l'esprit ailleurs, retraversa le fleuve pour se rendre à St Erconwald où il célébra une messe tardive. Il eut ensuite un bref entretien avec Benedicta au sujet des affaires de la paroisse avant de déclarer qu'il avait besoin de se restaurer et d'aller dormir. Après quoi il se ferait ermite et se retirerait du tohu-bohu de la vie paroissiale. Une fois qu'il eut assuré à Benedicta que tout allait bien et qu'il n'avait besoin que de rester seul, il s'enferma dans son presbytère. Il s'assit à sa table, les yeux fixés sur la page blanche de parchemin qui était devant lui.

— Je ne bougerai pas d'ici, murmura-t-il. Je mettrai toutes mes forces à résoudre ce problème.

Le dominicain éprouvait une rage froide. Il considérait l'homme qui disait s'appeler Ambrose Rookwood, comme l'âme la plus noire qu'il lui ait été donné de rencontrer. Il se rendait par ailleurs compte que ce démon était fort capable de prendre son envol vers de nouveaux champs de meurtres.

— Je ne peux pas laisser faire cela, confia-t-il à Bonaventure qui l'avait rejoint à la table. Je ne peux et ne veux quitter ces lieux avant d'avoir résolu ce problème.

Athelstan tint parole, il ne sortit de chez lui que

pour célébrer la première messe. Trois jours durant, il resta à s'interroger sur cet homme odieux savourant sa vengeance à l'abri du sanctuaire de St Olaf. Comment l'attirer au-dehors ? Il ne cessait de retourner cette question dans sa tête tout en restant en contact étroit avec Cranston par l'intermédiaire de Tiptoft et de Benedicta.

Quatre jours après son retour, Athelstan décida d'aller faire un tour dans le cimetière. Il entra dans le vieux dépositoire. Toutes les dalles avaient été soulevées. Le moindre objet précieux découvert avait été déposé dans un sac et expédié au coroner et les restes mortels des victimes de Roughkin avaient été placés dans des coffres et emportés à la morgue de St Mary Overy où le curé avait promis de leur donner une honorable sépulture. Athelstan regarda au fond d'une fosse. Cranston avait saisi le cadavre de Roughkin et l'avait expédié sans plus de cérémonie dans les caves de Newgate. Le dominicain ferma les yeux et murmura une prière pour les morts. Il était sur le point de partir, en faisant attention à éviter les trous, quand une chose vue à St Olaf lui revint à l'esprit et, de surprise, il s'immobilisa.

— Je me demande, dit-il à mi-voix, je me demande vraiment.

Il revint au presbytère et resta assis quelques instants, griffonnant sur le parchemin. Quand ce fut fait, il s'assura que tout allait bien, ramassa sa chape et sa sacoche et se hâta en direction du quai où il ordonna à un Moleskin à la mine déconfite de le conduire en face, à Queenhithe. Le batelier voulut l'interroger, mais Athelstan mit un doigt sur ses lèvres.

— Pas ici, dit-il avec douceur, et certainement pas maintenant.

Moleskin acquiesça du chef et, une fois que la

barge eut atteint le quai, le dominicain s'empressa de monter les marches. Empruntant le dédale de ruelles et venelles, il se dirigea vers *Le Léviathan*, où Sir John s'était installé. Ils se serrèrent la main et échangèrent le baiser de paix. Athelstan dit quelques mots au coroner, puis ils se précipitèrent à St Olaf. Ils descendirent, la nef et Athelstan poussa un soupir de soulagement à la vue des pavés fatigués devant le vieux jubé.

— Très bien, Sir John, très bien, dit-il en se frottant les mains. Êtes-vous certain que maître Tuddenham ignore ceci ?

— Absolument, mon frère. La trappe a été fermée, scellée et je n'en ai pas soufflé mot. Les bedeaux (Cranston indiqua un petit groupe de vauriens en livrée assis sur le sol près des vieux fonts baptismaux) n'y font jamais allusion. Ils gardent un œil sur le criminel et l'autre sur nous. Ils sont très sûrs d'eux et, plus que tout, ils aiment leur bière.

— Parfait, parfait, Sir John, préparons donc notre cheval de Troie. Voici ce que je propose…

Plus tard dans la journée, alors que les cloches des autres églises sonnaient la fin de complies, la dernière grande prière du jour, Athelstan se glissa dans St Olaf avec un panier de victuailles et un pichet du meilleur bordeaux du *Léviathan*. Il se trouva immédiatement face aux deux bedeaux qui étaient de garde à l'intérieur cette nuit-là. Ils firent preuve d'empressement, les mains levées, alors que le dominicain se dirigeait vers le jubé.

— Non, mon frère, prévint l'un d'eux, la cloche a sonné. Personne ne doit rester dans cette église, sauf nous et le fugitif que nous gardons.

Athelstan, d'un signe de tête, montra qu'il comprenait et plaça le panier et le pichet par terre. Il bénit les bedeaux et partit rejoindre Sir John au *Léviathan*. Le coroner l'accueillit tout joyeux et ils mirent la dernière main aux préparatifs. Ils donnèrent les consignes à Flaxwith et à ses hommes assemblés dans la grande cuisine où tout était prêt pour eux. Athelstan garda les yeux sur la chandelle des heures et, lorsque deux cercles eurent été dépassés, il ouvrit la trappe.

— Nous sommes prêts, Sir John. Que Dieu nous accompagne.

Une lanterne à la main, Athelstan fit traverser à Sir John le passage secret qui aboutissait à l'église où ils firent surface. Ils se déplacèrent sans bruit dans la froideur glacée de la nef. Athelstan s'accroupit avec précaution. Il regarda autour de lui avant d'avancer à pas de loup vers l'endroit où étaient affalés les deux bedeaux, profondément endormis. Il ramassa le pichet et les gobelets.

— C'est bien comme nous le pensions, dit-il, tendant les objets à Cranston, lequel portait un sac qui contenait des objets identiques ainsi qu'un flacon venu de la cuisine de la taverne.

Le coroner versa un peu de sa gourde miraculeuse dans le nouveau flacon ainsi que dans les gobelets propres. Athelstan rapporta le tout à l'endroit où les deux hommes continuaient de dormir. Il prêta l'oreille, à l'affût de tout son provenant de l'alcôve où s'abritait Ambrose. Cette dernière était dissimulée par le jubé et le maître-autel. Il ne nota rien d'anormal et revint à la trappe qui était soulevée.

— Très bien, Sir John, faites venir les spectres.

Le coroner, sa face fendue d'un large sourire, mit un doigt sur ses lèvres et descendit dans le passage. Peu après, un cortège macabre remonta. Flaxwith et ses hommes avaient revêtu des robes grises, s'étaient couvert le visage de masques blancs et la tête de perruques de crin flamboyantes. Cette cauchemardesque cohorte remonta les marches pour s'assembler devant le jubé. Ils étaient au nombre de douze. Au commandement d'Athelstan, ils pénétrèrent dans le chœur et se divisèrent pour aller se poster de part et d'autre du maître-autel. Le dominicain, caché dans l'ombre maintenant, regarda la mascarade se dérouler. Les baillis, dans leur habile déguisement, étaient armés de bâtons, ferrés au bout, dont ils frappèrent le sol alors qu'ils pénétraient dans l'abside, six de chaque côté. Athelstan entendit les cris d'Ambrose s'éveillant face à la hideuse vision, des cris à donner le frisson, qui se répercutaient à travers l'église.

Il entendit un bruit de lutte, d'autres cris et jurons encore, comme prévu. Ambrose sortit en toute hâte, contourna l'autel, poursuivi par les grotesques silhouettes de la nuit. Sa chape et son ceinturon à la main, il traversa le chœur au pas de course, pénétra dans la nef où Cranston, dans la même tenue fantomatique, barrait le passage. Ambrose n'avait pas le choix, il n'avait guère le temps de réfléchir. Tiré de son sommeil, confronté à son propre macabre cauchemar, il avait perdu toute son arrogance, ce vernis dont il enrobait sa personnalité et ses actes. Aucune chance de s'échapper. Devant cette nouvelle effroyable apparition, il se trouvait bloqué et il courut s'engouffrer dans le passage secret, Cranston et les baillis directement sur ses traces. Athelstan inspecta avec soin le chœur et la nef avant de retourner vers les bedeaux, mais ces derniers ronflaient encore après avoir bu le généreux bordeaux copieusement additionné d'un puissant opiat. Le dominicain conclut que tout allait bien et il descendit dans le passage en s'assurant qu'il avait bien fermé la trappe derrière lui. Une fois parvenu à la grand-salle du *Léviathan*, il trouva Ambrose, ligoté, les fers aux pieds, affalé sur un tabouret, bien gardé par les hommes de Flaxwith.

— Très bien, très bien, approuva Athelstan, qui fit signe à Flaxwith et Cranston de le suivre dans un coin sombre. Bon, que s'est-il passé ici ? s'enquit-il.

— Exactement comme vous l'aviez prévu, répondit l'officier. Le fugitif n'a pas été appréhendé par ceux que vous aviez envoyés dans le sanctuaire, mais par le petit groupe que nous avions laissé céans.

— Et à aucun moment Ambrose ne vous a vus enlever votre déguisement ?

— Non, avant même que nous n'arrivions ici, la petite délégation qui était en attente dans la grand-salle s'était emparée de lui et lui avait jeté un capuchon sur la tête, si bien qu'il n'a jamais su qui le poursuivait.

— Parfait, réfléchit Athelstan, donc le piège a fonctionné. Les cauchemars qui avaient façonné l'âme d'Ambrose ont aussi été la cause de sa chute. Sir John, le prisonnier vous appartient.

— En ce cas, mon bonheur est entier.

Cranston les ramena vers le prisonnier. Il retira le capuchon de la tête du fugitif.

— Ambrose Rookwood, déclara le coroner d'un ton solennel, ou quel que soit votre nom, faux prêtre, hors-la-loi, vous avez été appréhendé alors que vous vous enfuyiez du sanctuaire. (Il agrippa l'épaule du prisonnier.) Je vous arrête donc, au nom du roi, pour vous faire comparaître devant les juges royaux.

Ambrose ne fit que gémir tout bas, sans même prendre la peine de lever les yeux. Cranston claqua des doigts :

— Maître Flaxwith, jetez le prisonnier dans le cul-de-basse-fosse de Newgate.

Une fois que le prisonnier et son escorte eurent quitté les lieux, Cranston voulut à tout prix percer un tonnelet et il servit pour lui et pour Athelstan de généreux gobelets du scintillant vin rouge. Le dominicain but à petites gorgées, tandis que le coroner, poussant son *secretarius* vers la table, prenait de grandes lampées et levait sa coupe en hommage à son compagnon.

— Une bonne chose de faite, mon petit frère, dit-il en se penchant par-dessus la table. Ambrose est un assassin, froid de cœur, impitoyable, un tueur jusqu'à la moelle, mais comment avez-vous su qu'il serait pris de panique ? Il aurait pu rester, résister ?

— Je vous l'ai déjà dit, mon ami, mon maître à penser est saint Augustin, qui vivait à l'époque de la décadence de la Rome antique. Évêque en Afrique du Nord, Augustin se révéla un brillant théologien et le plus affûté des observateurs de la nature humaine. Il défendait la thèse que nous autres, êtres humains, participons du divin et du démoniaque. Tout au fond de nous nous entretenons des représentations, des peurs insondables et d'intenses déceptions. Même si nous nous efforçons de les ignorer, ces émotions jouent un rôle vital dans notre existence (Athelstan prit une gorgée de vin), il en est ainsi de notre tueur. Essayez, Sir John, pour quelques instants, si difficile que cela soit, d'oublier sa nature meurtrière. Pensez à un petit garçon dans cette triste maison à l'angle de Slops Alley. Imaginez ces odieuses mégères vêtues de gris, coiffées d'affreuses perruques. Pendant des années elles ont eu la charge des semblables de notre prisonnier, qu'elles torturaient et maltraitaient. Un tout jeune enfant, sans parents ni famille. Une telle cruauté a laissé une plaie ouverte, mortelle, sur l'âme. Elle s'est infectée et a produit son propre poison. Au fil des ans, Rookwood, ou quel que soit son nom, a cherché à oublier, à effacer le passé, mais les humeurs de son âme étaient à jamais corrompues et la corruption a jailli. Il pouvait s'adonner à ses diaboliques instincts, vomir le poison en s'attaquant à ses bourreaux, à savoir, les femmes. Il l'a fait en France et, à son retour, il a choisi ses victimes parmi les plus vulnérables, les prostituées de Londres.

— Et pourtant il a exercé la prêtrise.

— Sir John, c'était le déguisement parfait. Rookwood aimait les masques. Nous le savons, il aimait passer du prêtre dévoué à son ministère à ce monstre abominable d'Oriflamme. Il avait donné libre cours à ses passions meurtrières en Normandie avant et après avoir rejoint la compagnie du *Sans Dieu*. Cependant, une fois la guerre terminée, il avait tenté de se reprendre jusqu'à ce que la nouvelle de l'arrivée des Français lancés à sa poursuite fasse renaître la violence qui dormait en lui. Avide de vengeance, il est donc revenu à son passé de tueur. Il s'est remis à saisir des catins, à les tuer, les dénuder avant de les envoyer à la dérive sur la Tamise à la vue de tous. (Athelstan but une gorgée.) Ambrose donnait libre cours à ses visions meurtrières ; il n'avait jamais pensé qu'elles se retourneraient contre lui, qu'elles émergeraient de la nuit, sans bruit, pour s'emparer de lui, comme ce qui est arrivé cette nuit. Quand cela s'est produit, il est redevenu un petit garçon et il a cherché à s'enfuir.

Athelstan soupira et repoussa sa coupe.

— Et il en est ainsi, murmura-t-il, tout comme il en était.

Dix jours plus tard, Athelstan rejoignit Cranston au grand gibet surplombant Smithfield. Ce matin-là, jour d'exécution, la vaste étendue du commun, où se tenaient foires, marchés et commerce de chevaux, fourmillait de Londoniens. Les badauds arrivaient par milliers pour voir un félon, maintenant proclamé assassin de Satan, recevoir un juste châtiment pour trahison, meurtre et vol. On avait épargné à Ambrose Rookwood, condamné sous le nom qu'il avait revendiqué devant les juges royaux à l'échevinage, la pleine rigueur de la peine pour trahison, pour des raisons qui n'avaient rien à voir avec la compassion. Thibault, le Maître des Secrets de Gand, avait exigé que le criminel fût soumis à la loi et la justice anglaises. Dans un sens, avait-il ajouté, non sans ironie, cela ne devait pas poser de problème. Après tout, les rois d'Angleterre avaient fait de même en se proclamant rois de France, peu importait donc que le criminel fût exécuté dans un lieu ou dans l'autre. Mgr Levigne, présent à la délibération dans la chambre de Jérusalem, à Westminster, s'était contenté de sourire, de hausser les épaules et de murmurer la réponse diplomatique apportée d'ordinaire à une revendication aussi outrageante.

Cranston et Athelstan étaient également venus, pour recevoir les remerciements du régent et pour entendre la décision finale. Au bout du compte, on était arrivé à un compromis. Oriflamme serait exécuté à Smithfield, le cadavre de Roughkin, son complice, serait pendu à côté de lui. Après l'exécution les deux corps, apprêtés comme il se devait, seraient remis à Levigne qui pourrait les ramener à Paris où ils viendraient orner le majestueux gibet de Montfaucon. Le Maître des Flambeaux avait aussi demandé qu'on lui remette les restes de Godbless, mais Athelstan, ayant fait remarquer que le mendiant était vraiment fou et que sa dépouille, mutilée et en décomposition, n'était pas en état de supporter le voyage, avait prié qu'on le laissât reposer dans l'Arpent du Bon Dieu à St Erconwald. Levigne avait accepté sans discuter, satisfait de la décision.

Le corps de Roughkin, enveloppé et ligoté, pendait déjà à un bras du gibet de Smithfield. On préparait maintenant avec soin la grande fourche de l'échafaud pour Oriflamme. Athelstan gardait les yeux fixés sur le Bourreau de Rochester qui, couvert de la tête aux pieds de cuir noir, s'affairait à mettre en place l'échelle et le nœud coulant. Oriflamme ou du moins Ambrose Rookwood, nom sous lequel on le présentait, menotté et enchaîné, regardait devant lui d'un œil fixe et sans vie. Maître Thibault avait ordonné qu'il soit vêtu de la même tenue dont il avait affublé ses victimes, perruque rouge sang, longue robe grise. La populace, faisant preuve d'un mordant sens de l'humour, avait répondu en usant de la même monnaie. Bon nombre d'entre eux étaient venus, perruques rouges sur la tête, masques de toile blanche sur la face, de sorte qu'on aurait cru voir une véritable armée d'Oriflammes assemblée pour contempler ce sinistre spectacle.

Athelstan se demandait pourquoi tant de gens étaient si fascinés par les exécutions publiques. Mourir soudainement n'était pas chose étrange à Londres. Les pauvres mouraient en nombre d'un bout à l'autre des étroites ruelles sordides de la cité comme de Southwark. Peut-être, conclut-il *in petto*, était-ce dû au macabre rituel, mais on ne pouvait nier la fascination exercée. À n'en pas douter la cité s'était vidée. Les bons bourgeois et leurs imposantes épouses en samit et fourrure se frottaient aux habitants des bas-fonds, le monde crépusculaire qui volait, dupait, tuait, qui vivait dans la crainte de finir de la même manière que ce qu'il accourait voir. Le regard d'Athelstan balaya la foule ; des maquereaux, dans leurs vêtements aux vives couleurs fourmillaient à l'entour, racolant le client pour leur cohorte de dames. Ménestrels, troubadours et chanteurs proposaient des récits hauts en couleur sur le condamné et ses crimes. D'autres étaient là pour apporter du réconfort, qu'il s'agisse de la guilde des Pendus ou de la société des Condamnés. Des frères du Sac entonnèrent des hymnes de deuil tandis que les Bonnes Femmes de Jérusalem, une guilde qui s'honorait de ce titre, dévidaient leur chapelet pour le repos de l'âme tout à la fois des tueurs et de leurs victimes.

Il y avait un roulement constant de bruit et, en dépit du froid mordant, la foule faisait preuve de patience, une aubaine pour les cuisiniers ambulants bien équipés de grils, fours et braseros. Odeurs de sueur, crottin et effluves de cuisson à la fois agréables et infects flottaient dans l'air. Athelstan regarda derrière lui où se tenait Oriflamme. Le condamné manifestait maintenant de l'agitation à la perspective de l'imminence d'une mort violente, le regard fou dans un visage démoniaque vomissant le péché. Le bourreau était prêt, tout était en place. Il leva une main et fit un signe de tête à Mgr le coroner. Cranston s'approcha du bord de l'échafaud qui, des quatre côtés, était entouré d'archers du Cheshire. Il fit signe aux trompettes, qui firent retentir une longue et stridente sonnerie à laquelle répondit l'accent cuivré des cors montant de la multitude grouillante. Puis, l'une après l'autre, les trompettes résonnèrent à nouveau. Le silence se fit, suivi du battement des tambours, longue menace qui allait s'amplifiant. Athelstan sentit quelqu'un s'approcher de lui. Il se retourna et sourit à maître Tuddenham.

— Très intelligent, frère Athelstan.

— Les voies du Seigneur sont vraiment merveilleuses, répondit le dominicain à voix basse.

— On parle d'un passage secret sous St Olaf ?

— Ah bon ? s'étonna Athelstan en haussant les épaules.

— Teniez-vous tant à priver cet homme de la vie, mon frère ?

Athelstan ne répondit pas, mais il indiqua l'échafaud. Le Bourreau de Rochester avait poussé le condamné ligoté jusqu'en haut de l'échelle. Il installa le nœud autour de son cou puis redescendit, les yeux fixés sur Cranston, debout une main levée. Le roulement de tambour cessa, le coroner baissa la main et le bourreau fit virer l'échelle. Oriflamme tomba comme une pierre, le bruit de son cou qui se rompait, un bruit sec, se répercuta sur la plate-forme. Athelstan se retourna vers l'homme de l'archidiacre.

— Maître Tuddenham, ce n'était pas moi qui réclamais la vie de cet homme, c'était Dieu et désormais elle est à lui.

NOTE DE L'AUTEUR

La guerre de Cent Ans fut cruelle pour la France, ravagée par les chevauchées anglaises venues de Gascogne ou des camps anglais fortifiés sur la côte de la Manche, tels que Calais et Boulogne. La dévastation fut étendue et douloureuse. Certains historiens estiment que l'occupation anglaise fut plus effroyable que celle des nazis au cours de la Seconde Guerre mondiale. Nous avons tendance à voir les chevaliers dans leurs brillantes armures se rendant à la bataille sur leurs destriers, et c'est bien ce qu'ils faisaient, mais leur but principal était de piller et rançonner. Un noble de haut rang comme Charles d'Orléans passa des années à se languir à la Tour pendant qu'on levait le montant de sa rançon. Bon nombre de grands seigneurs anglais firent fortune, littéralement, aux dépens des Français. Les soldats que menaient ces chevaliers étaient, à n'en pas douter, d'excellents archers. Toutefois, on comptait parmi eux plus d'un gibier de potence. Meurtriers, voleurs et autres hors-la-loi, pour prix d'une grâce, acceptaient de servir dans l'arroi royal. Shakespeare a très bien rendu cela dans sa pièce *Henri V*. Nous y rencontrons les compagnons d'armes du gros Falstaff, des félons tels que Nym, Pistol et Bardolph. Si vous avez lu la pièce, vous vous souviendrez que Bardolph avait été pendu pour avoir volé une pyxide dans une église.

Néanmoins, ces personnages fictifs font pâle figure comparés à la sinistre réalité. Les chroniques françaises font état d'écorcheurs, littéralement « ceux qui levaient la peau » de leurs victimes. En réalité, l'occupation anglaise fut si funeste que ces chroniques soulignent que seul Dieu pouvait mettre fin à la situation, ce qu'il fit en envoyant Jeanne d'Arc, laquelle amorça le redressement de la France et le retrait final des Anglais. Jeanne n'avait rien à faire des libres compagnies, ces mercenaires qui parcouraient le nord de la France dans le seul but de faire du mal. C'est Jeanne qui, en fait, a dit aux Anglais de rentrer chez eux, sinon elle les y enverrait dans leurs cercueils. Toute sainte qu'elle parût, elle se montrait impitoyable envers ces compagnies. Une fois, alors qu'elle attaquait une forteresse tenue par l'ennemi, Jeanne s'approcha de la muraille et cria au commandant : « Glasdale, sortez afin que je puisse envoyer votre âme en enfer. »

Un historien soutient que l'armée anglaise était constituée du ramassis des geôles de ce pays. Il y a plus qu'un grain de vérité dans cela. Assassins, psychopathes, malades et mécréants pouvaient s'en donner à cœur joie en faisant tout le mal qu'ils pouvaient.

La figure macabre du tueur en série n'est pas qu'une invention contemporaine. Les forces de l'ordre et de la loi ont pris conscience de ce phénomène en utilisant l'ordinateur et autres modes de communication modernes, si bien que la police peut savoir qu'un meurtre commis dans une région s'est répété dans une autre. Certes rien de tel n'existait au Moyen Âge, mais cela ne voulait pas dire qu'il n'y avait pas d'assassins de cette nature. Nous pouvons imaginer le cavalier solitaire, bien armé, traversant de petits villages isolés, passant près de fermes ou bien, comme dans ce roman, de châteaux et d'églises sans véritables défenses.

Ambrose Rookwood n'est pas simplement un produit de mon imagination. À dire vrai, les religieux vagants étaient une perpétuelle épine dans le pied de l'Église et de la Couronne. Les prêtres coupables étaient un des problèmes non résolus de l'époque médiévale. Si un homme pouvait prouver qu'il était un ecclésiastique en récitant les premiers versets du *Miserere*, alors il pouvait demander à être remis aux tribunaux de l'Église qui se montraient beaucoup plus cléments dans leurs sentences. Le droit d'asile aussi était sacré. Différentes églises dans la cité et à travers le royaume jouissaient de ce privilège, à la fureur absolue des officiers de la Couronne.

La capture de Rookwood est fondée sur un incident authentique survenu en 1305. Richard Puddlicot, un marchand, qui avait viré au crime, avait organisé le vol le plus remarquable de l'histoire médiévale : il avait dérobé les joyaux de la Couronne que l'on gardait dans la crypte de l'abbaye de Westminster. Les moines de l'abbaye aussi étaient compromis, mais cela n'avait pas arrêté le clerc royal, John Drokensford, qui avait été chargé de l'investigation. Il fit une entrée fracassante dans l'abbaye, prétendant qu'il était à la recherche de quelque chose d'autre et il découvrit le butin caché sous les lits des moines. On trouva aussi Richard Puddlicot, qui bénéficiait du droit d'asile. Drokensford, toutefois, persuada des officiers de la cité de pénétrer dans l'église et de se saisir de lui. Ce qu'ils firent. Ils furent récompensés comme il convenait et ils reçurent l'assurance de voir levée l'excommunication qui avait été prononcée sur eux. Puddlicot fut jeté dans la Tour, puis conduit dans une brouette au gibet de Westminster pour y être pendu. Le roi ordonna qu'on l'écorche et sa peau fut clouée à la porte de l'abbaye en signe d'avertissement aux moines. Au Moyen Âge, à Londres, la vie pouvait être dure, mais la justice l'était aussi !

Du même auteur
aux Éditions 10/18

L'HOMME MASQUÉ, n° 4385

Série « Mathilde de Westminster »

LE CALICE DES ESPRITS, n° 4283
LE COMBAT DES REINES, n° 4312
LE RÈGNE DU CHAOS, n° 4459

Série « Matthew Jankyn »

L'ORDRE DU CERF BLANC, n° 4072
LE LYS ET LE SERPENT, n° 4180

Série « Amerotkê »

SOUS LE MASQUE DE RÉ, n° 3894
MEURTRES AU NOM D'HORUS, n° 3992
LA MALÉDICTION D'ANUBIS, n° 4105
LES MEURTRIERS DE SETH, n° 4146
LES TROIS MORTS D'ISIS, n° 4355
L'EMPOISONNEUR DE PTAH, n° 4495
L'ESPION DE SOBEK, n° 4617

Série « Frère Athelstan »

LA GALERIE DU ROSSIGNOL, n° 3167
LE DONJON DU BOURREAU, n° 3218
SACRILÈGE À BLACKFRIARS, n° 3226
LA COLÈRE DE DIEU, n° 3336
LE FANAL DE LA MORT, n° 3340
LE REPAIRE DES CORBEAUX, n° 3531
LE JEU DE L'ASSASSIN, n° 3666
LA CHAMBRE DU DIABLE, n° 3842
L'AUBERGE DU PARADIS, n° 3973
LA TAVERNE AUX OUBLIÉS, n° 3998

La pierre de sang, n° 4686
Les baladins du régent, n° 4802
La torche ardente, n° 4937
Le livre des feux, n° 5083
Le Héraut de l'Enfer, n° 5214
La Grande Révolte, n° 5344
Pèlerinage mortel, n° 5396
Le coffret maléfique, n° 5456
Le masque d'Oriflamme, n° 5556

Série « Hugh Corbett »

Satan à St Mary-le-Bow, n° 2776
La couronne dans les ténèbres, n° 2777
Un espion à la chancellerie, n° 2820
L'ange de la mort, n° 2863
Le prince des ténèbres, n° 2901
Faux frère, n° 2966
L'assassin de Sherwood, n° 3036
La complainte de l'Ange Noir, n° 3127
Le feu de Satan, n° 3290
La chasse infernale, n° 3296
L'archer démoniaque, n° 3437
La trahison des ombres, n° 3584
Funestes présages, n° 3705
Le livre du magicien, n° 3879
Le trésor de l'Indomptable, n° 4085
Le porteur de mort, n° 4407
La vengeance de Mysterium, n° 4553

Série « Kathryn Swinbrooke » signée C. L. Grace

Meurtres dans le sanctuaire, n° 3029
L'œil de Dieu, n° 3030
Le marchand de mort, n° 3094
Le livre des ombres, n° 3190
La rose de Raby, n° 3406
Le Lacrima Christi, n° 3836
Le temps des poisons, n° 3928

Série « Alexandre le Grand »

LA MORT SANS VISAGE, n° 3738
L'HOMME SANS DIEUX, n° 3739
LE MANUSCRIT DE PYTHIAS, n° 3860

Série « Nicholas Segalla » signée Ann Dukthas

LE MESSAGER DU TEMPS, n° 3831
EN MÉMOIRE D'UN PRINCE, n° 3832
LES OUBLIÉS DE MAYERLING, n° 3900

Série « Margaret Beaufort »

LA REINE DE L'OMBRE, n° 5589
LE COMPLOT DES OMBRES

MIXTE
Papier issu de
sources responsables
FSC® C003309

10/18, une marque d'Univers Poche,
est un éditeur qui s'engage pour
la préservation de l'environnement
et qui utilise du papier fabriqué à partir
de bois provenant de forêts gérées
de manière responsable.

Imprimé en France par CPI

N° d'impression : 3039084

10/18 – 92 avenue de France, 75013 PARIS

X07526/01